Zur Liebe geht`s dort entlang

Lily Winter

Zur Liebe geht`s dort entlang

Roman

Impressum

Bibliografische Information der Deutschen Nationalbibliothek:
Die Deutsche Nationalbibliothek verzeichnet diese Publikation in der Deutschen Nationalbibliografie; detaillierte bibliografische Daten sind im Internet über http://dnb.dnb.de abrufbar.

© 2023 Lily Winter (Lally Mitra)

Coverdesign und Umschlaggestaltung: Florin Sayer-Gabor – www.100covers4you.com

Herstellung und Verlag: BoD – Books on Demand, Norderstedt

ISBN: 978-3-7386-2520-2

1.

„Hallo, Julia! Bin auf Kos und werde wohl bleiben. Bring mir doch bitte mein Auto und ein paar Sachen vorbei."

Kopfschüttelnd betrachte ich mein Telefon, das auf dem Küchentisch im Wohnzimmer steht. Die Küche ist leider zu klein für solche Dinge. Aber die Ansage auf meinem Anrufbeantworter ergibt immer noch keinen Sinn.

Was war das, bitte? Und wer war das überhaupt?

Na gut, ich weiß natürlich, wer das war, theoretisch. Doch diese heitere, ausgelassene Stimme hat sich einfach nicht nach meinem Vater angehört. Eher wie jemand, der eben nicht wie mein Vater klingt, sondern der heiter und fröhlich ist. Also alles, was nicht auf meinen Vater zutrifft. Die Stimme meines Vaters, also die, an die ich mich erinnere, ist leise und verhalten, dunkel und manchmal etwas heiser.

Mein Handy klingelt und reißt mich aus meinen Überlegungen. Es ist Thomas Börger, mein Chef. Wieso denn um diese Zeit? Es ist gerade mal sieben Uhr früh und seine Kanzlei öffnet doch gar nicht vor neun Uhr! Der Himmel leuchtet allerdings bereits strahlend blau und die Maisonne scheint gleißend hell ins Wohnzimmerfenster und blendet mich.

„Guten Morgen, Frau Andacht. Entschuldigen Sie bitte, dass ich Sie so früh störe. Könnten Sie heute schon um halb neun da sein?"

„Guten Morgen, Herr Börger. Natürlich, kein Problem. Was gibt es denn so Wichtiges?" Schließlich muss ich hier meine Morgenroutine beschleunigen, da darf ich doch wohl mal nachfragen! Mein Chef räuspert sich und blöderweise löst das bereits ein kleines Kribbeln in mir aus.

„Gegen halb zehn kommt ein Kurier. Dafür muss ich Ihnen dringend noch einen Brief diktieren, den er ebenfalls mitnehmen muss. Und mein Vater wird wahrscheinlich auch irgendwann kommen...", druckst er rum, doch ich verstehe sofort, was er meint.

Herr Börger, Senior, der Vater meines Chefs, ist eigentlich Anwalt a.D., sprich Ade, aber lässt es sich nicht nehmen, seinem Sohn, wie er es ausdrückt, 'hin und wieder auf die Finger zu schauen'. Das macht er beinah jeden Tag, seit fünf Jahren. Also ziemlich genau, seitdem er seinem Sohn die Kanzlei überschrieben hat und ich angefangen habe, dort zu arbeiten. Dabei trinkt er jede Menge Kaffee und stört mich bei meiner Arbeit, weil sein Sohn natürlich keine Zeit hat, ihn zu bespaßen und daher seinen Vater an mich abschiebt. Pardon, an mich verweist natürlich, um mich tatkräftig zu unterstützen.

„Ich mache mich sofort auf den Weg, Herr Börger!", versichere ich ihm und er legt auf, aber nicht, ohne sich noch einmal bei mir zu bedanken.

Aber, auch wenn ich gesagt habe, dass ich gleich losfahre, Zeit für meinen ersten Kaffee muss sein!

Wo war ich eigentlich gerade? Ach ja, bei meinem Vater. Und wieso er sein Auto haben will. Soll das etwa heißen, er will für immer auf Kos bleiben? Obwohl. So hat er das eigentlich nicht ausgedrückt, nicht so wortwörtlich jedenfalls. Aber wenn er sein Auto haben will, kann er es eigentlich nicht anders gemeint haben. Was will er dort eigentlich? Das sieht ihm doch gar nicht ähnlich!

Allerdings sollte ich dazu sagen, dass unser gutes Verhältnis ausschließlich darauf basiert, dass wir sehr wenig miteinander reden. Vor allem, nachdem meine Mutter vor achtzehn Jahren ganz plötzlich durch einen Autounfall gestorben ist, haben wir unsere Gespräche auf ein Minimum beschränkt. Mit 15 war ich jetzt auch nicht so scharf darauf, viel mit meinem Vater zu reden und dann haben wir das irgendwie so beibehalten.

Mein Vater hat bis zu seiner Rente für eine Bank gearbeitet und mir immer in den Ohren damit gelegen, auch dort anzufangen. Ich habe ernsthaft darüber nachgedacht, aus lauter Trotz, Philosophie und noch irgendetwas zu studieren, nur um ihn richtig zu ärgern. Doch leider habe ich es nicht einmal bis zur elften Klasse geschafft und musste somit meinen geplanten Trotzversuch an der Uni an den Nagel hängen. Nach der Realschule habe ich mich erstmal für Praktika beworben, allerdings nicht bei Banken. In einer Bank konnte ich mich mir beim besten Willen nicht vorstellen.

„Nur mit einem Realschulabschluss wirst du ohnehin keine Lehrstelle bekommen, Julia. Die nehmen nur Leute mit Abitur. Das ist auch richtig so. Schließlich vertrauen uns die Leute so etwas Wichtiges wie ihr Vermögen an", hatte mein Vater mir damals unverblümt mitgeteilt.

„Aber du hast doch auch kein Abitur, Papa!", hatte ich entrüstet entgegnet.

„Ja sicher. Aber mein Schulabschluss war noch etwas wert. Heute lernt man in dreizehn Jahren kaum das, was wir in acht Jahren Volksschule gelernt haben. Schon deshalb müsst ihr länger zur Schule gehen. Ach, die neuen Azubis haben überhaupt keine Ahnung und das trotz ihres Abiturs! Ich könnte dir Geschichten erzählen!"

Ja, über solche Dinge hat er mit mir gesprochen, aber nicht darüber, wie es bei mir so läuft. Wahrscheinlich reden wir deshalb noch weniger miteinander, seitdem er nicht mehr arbeitet.

Bei einer Praktikumsstelle in einer Anwaltskanzlei habe ich irgendwie Spaß an den ganzen Paragrafen gefunden. Man braucht da so wenig kreativ zu sein, finde ich und das ist angenehm. Dann gibt es weniger Streitpunkte für meine Arbeit, sondern nur richtig oder falsch. Ich hatte Glück und durfte auch weiter die Ausbildung dort machen. Danach kam dann die nächste Praktikantin und ich konnte sehen, wo ich bleibe.

Wo ich bleibe! Das ist mein Stichwort, verdammter Mist! Hektisch schaue ich auf die Uhr! Mittlerweile ist es halb acht vorbei und mein Kaffee bereits völlig kalt. Trotzdem stürze ich ihn hinunter. Schließlich sollte das Koffein auch im kalten Zustand wirken, tut es ja bei Cola schließlich auch. Dann schnappe ich mir meine abgewetzte braune Lederhandtasche. Nicht, weil die mein absolutes Lieblingsstück ist, sondern weil ich sonst immer alles in der Tasche vergessen würde, die ich gerade nicht dabeihabe. Dann rase ich die beiden Etagen runter zur Haustür.

Die natürlich wieder abgeschlossen ist. Eine Angewohnheit, die ich meinen Nachbarn einfach nicht abgewöhnen kann. Eilig krame ich meinen Schlüssel raus und lasse ihn fallen, was ein lautes Klirren auf dem Steinfußboden hinterlässt und durch den ganzen Treppenflur hallt.
„Guten Morgen, Frau Andacht", tönt es direkt hinter mir.
„Guten Morgen, Frau Mielke!" Trotz Hektik versuche ich, freundlich zu klingen. Ein Fehler, den mir meine Freunde ständig vorwerfen, den ich aber einfach nicht abstellen kann. „Frau Mielke, könnten Sie bitte die Tür abends offenlassen? Was ist denn, wenn jemand einen Krankenwagen braucht?"
„Aber meine Liebe! Dann können wir auch sofort alle unsere Wertsachen nach draußen stellen und ein Schild dranhängen 'zu verschenken'. Es wird doch so schon sehr viel eingebrochen, da muss man nicht noch einen Anreiz durch offene Haustüren schaffen!"
Mit diesen Worten lässt sie mich stehen und schlurft wieder nach Hause, eine Treppe rauf. Anscheinend ist sie nur heruntergekommen, um mir Guten Morgen zu wünschen, nicht etwa, um irgendwo hinzugehen. Meistens steht sie am Fenster und guckt, ob draußen etwas Aufregendes passiert. Was demnach so gut wie nie der Fall zu sein scheint.
Fluchend hebe ich den Schlüssel auf und schaffe es endlich, ihn ins Schloss zu stecken und die schwergängige dunkle Holztür aufzuschließen. Rasch laufe ich in Richtung U-Bahn. Warme Frühlingsluft umgibt mich, obwohl es erst Anfang Mai ist. Allerdings schwitze ich schon allein wegen meiner Klamotten heftig, was vor allem an meinem Regenmantel liegen könnte, den ich immer draußen trage. Über Freiburg mag man gehört haben, dass hier oft die Sonne scheint. Aber, seitdem ich dreimal durchgefroren und völlig durchweicht im Büro angekommen bin, alle drei Male im Hochsommer, übrigens, trage

ich jetzt immer meinen dunkelblauen Regenmantel, ganz egal, ob es Frühling oder Sommer ist. Für den Herbst und Winter wechsele ich zu einem dunkelblauen, gefütterten Regenmantel, was bei den milden Wintern teilweise eine echte Herausforderung ist. Ja, sicherlich könnte ich den Mantel auch einfach ausziehen und über dem Arm tragen. Aber dann schleift er wegen seiner Länge auf dem Boden und wird dreckig. Also behalte ich ihn an und schwitze eben.

Dann warte ich erstmal zehn Minuten auf meine Bahn, die im Fünfminutentakt angeschrieben steht. Ganz pünktlich werde ich wohl nicht da sein, befürchte ich. Mein Chef wird bereits mit griesgrämigem Gesicht auf mich warten bzw. auch sein Vater, wenn er schon da ist. Weil beide, trotz akademischem Abschluss, nicht in der Lage dazu sind, den zweitausend Euro teuren Kaffeevollautomaten zu bedienen.

Doch trotzdem klopft mein Herz heftig, während ich die halbe Stunde zur Arbeit fahre. Wie jeden Morgen. Seit fünf Jahren. Also seitdem ich angefangen habe, für Thomas Börger zu arbeiten. Denn blöderweise hat er diese Wirkung auf mich. Seine grünen Augen, seine dunkle Stimme, alles an ihm löst kleine Hopser in meinem Bauch aus. Ich kann es einfach nicht ändern, auch wenn ich mir sicher bin, dass er sich nie für jemanden wie mich interessieren wird.

Ich bin seine Angestellte, ohne Studium, nicht mal Abitur. Und mit meinen knappen 1,65 m, kurzen Stummelbeinen und braunen Haaren mit den Augen in der gleichen Farbe dazu, bin ich wohl alles andere als die Frau-von-Welt-Erscheinung. Und wahrscheinlich wäre es ohnehin keine gute Idee, etwas mit seinem Chef anzufangen, auch wenn er noch so toll ist.

2.

Kaum betrete ich die weißgestrichenen Räume der Kanzlei, die sich in einem Geschäftshaus mit Ärzten, Notaren und eben auch Anwälten befindet, höre ich auch schon ein genervtes Rufen:

„Guten Morgen, Frau Andacht! Wenn es Ihnen nichts ausmacht, bringen Sie uns doch bitte einen Kaffee!" Diese Worte stammen natürlich von Herrn Börger, Senior, dem Vater meines Chefs.

„Guten Morgen," grinst mich der Junior schelmisch an und ich habe das Gefühl, dass sich unsere Blicke treffen. Es könnte aber auch Einbildung sein. „Danke, dass Sie heute früher gekommen sind, Ju...Frau Andacht."

Oh ja, manchmal verspricht er sich und nennt mich Ju... Manchmal nennt er mich sogar Julia, wenn sein Vater nicht da ist, verbessert sich jedoch immer wieder ganz schnell. Trotzdem plumpst mein Herz dann immer in Richtung Knie, die dann ganz weich werden. Schnellt jedoch hurtig wieder empor, wenn er mich um einen überarbeiteten Schriftsatz bittet. Das sagt er dann natürlich wieder in diesem ernsten Tonfall: „Frau Andacht, heute noch, wenn`s recht ist". Letzteres klingt dann immer so sehr nach seinem Vater, dass mein Herz postwendend wieder an Ort und Stelle sitzt. Vielleicht sollte man in dieser Tonlage mit Herzpatienten sprechen. Meine Frequenz ist dann immer schlagartig wieder normal.

„Guten Morgen, die Herren. Ihr Kaffee kommt sofort."

„Ich bin gleich bei Ihnen, Frau Andacht. Dann können wir uns an den Brief setzen." Mit diesen Worten verschwindet mein Chef in seinem Büro.

Verdammt. Jetzt stehe ich in meinen völlig verschwitzen Sachen hier herum. Eigentlich bin ich immer gegen acht Uhr morgens da. Und normalerweise schlägt mein Chef nicht vor neun Uhr hier auf. Sein Vater kommt dann meistens erst gegen zehn vorbei. Deshalb weiß mein Chef wahrscheinlich auch gar nicht, dass ich sonst so früh da bin. Vielleicht glaubt er, dass ich auch immer erst gerade gekommen bin. Aber mit den beiden im Büro, kann ich mir jetzt keine frische Bluse anziehen. Mit dem Regenmantel werde ich zwar nicht mehr nass, schwitze jedoch dermaßen, dass ich mich beinah jeden Tag umziehen muss. Aber jetzt geht das nicht mehr. Wie sieht denn das aus, wenn ich plötzlich eine andere Bluse trage. Das wirkt dann bestimmt so, als ob ich mich bekleckert hätte.

Die nächste halbe Stunde verbringe ich damit, mit meinem Chef den eiligen Brief zu tippen. Davor habe ich natürlich für die Kaffees gesorgt. Es macht mir nichts aus, den Kaffee zu machen, denn natürlich habe ich mir ebenfalls einen mitgenommen und genieße ihn zwischendurch. Mit dieser Maschine kann meine Filtermaschine zu Hause einfach nicht mithalten, auch wenn ich immer versuche, mir einen aufgeschäumten Café Latte während des Trinkens vorzustellen. Was aber nicht klappt.

Nachdem wir den Brief beendet haben, steht auch schon der Kurier da und ich versorge ihn mit dem vorbereiteten Umschlag. Danach stelle ich eine Verbindung zu einem Mandanten her, mit dem mein Chef einen Termin hat. Nach einer kurzen Begrüßung stelle ich das Gespräch durch. Nach zweimal Klingeln nimmt Herr Börger das Gespräch an. Mein Chef lässt jedes Telefonat mindestens zweimal durchklingeln, bevor er es annimmt. Wahrscheinlich mit der Absicht, beschäftigt zu erscheinen. Oder es fällt ihm gar nicht auf, dass er es macht.

Dann lege ich auf und beschließe, jetzt doch endlich meine Bluse zu wechseln. Wahrscheinlich haben die Schweißflecke bereits die Ausmaße der Landkarte von Afrika angenommen. Hoffentlich sieht man das auf meiner weißen Bluse nicht allzu deutlich.

Doch als ich mir gerade meine Sachen schnappen will, kommt prompt der Senior-Börger auf mich zugeschossen.

„Frau Andacht! Diesen Brief müssen Sie aber noch einmal überarbeiten. Da sind ja haufenweise Rechtschreibfehler drin. Am besten, wir machen das zusammen." Argh!

„Natürlich, sehr gerne. Danke, Herr Börger!", sage ich freundlich und hasse mich sofort abgrundtief dafür.

Der alte Herr Börger hat seinem Sohn diese Kanzlei, wie gesagt, vor fünf Jahren überschrieben. In Zuge dessen, hat mich sein Sohn, Thomas Börger, eingestellt und die gute Seele des Büros, Frau Knigge, in den Ruhestand befördert. Seit vierzig Jahren war sie hier Assistentin und sogar bereits für Herrn Börger, Senior-Senior, tätig, der vor zehn Jahren das Zeitliche gesegnet hat und den ich leider dadurch nicht mehr habe kennenlernen können. Das waren die Worte von Frau Knigge, die mich eingearbeitet hat, um daraufhin für immer zu entschwinden. Keine Ahnung, was sie heute tut. Ich hoffe, dass sie nur noch für sich selbst Kaffee kocht.

Nach nervenaufreibenden zwei Stunden des Diktierens eines einfachen Briefes und zwei E-Mails, ist es dem alten Herrn Börger dann endlich zu langweilig und er geht seinen Sohn stören. Ich schnappe mir endlich meine Bluse und mache mich auf dem Klo etwas frisch.

Seufzend schließe ich ab und setze mich auf die Toilette. Heute Abend muss ich dringend mit meinem Vater telefonieren. Wieso hat er mich nicht früher angerufen. Wieso macht er das um ein Uhr morgens, wenn ich es natürlich nicht hören kann, weil ich im Tiefschlaf bin. Ob er das mit Absicht gemacht hat? Und wenn nicht: Was hätte ich gesagt, wenn er mich erreicht hätte?

Eigentlich habe ich geglaubt, dass er um diese Jahreszeit an der Ostsee weilt. Da ist er doch jedes Jahr zu dieser Jahreszeit. Seit ungefähr zehn Jahren fährt er dorthin. So ziemlich, seitdem ich ausgezogen bin. Wann und wieso hat er sich für Kos entschieden? Ein lautes Klopfen an die Klotür lässt mich aufschrecken.

„Frau Andacht. Sind Sie da drin? Geht es Ihnen gut?" Der alte Herr Börger scheint ja heute besonders gut drauf zu sein, wenn er mich bis zum Klo verfolgt! Hastig spüle ich ab, ziehe mich wieder an und schließe die Tür auf.

„Entschuldigen Sie bitte, Herr Börger", stottere ich und schiebe mich an ihm vorbei. Dann wasche ich mir schnell die Hände, laufe den kurzen Flur an den Jacken vorbei und setze mich mit heißen Wangen wieder an meinen Schreibtisch. Die verschwitzten Klamotten habe ich immer noch an, die Bluse hängt jetzt auf dem Klo am Jackenhaken.

„Muss Ihnen doch nicht peinlich sein. Sie sollten Dörrpflaumen zum Frühstück essen. Das tue ich bereits seit 30 Jahren und sehen Sie mich an!"

Es stimmt. Herr Börger-Senior wirkt mit seinen ungefähr siebzig Jahren geradezu jugendlich, mein Chef kann sich auf das Alter freuen. Was mich betrifft, fehlen mir da leider die Anhaltspunkte. Meine Mutter ist mit knapp vierzig gestorben. Meine Großmutter, also ihre Mutter hat, soweit ich mich an sie erinnern kann, halt ausgesehen, wie eine alte Frau. Mit lauter Runzeln im Gesicht und Lachfältchen um die Augen. Sie ist gestorben, als ich zehn war.

Der Vater meines Chefs ist durchaus eine ansehnliche Erscheinung, schlank und immer top gekleidet im dunkelblauen Anzug. Sein Sohn sieht auch immer wie aus dem Ei gepellt aus. Sein schmales, herzförmiges Gesicht und seine haselnussbraunen Haare stehen ihm wirklich gut. Obwohl er die Haare sehr kurz trägt, beginnen sie sich immer schon nach kürzester Zeit zu locken und ihm in die Stirn zu fallen. Ich möchte sie dann jedes Mal sanft beiseite pusten.

Konzentrier dich, Jule! Hatte mein Vater jemals irgendetwas angedeutet? Egal, heute Abend werde ich hoffentlich schlauer sein.

3.

„Hallo Papa, hier ist Julia."

„Julia! Endlich meldest du dich. Wann kannst du mir mein Auto bringen?"

„Äh, wieso bist du eigentlich auf Kos?" Und mir geht es gut, danke der Nachfrage!

„Ich musste einfach mal raus, Jule! Und Kos ist traumhaft. Du musst herkommen und das mit eigenen Augen sehen."

„Geht es dir gut?", frage ich entgeistert. Mein Vater und Worte wie 'traumhaft' klingen absolut surreal auf mich!

„Mir geht es so gut wie schon lange nicht mehr!", ruft mein Vater begeistert und ich überlege ernsthaft, ob ich meinem Vater ein MRT vorschlagen soll.

„Und wo wohnst du auf Kos?" Ich hätte nie gedacht, dass ich meinen Vater mal so etwas fragen würde.

„In einer kleinen Pension bei einer ganz wunderbaren Frau!" Aha.

„Eine Frau also." Ich runzle mit der Stirn und bin froh, dass mein Vater das nicht sehen kann.

„Nicht so eine Frau, Julia. Sie ist nur einfach so unkompliziert und sorgt gut für mich." Also platonische Schwärmerei, ganz was Neues.

„Äh, aber wieso willst du jetzt dort leben, also für immer?" Es fühlt sich hölzern an, das auszusprechen: Für immer.

„Jule, ich bin dein Vater. Ich brauche dir doch keine Rechenschaft abzulegen. Und ich kann leben, wo ich will. Also: Wann bringst du mir mein Auto hierher?"

„Papa, dein Auto überlebt die Fahrt doch gar nicht! Es ist lebensgefährlich damit rumzufahren. Es wird quasi nur noch vom Rost zusammengehalten!"

„Julia, der Wagen ist ein Oldtimer! Er darf ruhig seine Tücken haben, das ist doch ganz normal."

„Und wenn ich liegenbleibe?" Genau: Was, wenn ich liegenbleibe oder mir noch schlimmeres passiert?

„Du bleibst nicht liegen. Der Wagen ist 1a gewartet. Mit dem sind deine Mutter und ich schon zum Standesamt gefahren und auch ins Krankenhaus, als du geboren wurdest." Richtig, das Auto ist älter als ich!

„Papa, ich muss arbeiten."

„Aber du musst doch auch mal Urlaub machen. Wenn du ohnehin hierherfährst, könntest du mir auch den Rest meiner Sachen bringen. Ins Auto passt doch viel mehr als man in ein Flugzeug mitnehmen darf. Meine restliche Kleidung, ein weiteres Paar Schuhe und das Bild von dir und deiner Mutter, als ihr aus dem Krankenhaus kamt."

Mein Herz krampft sich bei diesen Worten zusammen. Ist es ihm wirklich so ernst? Will er wirklich auf Kos bleiben? Für immer?

„Es ist dir also ernst, Papa?", frage ich leise.

Plötzlich bin ich irgendwie erschöpft. Vielleicht brauche ich eine Pause. Wann war eigentlich mein letzter Urlaub? Ich weiß es nicht mehr.

„Ja, Julia. Ich fühle mich so wohl hier. Das wirst du ja dann sehen, wenn du da bist", wiederholt er und legt einfach auf. Dabei habe ich gar nicht zugestimmt, ihm sein Auto zu bringen. Vielleicht sollte ich meinen Vater doch mal zum Arzt schicken, nur um sicher zu gehen.

Oder aber, es ist wirklich so, wie er sagt: Er fühlt sich besser dort. Auch wenn das für mich schwer vorstellbar ist.

Ganz die gute Tochter, die ich aber offensichtlich nicht bin, denn sonst wüsste ich doch sicherlich, dass mein Vater auf Kos weilt, fahre ich noch heute Abend mit der Straßenbahn zur Wohnung meines Vaters. Er lebt in einem kleinen Appartement in einem großen alten Mietshaus. Das Haus steht direkt an einem Park, in dem man aber wegen der vielen Hundehaufen nicht gerne spazieren gehen will.

Bereits in der Straßenbahn frage ich mich, wieso ich das eigentlich tue. Nein, eigentlich will ich meinem Vater ganz bestimmt nicht sein altes Auto nach Griechenland fahren. Meine Freundin Berti, kurz für Bertina, die ich schon seit der Schule kenne, wirft mir immer vor, dass ich mein Leben mehr selbst bestimmen soll. Aber mir fällt es ganz oft schwer, nein zu sagen. Und jetzt bittet mich mein Vater um etwas. Ich glaube, er hat mich noch nie um etwas gebeten. Die ganze Sache scheint ihm wichtig zu sein, da kann ich doch jetzt nicht mit dem Neinsagen anfangen. Er ist doch mein Vater. Und vielleicht ist es doch gar nicht so schlimm, auch, wenn ich, zugegeben, nur wenig Fahrpraxis habe. Wir haben ja nur uns. Wobei mir mein Vater ja gerade mitgeteilt hat, dass er nicht mehr im selben Land wie ich leben will.

Zuerst laufe ich von der Haltestelle zur Garage, die mein Vater extra für den Wagen angemietet hat. Sie liegt etwa einen Kilometer von seiner Wohnung entfernt, was das Einkaufen auch nicht wirklich leichter für ihn macht. Zum Glück habe ich einen Ersatzschlüssel für das Auto, sonst hätte ich erst in seine Wohnung gehen müssen. Manchmal fahre ich zusammen mit meinem Vater zum Einkaufen, dann lasse ich ihn an seiner Wohnung raus, parke den Wagen in der Garage und laufe wieder zurück. Der Kilometer ist jetzt nicht die Welt, ist aber trotzdem lästig, weil es Zeit braucht und wodurch man auch keine Zeitersparnis hat, dass man mit dem Auto unterwegs ist.

Im Auto stelle ich erstmal alles auf mich ein, atme tief durch und fahre dann vorsichtig aus der schmalen Garage heraus auf die Straße. Im Schritttempo fahre ich den Kilometer zur Wohnung, denn irgendwie habe ich Angst, etwas kaputt zu machen. Dann parke ich den alten Kasten direkt vor dem Haus. Wenn ich in diesem Tempo nach Kos fahre, werde ich Jahre brauchen! Vielleicht schicke ich ihm das Auto samt seinen Sachen mit der Post. Ob das wohl geht?

Als ich die Haustür aufschließe, höre ich bereits im Flur eine hohe, dünne Stimme rufen:

„Hallo, Frau Andacht. Wo ist denn Ihr Vater, ich habe ihn schon länger nicht mehr gesehen!"

Denn, natürlich hat jedes Haus seine eigene Frau Mielke, die besser als jede Alarmanlage funktioniert. Schon deshalb bräuchten meine Nachbarn die Haustür gar nicht abzuschließen. Frau Mielke würde sofort nach unten stürmen, wenn die Tür nur einen Mucks von sich gibt. Papas Frau Mielke heißt übrigens Frau Tück und ist eigentlich ganz nett.

„Guten Tag, Frau Tück. Er ist im Urlaub. Ich schaue nur nach dem Rechten."

Da ich nicht weiß, ob mein Vater unbedingt will, dass jeder über seine Auswanderung Bescheid weiß, bleibe ich erstmal bei den Tatsachen.

„Ach, das ist aber nett. Ist er wieder in Kühlungsborn?" Dabei kommt sie immer näher, weil sie schwerhörig ist.

„Äh ja, nein, diesmal ist er woanders hingefahren." Lügen ist nichts für mich. Nicht, dass ich was gegen Lügen habe, ich habe nur einfach kein Talent dazu.

„Ach nein? Wo ist er denn diesmal hingefahren?" Ihre Augen mustern mich aufmerksam und ich breche zusammen wie ein morsches Stück Holz.

„Er ist auf Kos." Verdammt. Jetzt ist es raus.

„Kos? Wo ist denn das?" Frau Tück runzelt die Stirn, was nur wegen des Hebens der faltigen Stirn auffällt.

„Das ist eine griechische Insel im Mittelmeer."

Dem Internet sei Dank, habe ich das wenigstens noch in Erfahrung bringen können, bevor ich hierher gefahren bin. Wie ich mit dem Auto dorthin kommen soll, das habe ich noch nicht so detailliert in Erfahrung bringen können. Davon abgesehen, weiß ich ja noch gar nicht, ob ich wirklich fahren werde. Vielleicht frage ich mal bei einem Reisebüro nach. Allerdings will ich ja keine Reise buchen, also könnte es etwas schwierig werden.

„Kindchen? Ist alles in Ordnung? Wie lange wird Ihr Vater denn dortbleiben?"

„Das weiß ich leider nicht so genau, Frau Tück. Deshalb hat er mich gebeten, ihm noch ein paar Sachen vorbeizubringen."

Mit diesen Worten nicke ich ihr zu und gehe rasch an ihr vorbei die Treppen rauf, bevor sie noch mehr Fragen stellen kann.

Ich zücke meinen Zweitschlüssel, den mir mein Vater glücklicherweise direkt bei seinem Einzug gegeben hat. Nach dem Tod meiner Mutter haben wir erstmal weiterhin in unserer Wohnung gelebt, denn ich hätte während meines Schulabschlusses, dem Praktikum und der Ausbildung, gar kein Geld für eine eigene Wohnung gehabt. Mein Vater hatte nichts dagegen. Wir sind ja gut miteinander ausgekommen, glaube ich. Wir sind keine Streithahntypen, wir schweigen lieber. Meine Freunde, Al und Berti, finden, dass ich mir zu viel gefallen lasse. Ist vielleicht auch so, aber mir liegt nichts an irgendwelchen Diskussionen. Entweder, man hat Recht oder eben nicht, fertig. Wahrscheinlich mag ich deshalb die Welt der Paragrafen so gerne: für jedes Problem, gibt es eine Reihe von bereits ausgedachten Regeln und Gesetzen.

In der kleinen Wohnung meines Vaters atme ich erstmal tief durch. Aber das hätte ich lieber lassen sollen, denn die Luft riecht ganz muffig. Ratlos schaue ich mich in seiner Wohnung um: nichts liegt rum, alles ist aufgeräumt und sauber und verrät rein gar nichts über die Person, die hier lebt. Das Bild von meiner Mutter und mir steht auf der Nachtkonsole im Schlafzimmer. Zum Glück hat er das alte Ehebett nicht in die neue Wohnung mitgenommen, sondern sich endlich ein schmales Bett gekauft. In unserer alten Wohnung war die rechte Seite des Bettes immer leer, nachdem meine Mutter nicht mehr da war. Ich bin froh, dass er ein neues hat. Die leere Seite hat immer so gespenstisch auf mich gewirkt.

Wie lange ist mein Vater eigentlich bereits fort. Sollte ich das nicht wissen? Aber wir sind halt nicht die Typen, die jeden Tag miteinander telefonieren. Wir telefonieren auch nicht einmal pro Woche, sondern eher so, wenn es eben passt. Also dann, wenn man wirklich etwas zu erzählen hat. Die Kos Reise hätte ja durchaus so ein Thema sein können, aber das hat mein Vater anscheinend anders gesehen.

Ich hole mir einen wackelig aussehenden Stuhl aus der Küche. Immerhin weiß ich, dass er einen Koffer oben auf dem Kleiderschrank aufbewahrt. Allerdings stellt sich der Koffer als doch recht klein raus. Halt diese Sorte Koffer, die man für einen Krankenhausaufenthalt nimmt oder für ein Wellnesswochenende. Wobei letzteres bei meinem Vater eher unwahrscheinlich ist. Um zu sehen, wieviel überhaupt zusammenkommt, schnappe ich mir erstmal ein paar große Einkaufstaschen von einem riesigen Stapel Tüten, der fein säuberlich im Küchenschrank zusammengefaltet liegt. Ich muss bei diesem Anblick schmunzeln. Von den Dingern habe ich auch ständig welche zu Hause rumfliegen, nur habe ich nie welche dabei, wenn ich einkaufen gehe. Deshalb habe ich ja immer viel zu viele davon, was meinem Vater anscheinend genauso geht.

Was würde ich wohl mitnehmen, wenn ich fahren sollte. Wie lange fährt man überhaupt nach Kos? Auch so etwas, was ich vielleicht erstmal herausfinden sollte, wenn ich meinem Vater das Auto bringe, wozu ich aber immer noch keine Lust habe.

Wahllos beginne ich, Unterwäsche, Socken, Hemden (mein Vater trägt keine T-Shirts) und zwei Hosen in eine Einkaufstasche zu werfen. Aber so viel ist es eigentlich nicht. Wenn ich die Sachen zusammenfalte, sollten sie in den kleinen Koffer passen. Der kleine Kleiderschrank aus dunklem Holz, der mal in meinem Kinderzimmer gestanden hat, ist jetzt bereits leer. Einzig ein schreiend orange und ein gelbes Hemd hängen noch dort, aber von denen nehme ich dann doch lieber Abstand. Sind wahrscheinlich Überreste aus den Siebzigern, wobei ich mir meinen Vater darin so gar nicht vorstellen kann. Seine Anzüge, die er immer in der Bank getragen hat, sind nirgends zu sehen. Vielleicht hat er sie gespendet. Wieder wird mir bewusst, wie wenig wir anscheinend voneinander wissen.

Froh darüber, dass das Auto unten steht, laufe ich mit der prall gefüllten Tasche zur Tür hinaus. Neben den Anziehsachen habe ich noch drei Bücher eingepackt, doch ansonsten fällt mir absolut nichts ein, was mein Vater noch unbedingt haben möchte. Unten angekommen fällt mir auf, dass der kleine schwarze Koffer und Mamas Foto noch oben stehen. Also muss ich doch noch einmal die Treppen raufflitzen, leise natürlich, um nicht Frau Tück wieder auf den Plan zu rufen.

Endlich sitze ich wieder in dem uralten Wagen meines Vaters. Er hat ihn schon solange ich denken kann und eben noch viel länger. Es ist ein roter VW Golf, den mein Vater damals, Mitte der Achtzigerjahre, also ein paar Jahre vor meiner Geburt, bereits gebraucht gekauft hat. Er geht damit auch nur in eine einzige Werkstatt und lässt nur einen bestimmten Mechaniker daran. Der Mechaniker ist in etwa so alt wie mein Vater, an die siebzig, und schraubt auch nur noch zum Spaß an den Dingern rum. Die Werkstatt gehört mittlerweile seinem Sohn. Ich hoffe, er lässt ihn an einer etwas längeren Leine als Herr Börger meinen Chef.

Die kurze Fahrt nach Hause bewältige ich jetzt schon etwas schneller, dabei ziehe ich den vertrauten Autogeruch in mich ein. Er erinnert mich an meine Kindheit, wenn wir in den Urlaub gefahren sind.

Zu Hause parke ich das Auto direkt vor dem Haus, was ich meinem Vater ganz bestimmt nicht auf die Nase binden werde. Was glaubt er denn? Dass ich alle meine Sachen zur Garage schleppen werde? Also, wenn ich fahre. Was immer noch nicht sicher ist!

Ich sollte den Wagen nochmal in die Werkstatt bringen, überlege ich, während ich die Haustür aufschließe und leise die Treppen hochsteige. Wer weiß, in welchem Zustand der Wagen tatsächlich ist. Vielleicht ist er sogar dermaßen kaputt, dass ich ihn direkt zum Schrotthändler fahren kann. Man wird doch wohl noch träumen dürfen!

Kaum bin ich oben in der zweiten Etage angekommen, höre ich bereits, wie jemand, wahrscheinlich Frau Mielke, die Tür abschließt. Ich bin zu fertig für so etwas, denke ich frustriert, denn mittlerweile ist es elf Uhr abends vorbei. Müde stolpere ich hinein in meine leere Wohnung. Kurze Dusche, Zähneputzen, Abendessen hatte ich jetzt tatsächlich keins. Aber das fällt mir erst im Bett ein, als ich auch schon dabei bin, einzuschlafen.

Nachts träume ich davon, wie ich in dem alten Auto sitze und damit übers Meer schippere. Neben mir sitzt ein Schatten, der meine Hand hält und dabei ein leichtes Prickeln in mir auslöst.

4.

Um halb sieben früh klingelt mein Wecker. Völlig schlaftrunken haue ich ihn aus und torkele ins Bad. Dann koche ich mir einen starken Kaffee. Während er durchläuft, ziehe ich mich schonmal an; weiße Bluse, dunkelblaue Anzughose, klassisch eben. Nur halt gekauft bei der Marke 'zwei Buchstaben mit einem & dazwischen' und nicht von einer Vor- und Zunahmen-Marke, wie meine Chefs sie wahrscheinlich tragen.

Ob es der wenige Schlaf ist oder weil ich einfach nicht nein sagen kann. So langsam erscheint mir der Gedanke daran, nach Kos zu fahren, nicht mehr völlig abwegig. Soll man nicht offen für Neues sein und auch mal ein Risiko eingehen? Sagt zumindest meine Freundin Berti immer.

Heute schaffe ich es, bereits um viertel vor acht im Büro zu sein. Da der Morgen sogar recht kühl ist, brauche ich die Bluse heute nicht zu wechseln, sondern habe Zeit für einen ersten, wohlschmeckenden Café Latte, während ich in Ruhe die Post sortiere. Inständig hoffe ich, dass der alte Herr Börger heute zu Hause geblieben ist. Ich habe beschlossen, um Urlaub zu bitten. Dann habe ich den schonmal sicher und nehmen muss ich ihn doch ohnehin irgendwann, da hat mein Vater recht. Zwei Wochen wären doch ein guter Zeitraum. Ich weiß zwar immer noch nicht, ob ich fahre und ob ich dann länger auf Kos bleiben will, aber dann kann ich mich nach der langen Fahrt noch erholen und Dinge wie meine Steuerklärung erledigen.

Was mein Chef wohl zu meinem Urlaubsantrag sagen wird. Er ist es gar nicht von mir gewohnt, dass ich so lange freinehme. Wann war überhaupt mein letzter Urlaub? Ist anscheinend schon viel zu lange her, wenn ich mich nicht mehr daran erinnern kann.

Seit ich für die Börger Kanzlei arbeite, bin ich in den letzten 5 Jahren nie länger als eine Woche am Stück weggeblieben. Meistens habe ich einfach nur ein paar Tage freigenommen, an denen ich Termine erledigt und ausgeschlafen habe. Mit Berti war ich letztes Jahr ein paar Tage Skifahren. Also sie ist Ski gefahren und ich war halt dabei. War wirklich mal was anderes als Norddeutschland, wo ich immer mit meinen Eltern war. War aber leider nicht schöner, sondern einfach nur kälter und anstrengender. Über einen kleinen Anfängerkurs, in dem nur kleine Kinder waren, bin ich dann auch nicht hinausgekommen. Dieses Jahr ist Berti mit jemand anderes gefahren, der allerdings direkt danach schon nicht mehr aktuell war, laut ihr.

Die Tür klickt. Herein kommt mein Chef, allein, wie ich zu meiner Erleichterung feststelle.

„Guten Morgen, Herr Börger."

„Guten Morgen, Frau Andacht."

„Äh, Herr Börger. Ich müsste Sie um etwas bitten."

Freundlich schaut er mich mit seinen knallgrünen Augen an und ich habe Schwierigkeiten, mich zu konzentrieren.

„Äh, ich bräuchte Urlaub, relativ kurzfristig. Ginge das?"

Herr Börger lächelt, wobei er irgendetwas mit seinen Augen macht. Irgendwie strahlen sie so, ist aber vielleicht auch nur der Lichtschimmer von draußen, der sich darin widerspiegelt.

„Sicher. Irgendwann müssen Sie ja schließlich Urlaub nehmen. Für wie lange denn und ab wann?"

„Zwei Wochen, so schnell wie möglich." Ich schlucke und ernte einen überraschten Blick.

„Zwei Wochen! Wie soll ich das denn machen, Frau Andacht? Da bleibt doch dann viel zu viel liegen!"

„Es ist eine Familienangelegenheit. Mein Vater, also, er braucht… mmh … Hilfe, also sozusagen."

Wieso stottere ich denn, es ist ja nicht mal wirklich gelogen! Aber diese forschenden grünen Augen. Heute fällt mir auf, dass da auch noch braune Sprenkel drin sind. Furchtbar. Furchtbar schön! Zu meinem persönlichen Bedauern ringelt sich heute leider keine einzige Locke in seine Stirn, wahrscheinlich war er gestern beim Frisör.

„Oh, ja, na dann. Wobei braucht ihr Vater denn…, also, wenn ich helfen kann." Wieso fragt er denn jetzt nach. Was soll ich ihm sagen? Das geht ihn doch gar nichts an.

„Er, äh. Er ist gerade im Urlaub, also auf Kos und er… Er braucht ein paar Sachen und die soll ich ihm, äh, bringen."

„Und dafür brauchen Sie zwei Wochen?"

Er zieht seine Stirn kraus und ich werde immer unsicherer. Vielleicht hätte ich mir vorher etwas überlegen sollen. Ein Rollenspiel mit Berti wäre eventuell hilfreich gewesen. Berti arbeitet nämlich im Personalmanagement einer riesigen Firma und kennt sich mit schwierigen Chefsituationen aus, sagt sie immer.

„Ich soll ihm sein Auto bringen. Einen knapp vierzig Jahre alten Golf, von dem ich nicht weiß, ob er die Fahrt überhaupt überleben wird." Sei doch nicht so offenherzig, schelte ich mich innerlich. Das interessiert Herrn Börger doch ohnehin nicht, wie alt das Auto ist.

„Wieso braucht ihr Vater denn plötzlich sein Auto? Auf Kos? Was will er mit dem Auto an der Ägäis, kann es vielleicht schwimmen?" Natürlich weiß Herr Börger, wo Kos liegt, ganz ohne Internet.

„Er wandert aus und deshalb will er die wichtigsten Sachen bei sich haben." Wie aus der Pistole geschossen beantworte ich ihm seine Fragen, obwohl ihn das Ganze überhaupt nichts angeht. Ich wäre eine schlechte Verbrecherin, ich würde sofort alles gestehen. Wieder runzelt er die Stirn.

„Eine ganz schön weite Fahrt, aber wenn Sie meinen, Frau Andacht. Wann wollen Sie den Urlaub denn antreten?"

„Sofort, äh, wenn es geht?" Sei nicht so unsicher, höre ich Bertis Stimme direkt in mir meckern.

„Was denn, etwa schon morgen? Das ist jetzt aber doch sehr kurzfristig, finden Sie nicht?" Ein weiteres Schauen aus seinen grünen Augen mit braunen Sprenkeln und meine Knie geben langsam nach. Dann klingelt das Telefon und unsere Augen fahren auseinander.

Anscheinend haben wir uns gegenseitig in die Augen geschaut, was mir aber gar nicht aufgefallen ist. Ich greife zu meinem Schreibtisch, vor dem wir beide stehen und greife schnell zum Hörer:

„Guten Tag. Anwaltskanzlei Börger, Sie sprechen mit Frau Andacht".

Mein Chef schleicht schnell aus dem Vorzimmer in sein Büro, lässt zweimal klingeln und übernimmt dann das Gespräch.

Uff, wieso hat er eigentlich so viele Fragen gestellt? Und ich bin mal wieder zusammengeklappt wie ein Taschenmesser. Weil du kein Rückgrat besitzt, wie mir meine Freundin Berti immer auf ihre 'ehrliche und freundliche' Art zu vermitteln versucht. So redet man anscheinend miteinander in ihrer Firma. Ich könnte sie heute Abend mal anrufen und sie um ihre ehrliche Meinung bitten und vielleicht kann sie mir auch mit der Reiseroute nach Kos behilflich sein. Wobei sie damit eigentlich keine Erfahrung haben kann. Schließlich fliegt sie meistens in den Urlaub bzw. nimmt selten welchen, denn ihr Job in der Personalabteilung ist furchtbar wichtig.

Den restlichen Arbeitstag reden wir dann auch nur noch das Nötigste miteinander. Ich bin froh, dass der alte Herr Börger heute nicht da ist. So viele Briefe und E-Mails habe ich schon lange nicht mehr an einem Tag geschafft. Ohne sein Gequassel im Hintergrund muss ich mir die Ansage auf dem Tonband nicht zehnmal anhören, bis ich sie verstanden habe.

Irgendwann sehe ich auf. Es ist bereits fünf Uhr durch! Als ich zusammenpacke, steht auf einmal mein Chef vor mir und räuspert sich.

„Ja, also, Frau Andacht. Heute ist Mittwoch. Wäre es Ihnen vielleicht möglich, Ihren Urlaub ab dem nächsten Montag zu beginnen? Ihr Freund kann ja sicherlich auch nicht so rasch Urlaub bekommen. Und wir können dann die nächsten beiden Tage noch tüchtig vorarbeiten."

Erstaunt blicke ich ihn an.

„Äh, vielen Dank! Dann ab nächsten Montag."

Er runzelt die Stirn, doch ich habe keine Ahnung, was er gerade denkt.

„Gut, dann machen wir das so, Frau Andacht."

Damit spaziert er wieder in sein Büro zurück.

Ich stehe auf der Straße und warte auf meine Bahn, die in 20 Minuten kommen soll. Nein, ich bin nicht mit dem Auto meines Vaters zur Arbeit gefahren, keine Ahnung, wieso. Ich bin einfach ein Gewohnheitstier und habe heute Morgen schlichtweg gar nicht mehr an den alten Kasten gedacht. Plötzlich fallen mir die Worte von Tho… Herrn Börger (jetzt fange ich auch noch damit an) wieder ein:

„Ihr Freund bekommt ja sicherlich auch nicht so schnell Urlaub", oder so ähnlich? Verdammt, wieso habe ich nicht klargestellt, dass ich allein fahre. Jetzt denkt er bestimmt, dass ich einen Freund habe!

Was ja eigentlich völlig egal ist. Schließlich hat dieser Mann bestimmt kein Interesse an jemandem wie mir, die erstmal nachgucken muss, wo Kos überhaupt liegt. Seufzend steige ich in meine Bahn und fahre nach Hause.

5.

Zu Hause greife ich direkt zum Hörer. Ich muss jetzt dringend mit jemandem reden.

„Hallo Berti. Mein Vater hat mich gebeten, ihm sein Auto nach Kos zu fahren. Was meinst du, soll ich das machen?" Schweigen.

„Äh, was macht dein alter Herr denn auf Kos? Midlifecrisis? Das ist so Oldschool!"

„Ich habe keine Ahnung. Er meinte, er ist da glücklich. Und außerdem hat mich mein Papa darum ge…gebeten, Berti." Natürlich stottere ich wieder mal zum Ende hin. Das tue ich meistens, wenn ich versuche, mich für etwas zu rechtfertigen, auf das ich meiner Meinung nach gar keinen Einfluss habe. Berti und ich sind seit der Schulzeit befreundet, obwohl ich mir da gar nicht so sicher bin. Meistens macht sie mich runter, aber vielleicht will sie mich auch nur anspornen damit.

„Ok, weißt du was. Dann mach das doch, Julia! Bestimmt bringt dir die Reise ganz viel für dich selbst und ist eine neue spannende Erfahrung für dich. Ich sage dir doch immer, dass du mehr aus dir herausgehen sollst!" Über diesen Zuspruch bin ich dann doch sehr überrascht.

„Du meinst also, ich soll das wirklich durchziehen?" Heute dürfte sie mir wirklich mal widersprechen und dann kommt so etwas. Ich weiß nicht, was ich erwartet habe. Den Urlaub habe ich ja bereits genommen, aber die Angst vor der langen Fahrt bleibt.

„Natürlich, wieso nicht", sagt sie abwesend.

„Ist alles ok bei dir?", frage ich, denn ich habe das Gefühl, dass sie mir gar nicht wirklich zuhört.

„Ach, ich habe einen himmlischen Typen an Land gezogen. Der hat den Sex quasi erfunden!", schwärmt sie auf einmal.

„Wieso. Ist er schon so alt?", entschlüpft es mir unbedacht und ich schlage mir die Hand vor den Mund, obwohl wir nur telefonieren und Berti das gar nicht sehen kann.

„Nein, du Dummchen. Damit meine ich doch, dass er absolut neue Maßstäbe im Bett aufstellt. Wann hast du denn das letzte Mal gevögelt?" Dabei zieht sie sich wahrscheinlich gerade die Lippen nach oder macht irgendetwas anderes, denn ich höre das Rauschen des Lautsprechers. Ich ignoriere diese Frage einfach, wie jedes Mal.

„Herr Börger hat mir erst ab nächsten Montag Urlaub genehmigt. Weil er meinte, dass mein Freund doch auch bestimmt nicht so schnell Urlaub bekäme." Schweigen. „Bist du noch dran, Berti?"

„Bin ich. Ich denke, er wollte die Lage abchecken, Jule."

„Welche Lage denn?" Ich verstehe nur Bahnhof.

„Du kapierst mal wieder gar nichts, Julia! Der wollte gucken, ob du allein fährst oder mit jemandem zusammen!" Ihre plötzliche Begeisterung lässt mich zusammenzucken. Was? Wirklich? Wieso?

„Warum sollte er das denn tun?" Ich höre förmlich, wie sich Berti an die Stirn klatscht.

„Na, bestimmt will er dich flachlegen, todsicher!"

„So ein Quatsch. Der Typ ist seit 5 Jahren mein Chef und er kann ganz andere Frauen haben."

„Na und, Männer sind da nicht so wählerisch. Sag ihm, dass du keinen Freund hast. Und viel Spaß bei der Reise nach Kos. Du könntest deinen Chef fragen, ob er mitkommt."

„Wie sähe das denn aus. Ich kann doch nicht mit meinem Chef in den Urlaub fahren." Obwohl das schon schön wäre. Er und ich und das Meer.

„Ach, war nur so ein Gedanke. Ich muss jetzt weiterarbeiten. Ciao!" Und schon hat sie aufgelegt und lässt mich ratlos zurück.

Also werde ich wohl nach Kos fahren? Nein, ich bin mir immer noch nicht sicher. Aber ich könnte mir mal die Route dahin ansehen. Schnell schnappe ich mir meinen Laptop und gebe 'Kos, Griechenland' in die Suchmaschine ein. Dutzendweise wunderschöne Bilder von einem strahlend blauen Himmel erscheinen direkt auf meinem Bildschirm. Das sieht toll aus. Vielleicht wirklich keine schlechte Idee, dorthin auszuwandern.

Nach nur zwei Stunden raucht mir der Kopf und es ist spät. Die Strecke über Italien sah netter aus, aber dann müsste man mit zwei Fähren fahren. Wobei man sogar noch eine ganze Strecke zur zweiten Fähre fahren müsste. Das erscheint mir riskant. Wenn ich durch Staus oder Sperrungen eine Fähre verpasse, verpasse ich auch direkt die nächste. Und zu viel zeitlichen Puffer dazwischen will ich auch nicht lassen, denn sonst muss ich zu häufig übernachten. Alternativ könnte ich bis nach Athen fahren. Die Fähre fährt direkt nach Kos.

Vor lauter Aufregung kann ich kaum einschlafen und mein Wecker klingelt nach nur wenigen Sekunden, kaum, dass ich endlich eingeschlafen bin.

Und immer noch bin ich mir nicht sicher, ob ich fahren werde. Aber das Heraussuchen der unterschiedlichen Routen hat bereits so etwas wie Reisefieber in mir geweckt. Vielleicht verleiht mir diese Herausforderung ja Flügel. Allerdings hätte das mit dem Neinsagen dann schon mal nicht geklappt, aber ich kann mich ja nicht sofort komplett ändern.

6.

„Guten Morgen, Frau Andacht", grüßt mich mein Chef am nächsten Morgen, als er bereits um kurz vor neun hereinkommt. „Wissen Sie denn schon, wie Sie nach Kos kommen?" Komisch, dass ihn das so interessiert.

„Äh, ich bin noch dabei, mich zu informieren." Mein Herz klopft heftig, während er mich mustert, aber schließlich muss es ja auch irgendetwas tun, sonst würde es doch schließlich stillstehen, das Herz.

„Ist eine ganz schön lange Strecke, aber Sie und ihr Freund können sich ja abwechseln." Wieso fragt er ständig nach meinem Freund? Will er abchecken, ob ich einen habe oder ob ich bald wegen einer Schwangerschaft ausfalle?

„Ich reise allein." Mein Gesicht wird warm bei diesen Worten. Ich habe keine Ahnung, wieso ich das gerade eben gesagt habe. Schließlich geht ihn das doch gar nichts an. Aber es kann ja auch nichts schaden, es ihn wissen zu lassen, dass ich ungebunden bin.

„Oh, das tut mir leid. Konnte Ihr Freund so kurzfristig keinen Urlaub bekommen?" Das Gespräch ist wirklich merkwürdig.

„Äh, ich habe keinen Freund." Das Gesicht meines Chefs zuckt und seine Augen weiten sich leicht, aber vielleicht habe ich das auch nur hineininterpretiert.

„Aber das ist wirklich eine sehr weite Fahrt für einen allein", mischt sich jetzt auf einmal sein Vater ein, den ich noch gar nicht wahrgenommen habe. Wahrscheinlich hat er sich einfach angeschlichen.

„Guten Morgen, Herr Börger. Ja, es wird wohl eine lange Fahrt werden. Wahrscheinlich muss ich mindestens einmal übernachten." Innerlich seufze ich. In was habe ich mich da reinquatschen lassen! Aber man wächst ja bekanntlich an seinen Aufgaben, ich fühle mich jetzt schon etwas größer.

„Sie sollten als Frau nicht so allein in der Gegend rumgondeln. Junge, das kannst du doch nicht zulassen!" Äh, wie bitte?

„Was meinst du damit, Vater?" Mein Chef sieht seinen Vater irritiert an.

„Na, dass man zu meiner Zeit eine Frau niemals allein gelassen hat. Machen Sie ihrem Freund Beine, Frau Andacht!"

„Vater, sie hat keinen Freund." Die Börgers mustern mich jetzt beide, ob abwartend oder geringschätzig kann ich nicht sagen, denn ich bin gerade völlig überfordert. „Und das ist allein Frau Andachts Privatangelegenheit. Da können wir uns doch nicht einmischen!"

„Na gut, dann mische ich mich eben allein ein. Frau Andacht, ich weiß, Sie arbeiten für uns und gar nicht mal schlecht. Schon deshalb habe ich ein Interesse daran, sie in einem Stück wiederzubekommen. Was halten Sie davon, wenn ich Sie begleite. Dann machen wir einen Rot-Trip. Das sagt man doch heute dazu, oder? Einen Rot-Trip?" Schweigen. Es hat mir absolut die Sprache verschlagen.

„Papa, das nennt man Roadtrip", sagt sein Sohn schwach. Mir fällt irgendwie gar nichts darauf ein, mein Mund ist plötzlich ganz trocken.

„Frau Andacht! Ich verstehe ja, wenn Ihnen das Angebot merkwürdig erscheint, denn ich bin Ihr Chef. Ok, mein Sohn ist ihr Chef. Aber ich habe doch Zeit und muss auch keinen Urlaub nehmen. Es sei denn, du kommst nicht ohne mich klar, Thomas!" Tho... mein Chef zuckt zusammen.

„Nein, nein, natürlich komme ich ohne dich klar. Aber, das geht doch nicht!" Verzweifelt blickt er mich jetzt an und ich erstarre innerlich. Ich habe das beklemmende Gefühl, dass ich aus dieser Nummer nicht mehr rauskomme, zumindest nicht, ohne meinen Job dabei zu verlieren.

„Denk doch mal nach, Thomas. So eine weite Reise ganz allein. Was da alles passieren kann! Können Sie denn überhaupt einen Reifen wechseln, Frau Andacht?" Upps.

„Äh, nein, bis jetzt noch nicht", stammele ich.

„Siehst du, Thomas. Und es können noch ganz andere Dinge passieren. Da ist es viel besser, wenn man nicht allein fährt. Da musst du mir doch zustimmen. Schließlich willst du deine Mitarbeiterin doch auch wieder in einem Stück zurückhaben, oder etwa nicht?"

Mein Chef grunzt irgendetwas, was beinah wie Zustimmung klingt. Auch in mir hat sich jetzt eine solche Angst breitgemacht, dass ich auf einmal völlig von Herrn Börgers Vorschlag überzeugt bin. Denn es kann ja wirklich einiges passieren auf so einer langen Autofahrt!

„Ok, Herr Börger, äh, wenn Sie es schon anbieten, dann, ja, sehr gerne. Ich fahre am Samstagmorgen los." Herr Börger nickt zufrieden, mein Chef runzelt die Stirn.

„Ich habe auch noch ganz aktuelle Faltpläne, die kriege ich jedes Jahr vom ADAC zugeschickt." Der Senior-Börger reibt sich die Hände. Sein Sohn dagegen zuckt leicht zusammen, seine Augen werden schmal.

„Sag mal, Papa: Du sollst doch gar kein Auto mehr fahren, oder sind deine Augen auf einmal besser geworden?"

Wie bitte, das fällt ihm jetzt erst ein? Jetzt, wo ich mich mit dem Gedanken schon so gut wie angefreundet habe!

„Sie dürfen gar nicht mehr Auto fahren, Herr Börger?", frage ich entsetzt.

„Nun ja, ich soll nicht mehr fahren und außer zum Einkaufen und hierher zur Kanzlei, fahre ich auch kaum noch Auto."

„Aber dann kannst du sie doch gar nicht ablösen", stellt sein Sohn messerscharf fest. Umspielt da tatsächlich ein kleines Lächeln seine Lippen? Vielleicht hofft er immer noch, dass sein Vater zurückrudert. Wahrscheinlich genauso, wie er seit fünf Jahren darauf hofft, dass er ihn die Kanzlei allein führen lässt.

„Das stimmt. Ich befürchte, dann bin ich doch nicht der Richtige für Sie."

Er macht eine Pause und mein Chef scheint sich leicht zu entspannen. Aber ich bin wie vor den Kopf geschlagen, denn irgendwie will ich nicht allein fahren müssen.

„Aber wir können doch auch zu dritt fahren. Thomas löst Sie dann mit dem Fahren ab!", ruft Herr Börger auf einmal und bekommt leuchtende Augen.

Äh, was ist jetzt passiert? Vorsichtig blicke ich in die Richtung meines Chefs, doch er schaut nur verblüfft seinen Vater an.

„Wie stellst du dir das denn vor? Was soll ich denn mit der Kanzlei machen! Die kann ich doch nicht einfach so zusperren!" Seine Wangenfarbe wechselt zwischen grün und weiß, er wirkt wie eine verzweifelte Ampel, fehlt nur noch das Rot.

„Ach, jetzt komm schon, Thomas. Du musst doch auch mal Urlaub machen. Und so schlecht sieht Frau Andacht doch gar nicht aus!"

Das hat er doch nicht wirklich gerade gesagt. Bestimmt habe ich mich verhört. Aber wie zum Beweis dafür, wechselt die Gesichtsfarbe meines Chefs jetzt auf Rot. Mir ist das Ganze mehr als peinlich, aber ich habe einfach keine Ahnung, was ich noch sagen soll.

Denn, mal ganz ehrlich: Neben meinem Chef nach Griechenland zu fahren, nun ja, ich könnte mir wirklich Schlimmeres vorstellen. Und ich will wirklich nicht allein fahren! Da wären die beiden Börgers doch das sehr viel kleinere Übel.

„Na ja, wenn Sie es schon anbieten. Also, ich wäre wirklich froh darüber, wenn ich mich mit jemandem abwechseln könnte."

So, jetzt ist es raus. Mein Chef schaut mich an, sein Blick wird prüfender und irgendwie ... sanft? Ich kriege Gänsehaut bei diesem Blick und hoffe inständig, dass sich meine Wangen nur knallheiß anfühlen und nicht auch noch knallrot aussehen.

„Gut, dann fahren wir wohl nach Kos. Vater, du kannst ja dann hier die Stellung halten", grinst er und wirkt ein wenig sehr selbstzufrieden.

„Aber das Ganze war doch meine Idee, Thomas! Wieso darf ich denn jetzt nicht mitkommen?" Herr Börger klingt auf einmal so traurig, dass es mir schier das Herz zerreißt. Sein Sohn scheint das nicht zu bemerken.

„Vater, was willst du denn da? Die ganze Autofahrt über ein Buch lesen?"

„Wieso nicht? Ich habe mir gerade ein neues gekauft. Und in den meisten Fällen bin ich doch gar nicht mehr drin. Ich habe doch nur noch eine beratende Funktion hier."

So kann man das natürlich auch ausdrücken, ich muss mir ein Schmunzeln verkneifen. Und irgendwie tut er mir auf einmal leid, der Senior-Börger. Denn plötzlich frage ich mich, wieso er eigentlich jeden Tag, trotz seines Ruhestands, hier hinkommt. Ich bin immer davon ausgegangen, dass er das macht, weil er seinem Sohn nichts zutraut. Aber vielleicht hat er einfach nichts anderes in seinem Leben außer der Kanzlei. Was wohl seine Frau macht?

„Dann lassen Sie uns doch zu dritt einen Roadtrip nach Kos machen!", sage ich und versuche, enthusiastisch zu klingen.

Sein Vater strahlt, mein Chef wirkt angespannt, grinst jedoch auch ein wenig, was ich nicht deuten kann. Vielleicht wird es ja doch ganz nett mit den beiden.

7.

Abends, zu Hause, wird mir die gesamte Tragweite dieses Unterfangens erst so richtig bewusst:

Ich werde mit meinem Chef und seinem Vater nach Kos fahren!

Wir werden zwei Tage oder sogar noch länger zusammen in diesem alten VW Golf meines Vaters sitzen! Zusammengepfercht auf engstem Raum!

Und was, wenn der alte Kasten verreckt, was dann?

Und was, wenn mein Chef mitbekommt, dass ich in ihn verknallt bin? Ach, das war ja der Grund, wieso ich dem Ganzen überhaupt zugestimmt habe. Offensichtlich haben meine Hormone in letzter Instanz die endgültige Entscheidung übernommen.

Na ja, und auch, weil ich nicht allein fahren will. Schließlich weiß ich nicht einmal, wie man einen Reifen wechselt. Meine Gefühle schwanken zwischen Erleichterung, weil ich nicht allein sein werde. Aber auch Peinlichkeit, dass ich mit den beiden Börgers, mit denen ich absolut nichts gemeinsam habe, diese lange Strecke nach Kos fahren werde.

Unruhig laufe ich in meiner Wohnung hin und her, dann rufe ich meinen Freund Ali an. Er hasst den Namen, weil er sich damit wie der Quotentürke fühlt, was in unserer Klasse aber nicht der Fall war. Da waren ungefähr 5 türkischstämmige Mädchen und Jungs, die Ava, Achmed und Mohammed hießen, Ali fiel da gar nicht weiter auf.

Trotzdem pflegt er sich seit ungefähr einem Jahrzehnt, Al zu nennen, weil er das wohl ansprechender findet.

„Hi Jay, was geht?" Tja, mit der Abkürzung seines Namens hat er aus uns dann B und J gemacht. Aber natürlich spricht er es Englisch, also Bi und Jay aus, damit wir cooler klingen. Das ist Ansichtssache, wie ich finde. Denn die Abkürzungen klingen für mich sehr nach dieser Eiscrememarke.

„Hallo Al. Ich habe mich da in etwas reingeritten!", rufe ich direkt als Begrüßung ins Telefon. Dann erzähle ich ihm, dass ich am kommenden Samstag mit meinem Chef und seinem Vater nach Kos fahren werde. Als ich fertig bin, lacht er laut auf. Nicht gerade die Reaktion, die ich haben wollte.

„Jay, ich verstehe dein Problem nicht. Den alten Knacker vergesst ihr einfach irgendwo und dann kann`s doch so richtig losgehen mit dir und deinem Chef."

„Das wäre toll, aber ich bin doch gar nicht sein Typ!", sage ich bedauernd. Doch meine Gedanken verselbstständigen sich sofort und ich sehe mich mit Thomas auf der Rückbank, die dann ja frei wäre. Mir wird heiß.

„Jay, genieß es doch einfach! Du denkst einfach zu viel nach. Wie lange arbeitest du eigentlich schon für deinen Chef?"

„Äh, seit fünf Jahren."

„Und wie lange bist du schon in deinen Chef verknallt?" Ich spüre sein Grinsen durchs Telefon. Neue Freunde, ich brauche sofort neue Freunde! Beispielsweise welche, die selbst anbieten, mit mir nach Kos zu fahren, dann müsste ich das nicht mit meinem Chef und seinem Vater tun!

„Seit ungefähr fünf Jahren." Seufz.

„Dann verstehe ich dein Problem erst recht nicht, Jay. Bestimmt müsst ihr mal übernachten!" Ich verdrehe die Augen.

„Dann meinst du also, es ist nicht so schlimm?"

„Du könntest abchecken, ob was geht!"

„Nun ja, er wollte wissen, ob mein Freund mitfährt." Wieso habe ich das jetzt erwähnt?

„Wow. Dann solltest du dir erst recht keine Sorgen machen, sondern dir besser noch neue Unterwäsche besorgen."

„Uff, Al", rüge ich ihn, weil, wie gewöhnlich, mal wieder ein Machospruch von ihm gekommen ist. Aber vielleicht gar keine schlechte Idee, durchfährt es mich.

„Viel Spaß Jay, muss jetzt ins Skype-Meeting."
„Du arbeitest noch? Es ist gleich 22 Uhr!"
„Die Welt schläft nicht, ich spreche gleich mit Sydney!"
„Der Stadt?"
„Unter anderem", sagt er anzüglich und hat auch schon aufgelegt.

So betrachtet hat Al vielleicht recht und Thomas und ich hätten eine Möglichkeit, uns näher zu kommen. Schließlich hat er sich ja doch recht schnell überreden lassen. Was, wenn er doch interessiert an mir ist? Mein Herz flattert, als ich im Bett liege und wieder kann ich nicht einschlafen.

Aber ich muss es doch irgendwann geschafft haben, denn ich träume davon, dass ich wieder im Auto sitze. Der Schatten, der meine Hand hält, sieht ein wenig aus wie Thomas und eine Stimme aus dem hinteren Raum schreit:

„Sind wir bald da?"

8.

Am Donnerstag ist mein Chef den ganzen Tag bei Gericht und ich kann ganz in Ruhe meine Liste an Briefen, Mails und wichtigen Einreichungen abarbeiten. Bei der Terminvergabe achte ich darauf, dass ich die nächsten zwei Wochen freilasse, obwohl ich keine Ahnung habe, wie lange die Börgers dabei sein werden. Vielleicht hauen sie bereits am nächsten Tag wieder ab und lassen sich abholen, weil sie feststellen, wie öde so eine Fahrt mit mir ist. In meiner Mittagspause telefoniere ich mit der Werkstatt. Zum Glück darf ich heute noch vorbeikommen. Gut, dass ich diesmal daran gedacht habe, mit dem Wagen zur Arbeit zu fahren!

„Der Wagen ist ein absolutes Schmuckstück, Jule! Ich wollte deinem Papa den Wagen schon so oft abkaufen und ihn ausschlachten, aber er hat immer abgelehnt."
„Das tut mir leid, Onkel Alfons." Natürlich ist er nicht mein richtiger Onkel, aber da er den Wagen bereits vor mir kannte, kennt er mich bereits mein ganzes Leben. Es käme ihm nie in den Sinn, dass es mit Anfang dreißig eher anzüglich wirkt, sich von mir mit Onkel titulieren zu lassen.
„Also meinst du, dass ich die weite Fahrt riskieren soll?"
„Mädchen, man steckt halt nicht drin in so einem Auto, aber im Moment ist der Wagen topfit!"

„Danke, dass du extra für den Wagen hergekommen bist, Onkel Alfons", sage ich artig und muss auch prompt nichts bezahlen, nachdem ich hoch und heilig versprochen habe, ihm etwas aus Griechenland mitzubringen. Am liebsten würde er ja mitkommen, hat er gemeint und kurz ist mir das Herz stehen geblieben. Schließlich brauche ich nicht noch mehr Reisebegleitung. Aber leider könne er nicht mehr so lange sitzen. Vielleicht kommt er mal mit dem Flieger nach Kos. Auf alle Fälle soll ich meinen Papa ganz lieb von ihm grüßen. Solche Worte reizen meine Lachmuskulatur immer bis aufs Äußerste, weil ich mir das Lachen natürlich verkneifen muss. Onkel Alfons ist ein Bär von einem Mann mit einem ganz langen grauen Bart (hab immer Angst, dass er damit irgendwo hängen bleibt, ist aber anscheinend noch nicht passiert) und es wirkt schon rührend, wenn er von meinen Eltern spricht und 'liebe Wünsche an deinen Papa' bestellen lässt.

Danach fahre ich in die Stadt, um einzukaufen.

Was trägt man eigentlich auf Kos? Vielleicht einen Bikini, was aber bei meinen Hüften nicht in Frage kommt. Besser wäre vielleicht eines von diesen alten Dingern mit Röckchen, damit man die Zellulitis nicht so sieht. Werde ich überhaupt so lange bleiben, dass ich einen Badeanzug brauche? Wenn wir liegen bleiben und auf Ersatzteile warten müssen, gehen meine zwei Wochen Urlaub ohnehin für die Fahrt drauf.

Ach, aber trotzdem komme ich beim Shoppen glatt in Urlaubsstimmung, einfach, weil ich den Rest erstmal ausblende: a) die lange Fahrt, b) die lange Fahrt mit meinem Chef, c) die Gefahr, dass mein Chef mich in einem Badeanzug sieht, d) die mangelnde Chance, dass mein Chef mich im Badeanzug sieht, weil er e) bestimmt spätestens in Athen das Weite sucht, wenn nicht schon eher. Ich seufze bei diesem Gedanken und auch, als ich den Preis für sehr süße, aber leider völlig überteuerte weiße Sandalen sehe. Schade, die sehen so schön aus, aber ich muss noch ein Navi kaufen. Am besten eines, dass das Fahren gleich mit übernimmt!

Im Geschäft suche ich dann auch mal gleich einen Verkäufer und finde natürlich keinen. Ein einziger ist da, der aber lieber mit einem Kunden über Computer fachsimpelt. Ich stelle mich brav hinter den

Mann und warte ab, aber ich werde weiterhin ignoriert. Nach zehn Minuten, traue ich mich dann doch mal vor:

„Äh, ich würde gerne…"

„Jetzt nicht, ich bin beschäftigt. Wenden Sie sich bitte an meinen Kollegen!"

Eingeschüchtert zucke ich zusammen und gehe schnellen Schrittes im Laden rum. Immer noch ist weit und breit niemand zu sehen. Also suche ich selbst nach so einem Ding und werde glücklicherweise schnell fündig. Das ist aber auch schon alles, denn leider liegt kein Wörterbuch neben den Teilen, um das Datendeutsch zu entschlüsseln. Ich habe keine Ahnung, ob 5 Zoll (wie groß soll das sein?) und ob 6 GB ausreichend sind. Ich will einfach nur wissen, ob ich damit bis nach Kos komme und ein Werkstattfinder wäre auch nicht verkehrt. Schließlich greife ich in meiner Verzweiflung nach einem eher günstigen Gerät, bezahle und kaufe mir dann die Sandalen und auch noch einen neuen Badeanzug, weil er chic aussieht und mir in Größe 38 passt. Vielleicht ist er falsch ausgezeichnet, egal, er sieht toll aus. Dann laufe ich zur nächsten Straßenbahn, fahre nach Hause und bringe die Sachen nach oben.

Oben angekommen, fällt mir ein, dass ich das Auto in der Stadt stehengelassen habe. Ich bin wirklich versucht, es erst morgen zu holen, aber das würde mir mein Vater nie verzeihen, wenn er das erfährt. Er würde ohnehin nie mit dem Wagen in die Stadt fahren.

Also mache ich mich wieder zur Straßenbahn auf, die jetzt nach acht Uhr nur noch alle halbe Stunde fährt, interessanterweise aber bereits nach 20 Minuten kommt. Als sie abfährt, lässt sie viele empörte Leute zurück, die alle gemächlich dabei waren, zur Bahn zu gehen und offiziell ja noch zehn Minuten Zeit hatten.

Dann fahre ich das Auto aus dem Parkhaus und werde beinah ohnmächtig beim Ticketpreis. Satte 10,20€ hat mich das Parken gekostet! Unglaublich, aber leider wahr. Hätte ich es die ganze Nacht dort gelassen, hätte ich wahrscheinlich einen Kredit aufnehmen müssen.

Erneut zu Hause angekommen, sinke ich erschöpft an meinen Küchentisch im Wohnzimmer.

Was soll ich eigentlich auf die Fahrt an zu Essen mitnehmen? Und sollte ich nicht auch noch ein Hotelverzeichnis ausfindig machen? Ich werde wieder nervös und koche mir einen Tee. Dann gucke ich mir erneut die gesamte Route im Internet an, schreibe mir größere Städte und möglichst günstige Hotels raus. Die Börgers können ja in einem Luxusschuppen absteigen.

Die Vorbereitungen lassen mich wieder ruhiger werden. Vorbereitungen, Listen machen, das beruhigt mich immer enorm. Freestyle ist absolut nicht meine Stärke, leider, denn genau deshalb bin ich in neuen Situationen immer sofort aufgeschmissen; beispielsweise bei einer Strecke von über 2000 Kilometern mit einem uralten Auto. Mein Herz fängt wieder an zu rasen und am liebsten würde ich meinem Vater sagen, dass ich versuchen werde, ihm sein Auto zuzuschicken. Es gibt doch diese riesigen Container. Bestimmt werden die auch nach Kos verschifft. Kostet aber wahrscheinlich ein kleines Vermögen.

Aber eventuell wachse ich ja auch mit der Erfahrung. Bei diesem Gedanken höre ich bereits Bertis Stimme 'Rutsch mal raus aus deiner Komfortzone, Julia!'.

Die hat gut reden. Berti arbeitet rund um die Uhr für einen Megakonzern als Personalreferentin, der aber anscheinend viel zu wenig Leute in der Personalabteilung für seine 5000 Mitarbeiter weltweit hat. Insgeheim denke ich, wenn sie mir mal wieder von ihren Überstunden vorschwärmt, dass sie da doch auch mal ruhig 'Nein' sagen könnte, wie sie es mir so oft predigt. Aber im Gegensatz zu mir, ist ihr Job einfach so wahnsinnig wichtig für die Firma und ich könne das nicht verstehen, so als Tippse beim Anwalt. Vielleicht hat sie recht. Die Kanzlei ist nicht international, sie hat nur einen soliden Kundenstamm in Freiburg und Umgebung, Schwerpunkt Immobilien- und Mietrecht. Und das bereits seit 60 Jahren, wie der alte Herr Börger bei jeder Gelegenheit gerne betont.

Nach einer Tasse Baldriantee schlafe ich endlich irgendwann ein, bestimmt habe ich noch ganz viele Sachen vergessen!

9.

"Guten Morgen, Frau Andacht! Na, schon alles gepackt?"
Mein Chef scheint tatsächlich gut gelaunt zu sein. Hat er mir gerade etwa zugezwinkert? Ich kriege Schnappatmung!
"Guten Morgen, Herr Börger. Soweit ja, Danke."
Leider fällt mir nichts weiter Originelles ein und er geht direkt in sein Büro. Sein Vater hat sich heute noch gar nicht blicken lassen.
Auf einmal wird mir heiß und kalt. Wie soll das denn die nächsten Tage bloß werden! Werden wir uns die meiste Zeit einfach nur anschweigen? Ich habe doch mit den Börgers so gut wie nichts gemeinsam, außer, dass ich auf ihrer Gehaltsliste stehe. Und das haben wir dann genau genommen eben nicht gemeinsam, denn es ist ja schließlich deren Kanzlei. Mein Herz rast, mein Kopf schnürt sich zusammen und ich versuche, mich irgendwie auf meine Arbeit zu konzentrieren. Mit wenig Erfolg.

„Frau Andacht. Wann sollen wir denn morgen bei Ihnen sein? Sollen wir etwas mitbringen?", fragt mein Chef, kurz vor Feierabend am Freitag.

„Würde Ihnen gegen sieben Uhr früh passen? Eigentlich nicht. Ich könnte noch einen Kuchen backen, mögen Sie so etwas?" Was stammele ich da bitte von Kuchen!

„Wir lieben Kuchen", grinst er und sieht dabei so süß aus, dass mir schwindelig wird und mein Herz einen Salto hinlegt.

„Prima, dann backe ich etwas. Am besten, Sie bringen dann noch für sich etwas mit, also, etwas, was Sie gerne essen möchten. Ich dachte, wir schauen mal, wie weit wir kommen. Bis Athen sind es ca. 2400 km." Die Kilometer erscheinen mir nach wie vor schwindelerregend hoch.

„Haben Sie schon etwas gebucht, Frau Andacht? Die Fähre oder eine Unterkunft." Jetzt klingt Herr Börger wieder wie sein Vater, fordernd und unwirsch und mein Herz plumpst wieder an Ort und Stelle zurück. Dieses Auf und Ab ist wirklich nicht gesund für mich, befürchte ich. Nennt man das nicht Herz-Rhythmus Störungen?

„Nein, wir wissen ja nicht, wie weit wir am Samstag kommen werden. Vielleicht stehen wir auch sehr lange im Stau und beschließen, irgendwann abzufahren und dort zu übernachten. Ich habe ein paar Adressen herausgeschrieben. Aber, wenn wir uns abwechseln, schaffen wir die Strecke vielleicht sogar bis Sonntag." Und wenn das Auto vorher nicht stehenbleibt.

„Stimmt, das klingt wirklich sinnvoll", lobt er mich. Mein Herz wummert wieder sehr heftig. „Und ja, das sollte zu schaffen sein. Wie schnell fährt der Wagen denn? Und was für ein Auto fährt Ihr Vater eigentlich?"

„Ein rotes, äh, einen Golf. Baujahr 1980 oder 82. Zumindest hat er ihn 1985 gebraucht gekauft. Ich habe keine Ahnung, wie schnell er fährt. Mein Vater ist damit in letzter Zeit höchstens zum Einkaufen gefahren. Aber der Mechaniker hat gesagt, er ist gut in Schuss."

Wieso genau rechtfertige ich mich für das Auto meines Vaters. Herr Börger zieht irritiert eine Augenbraue nach oben.

„Das ist ja bereits ein Oldtimer! Sind Sie sicher, dass wir damit ankommen?"

„Nein, das bin ich nicht", sage ich ehrlich und Herr Börger zuckt merklich zusammen. Doch dann räuspert er sich, wünscht mir einen schönen Feierabend und sagt bis morgen.

Zu Hause räume ich meine handgeschriebenen Listen zusammen: Liste für Hoteladressen, Liste für Werkstätten, die Adresse für die Fährverbindung in Athen und ein paar Adressen von Gaststätten auf dem Weg nach Piräus und natürlich auch ganz viele Tankstellen. Ja, sicher habe ich auch ein Handy, aber ich hänge trotzdem an meinen handgeschriebenen Listen. Schließlich kann das Internet auch einfach mal weg sein. Dann mache ich mir eine Einkaufsliste und fahre zum Supermarkt.

Am besten kaufe ich haltbare Sachen, überlege ich, während ich vor dem Gemüseregal stehe. Blöd nur, dass das alles so viele Kalorien hat, wenn man nicht nur Knäckebrot essen will. Also kaufe ich neben geräucherten Wurstsachen, doch noch Karotten, Gurken und Tomaten ein, die sich hoffentlich in den Tupperdosen, für die ich ja sonst nie Verwendung habe, sondern mir auf diversen Tupperpartys habe aufschwatzen lassen, halten werden. Dazu Äpfel und natürlich lauter ungesundes Zeug wie Chips und Schokolade, weil es sich halt so lange hält.

Wieder zu Hause backe ich einen Schokoladenkuchen. Danach backe ich einen Zitronenkuchen, weil mir eingefallen ist, dass vielleicht einer von den beiden keine Schokolade mag.

Mit meinem Vater telefoniere ich auch noch einmal. Zum Glück können wir diesmal über das Internet telefonieren. Seine Pensionswirtin scheint ihm die App installiert zu haben. Zumindest hatte ich heute früh eine Testnachricht von ihm und kann ihn daher diesmal darüber anrufen. Der letzte Anruf über das Festnetz hat mich ein Vermögen gekostet!

„Hallo Papa. Ich fahre morgen los."

„Na endlich. Ich hoffe, du hast dir ein Navi angeschafft." Ja, ok, mein Orientierungssinn ist nicht der beste.

„Ja, habe ich. Ich brauche noch deine Mitgliedsnummer für den Pannendienst."

„Die Karte liegt zu Hause, am besten, du nimmst sie einfach mit."

Uff, also noch ein Plausch mit Frau Tück. Und es ist bereits zehn Uhr abends. Morgen wollen wir gegen sieben Uhr früh los. Mein Herz wird wieder schwungvoller.

„Na gut, ich gehe sie gleich holen."

Wir legen auf und ich schnappe mir meine Siebensachen und laufe nach unten, sogar ohne, Frau Mielke zu treffen. Vielleicht schläft sie schon.

Mit dem Auto sind es zum Glück nur zehn Minuten und nach einer halben Stunde bin ich samt der Karte, die zusammen mit dem Familienstammbuch in der Küchenschublade lag, wieder zu Hause. Anscheinend hat mein Vater in letzter Zeit keine Verwendung dafür gehabt, sei es, weil der Wagen tatsächlich gut in Schuss ist oder weil er einfach nicht mehr damit gefahren ist.

Aber dass er sein Auto und das Bild haben möchte, zeigt, dass er es anscheinend ernst meint. Ich habe mir noch keine Gedanken darüber gemacht, wie ich das finden soll. Ist ja auch schließlich nicht meine Entscheidung, dass mein einziges verbliebenes Elternteil bzw. Familienmitglied weit weg von mir leben will.

10.

Um fünf Uhr früh wache ich noch vor meinem Wecker auf. In meinem Bauch prickelt es vor nervöser Anspannung. Heute geht es los! Ich werde mit meinem Chef und seinem Vater nach Kos fahren!

Das ganze Unterfangen kommt mir immer noch sehr merkwürdig vor, aber ich befürchte, jetzt gibt es kein Zurück mehr. Beinah widerwillig stehe ich auf, dusche mich und fange an, alles einzupacken. Keine Ahnung, ob das alles, zusammen mit dem ganzen Gepäck, überhaupt in das Auto passen wird. Die Sachen meines Vaters habe ich irgendwie in seinen kleinen Koffer gestopft. Mamas Bild habe ich vorsichtig dazwischen gelegt. Ich hoffe, dass es nicht kaputtgeht.

Meine Sachen befinden sich in einem weiteren kleinen Koffer, den ich mir letztes Jahr für den Skiurlaub gekauft hatte. Ich habe lange überlegt, was ich alles einpacken soll und mich dann für einen Kompromiss entschieden: Ich habe mir für eine knappe Woche Sachen eingepackt, dann kann ich mir immer noch überlegen, ob ich nur für ein paar Tage auf Kos bleiben will oder doch länger. Aber erstmal werde ich sehen, wann ich überhaupt dort ankommen werde, wenn überhaupt.

In einer großen Einkaufstasche verstaue ich den Proviant und werde bei dem Gedanken daran, ob dann die beiden Koffer der beiden Börgers überhaupt noch ins Auto passen, noch nervöser. Das Essen könnte ich doch auch auf den Sitz neben mir stellen, aber vielleicht möchte einer der Herren auf den Beifahrersitz. Vielleicht ja mein Chef, denke ich verträumt. Plötzlich läutet es und ich bin noch gar nicht fertig!

Eilig laufe ich zur Tür und drücke auf, doch natürlich ist die Tür abgeschlossen und lässt sich nicht öffnen. Seufzend werfe ich mir den Regenmantel über und schnappe mir meinen Koffer. Den Koffer meines Vaters habe ich glücklicherweise bereits gestern Abend ins Auto gebracht. Bewaffnet in der Hand mit dem Koffer, in der anderen die Tüte mit dem Essen und meine Handtasche, rase ich die Treppen runter.

„Guten Morgen, Frau Andacht. So früh schon unterwegs an einem Samstag?" Kritisch beäugt Frau Mielke meinen Taschenwust.

„Guten Morgen, Frau Mielke. Ich verreise. Einen schönen Tag Ihnen noch!"

Damit würde ich gerne einen Abgang hinlegen, doch das geht natürlich nicht, denn ich muss meine Sachen auf den Boden schmeißen, um die Tür aufzuschließen. Meine Klingel schallt laut und deutlich durchs Haus.

„Da klingelt jemand", sagt Frau Mielke überflüssigerweise. „Wohin fahren Sie denn, Frau Andacht?"

„Nach Kos. Und ich muss jetzt sofort los", ächze ich und habe endlich die Haustür aufgestemmt, die netterweise dann von meinem Chef aufgehalten wird. Schnell klaube ich alle meinen Sachen vom Steinfußboden des Treppenhauses auf. Der Senior-Börger steht griesgrämig daneben und meckert:

„Wurde aber auch Zeit. Ich dachte, wir fahren um sieben Uhr los und jetzt ist es bereits zehn Minuten nach." Na, das fängt ja gut an.

„Tut mir leid. Guten Morgen", stammele ich. Kein guter Start!

Gemeinsam laufen wir zum Wagen, den ich glücklicherweise gestern Abend noch vor dem Haus geparkt habe. Dort angekommen, versuche ich, meinen Koffer und die Tüten mit den Essensachen im Kofferraum zu verstauen. Daneben passt jetzt leider kein weiterer Koffer mehr, befürchte ich.

„Wieviel Gepäck haben Sie beide noch dabei?", frage ich vorsichtig.

„Natürlich jeder einen Koffer, aber keinen all zu großen. Der Wagen sieht ja gar nicht mal schlecht aus", sagt der alte Herr Börger anerkennend. „Wie schnell fährt er denn?"

„Der Wagen hat wahrscheinlich so ca. 60 PS", wirft sein Sohn ein. Erstaunt schaue ich ihn an.

„Woher wissen Sie das denn?"

„Ach na ja, als ich mir die Route gestern angesehen habe, habe ich mal nach alten Golfs geschaut." Das klingt fast entschuldigend bei ihm, vor allem, weil er dabei die Schultern hebt. Total niedlich. Mein Herz schmilzt vor sich hin.

Glücklicherweise passen beide Koffer bequem hinter den Beifahrersitz bzw. hinten auf die Rückbank. Die beiden packen doch tatsächlich Baguette und Antipasti in die vorbereiteten Tüte mit den Essenssachen!

„Das sieht ja lecker aus. Wann haben Sie das denn noch besorgt?", entschlüpft es mir und sofort ist mir meine Frage peinlich. Mein Chef schmunzelt.

„Ich mache öfter eingelegtes Gemüse und habe daher immer etwas da. Und das Baguette habe ich gestern Abend gebacken."

„Sie können kochen?" Ungläubig schaue ich ihn an. Wieso kann er denn jetzt auch noch kochen, er ist doch so schon in allem perfekt. Er lacht verlegen, beinah schüchtern und ich komme mir etwas sexistisch vor. Es sollte doch wohl nichts ungewöhnliches mehr sein, dass ein Mann kochen kann!

„Natürlich kann ich kochen. Ich habe in verschiedenen Städten internationales Recht studiert." Dazu fällt mir absolut nichts Schlagfertiges ein, außer, dass ich gar nicht gewusst habe, dass mein Chef internationales Recht studiert hat. Aber ich kenne mich auch nicht wirklich damit aus, ob das nun einen großen Unterschied zu einem normalen Jurastudium macht.

„Ja, deine Mutter hat dich völlig verweichlicht. Sie wollte immer ein Mädchen haben", frotzelt sein Vater, während er sich umständlich hinten auf die Rückbank setzt.

„Wäre es dir lieber gewesen, ich hätte mich nur von Fastfood ernährt? Meine Kochkünste kamen bei den Frauen sogar recht gut an!" Bei diesen Worten zucke ich leicht zusammen. Wie viele Frauen er wohl schon bekocht hat?

„Na und, geheiratet hat dich keine davon!", sagt sein Vater unverblümt. „Im Gegensatz zu deinem Bruder: seine Freundin hat ihn nicht nur bekocht, sondern ihn auch geheiratet und zwei Enkelkinder bekommen."

„Oh bitte, seine Freundin ist noch während des Studiums schwanger geworden und hat ihren eigenen Abschluss im ersten Anlauf erstmal versemmelt. So angetan warst du damals nicht davon!"

„Ach Unsinn, dafür haben die beiden mit Mitte dreißig bereits recht große Kinder. Florian geht schon aufs Gymnasium und Leopold in die dritte Klasse."

„Tja, und alle leben in Hamburg. Weit weg von dir. Woran das wohl liegt?" Schweigen.

Anscheinend hat Thomas dieses Wortduell gewonnen. Mal sehen, wann das nächste kommt. Die beiden scheinen ein sehr zwiespältiges Verhältnis zu haben. Komisch, dass mir das in der Kanzlei nie aufgefallen ist. Aber da ging es auch immer um berufliche Fragen, wenn ich die beiden beim Diskutieren gehört habe und nicht um private Dinge.

11.

Endlich ist das ganze Gepäck verstaut und wir sitzen alle im Auto. Mein Chef sitzt vorne, ich kann mein Glück kaum fassen!

Allerdings hoffe ich, dass ich mich noch genügend aufs Fahren konzentrieren kann. Mein Herz wummert jetzt bereits wie ein Presslufthammer. Sein Vater hat es sich hinten gemütlich gemacht, wie ich im Rückspiegel sehen kann. Die Programmierung meines Navis erfordert jedoch meine ganze Aufmerksamkeit, denn irgendwie ist alles auf Englisch. Zumindest verstehe ich kein Wort.

„Wenn Sie erlauben, Frau Andacht. Ich habe mein Navigationsgerät mitgenommen. Das kenne ich sehr gut, vielleicht beschleunigt das ja das Ganze", schlägt mein Chef vor, nachdem ich zehn Minuten lang wie wild auf dem Display herumgedrückt habe. Mein Herz pocht. Es muss absolut verrückt sein, wenn es solche Wörter als sexy empfindet, aber es ist so.

„Das ist sehr nett von Ihnen", stammele ich und lasse ihn mein Navi abnehmen, seins befestigen und es in, 1-2-3-Sekunden programmieren. Sofort legt eine Frauenstimme los:

„Bitte der angegebenen Richtung folgen." Was auch immer das heißen mag.

„Äh, Danke schön, Herr Börger."

„Möchten Sie nicht vielleicht Thomas zu mir sagen? Wir werden jetzt ein paar Tage auf engstem Raum zusammen sein. Wie klingt denn das, wenn Sie ständig Herr Börger zu mir sagen." Bei seinen Worten bricht mir endgültig der Schweiß aus und dass, obwohl ich gar keinen Mantel anhabe und es höchstens 10°C sind, den Eisheiligen sei Dank.

„Oh, äh, ja, gerne. Danke."

Ich bin froh, dass ich noch nicht losgefahren bin, weil mir nämlich gerade etwas schwummerig wird.

„Wunderbar, äh, Ju...lia. Also, wenn ich Julia sagen darf."

Er grinst und ich bin beinah so weit, einen Krankenwagen zu rufen, denn mein Herz klingt jetzt doch sehr ungesund auf mich. Irgendwie viel zu schnell und es scheint auch nicht mehr am linken Fleck zu sein, sondern irgendwo anders, vielleicht im Bauch, denn der blubbert ganz schön. Der Rest meines Körpers fühlt sich weich und wackelig an.

„Wann geht's denn endlich los?", knurrt Herr Börger von hinten. Auf seinen Schoß hat er ein Betttablett gestellt, darauf liegt ein dicker Wälzer. Um seinen Kopf trägt er eine kleine Stirnlampe, was wahrscheinlich sonst Jogger bei ihrem morgendlichen Frühsport so tragen, nicht, dass ich da mitreden kann. Was er wohl so liest? „Wo lang fahren wir überhaupt?"

„Heute Abend sind wir hoffentlich schon in Slowenien, bis dahin sind es gute 700 km", antworte ich und schnalle mich an. Jetzt bin ich nur noch zittrig wegen der langen Autofahrt. Das Angstgefühl verdrängt zumindest meine heftigen Gefühle für Herrn Bör... äh Tho...mas gegenüber.

„Slowenien? Haben Sie sich das auch gut überlegt? Der Balkan ist doch bestimmt nicht ganz ungefährlich." Ich ignoriere den Einwand, sondern fahre jetzt endlich los.

„Welche Route schlägst du denn vor?", fragt Herr Thomas Börger seinen Vater.

„Na, vielleicht etwas nettere Gegenden, Spanien oder Italien."

„Ich habe die Routen überprüft und von Italien dauert es beinah noch einmal so lange, weil es keine direkte Fährverbindung nach Kos gibt", werfe ich ein und klinge schon wieder nach Rechtfertigung, was mich frustriert. Ist ja schließlich nicht meine Schuld, dass Kos nicht direkt aus jedem Land ohne weiteres anfahrbar ist.

„Ihr Vater hätte sich eine andere Insel aussuchen sollen, Frau Andacht."

„Das liegt wohl nicht in Frau Andachts Entscheidungsbereich, Vater. Sollen wir dich vielleicht nach Hause bringen?", fragt sein Sohn.

„Was? Nein, natürlich nicht. Was soll ich denn da, wenn die Kanzlei zu hat." So leid mir Herr Börger auch tut, aber er könnte schon etwas netter sein, wo wir ihn doch trotzdem und ohne Aufgabe mitnehmen. Aber ich befürchte, Menschen wie Herr Börger können einfach nicht aus ihrer Haut, sie markieren immer den Starken und wollen nicht zugeben, dass sie mit der Einsamkeit zu Hause nicht zurechtkommen.

„Du könntest jemanden besuchen", schlägt mein Chef vor. Ich kann zum Glück nichts zum Gespräch beisteuern, denn ich muss ja fahren. Endlich sind wir auf der A5 in Richtung Karlsruhe.

„Der Autobahn sehr lange folgen", plärrt das Navi und ich muss lachen.

„Echt jetzt?", frage ich Thomas neben mir.

„Ich habe keine Ahnung, wieso das Navi das nicht präziser ausdrücken kann. Ich habe es schon seit ein paar Jahren."

„Dann kauf dir ein Neues", kommt es sofort von hinten rüber gemeckert. „Eines, dass eine nettere Route ausfindig machen kann."

„Gegen die Route ist doch nichts einzuwenden. Übrigens habe ich den Hafen von Piräus als Ankunft eingegeben. Ich hatte Sie so verstanden, dass Sie nicht von der Türkei aus übersetzen möchten." Oh, wie aufmerksam er ist! In meinem Bauch flattert etwas, ich befürchte es sind Schmetterlinge.

„Ja, ich habe gesehen, dass die Überfahrt zwar dann sehr lange dauert, aber wir sparen uns damit gute 600 km Fahrerei."

„Ja, allerdings fährt sie nur einmal am Tag. Morgen ist Sonntag, da legt sie um 18 Uhr ab. Am Montag startet sie um 19 Uhr." Verdammt! Wieso habe ich das nicht überprüft!

„Äh, aber vielleicht schaffen wir das ja sogar bis morgen."

„Ach bestimmt", sagt er, allerdings habe ich ihn schon weitaus überzeugender erlebt.

Nach einer guten Stunde tauchen Schilder in Richtung Pforzheim auf.

„In ca. 5 Stunden sind wir in Österreich", informiere ich meine Insassen.

„Österreich! Deine Mutter und ich waren mal in Kärnten. Das Essen war ein Gedicht. Wie wäre es, wenn wir unsere Mittagessen irgendwo in einer österreichischen Gaststätte einnehmen", schwärmt Thomas Vater. Seine Stimme klingt ungewohnt fröhlich. Muss wohl ein toller Urlaub gewesen sein.

„Wozu habe ich denn dann die Antipasti und das Baguette gemacht", mäkelt Thomas. Sein Vorname löst ein Prickeln in mir aus. Keine Ahnung wieso, so toll ist der Name doch gar nicht.

„Du klingst wie deine Mutter. Die hat auch immer was zu meckern. Ich verstehe das nicht. Aus deinem Bruder ist doch auch etwas Anständiges geworden: verheiratet, zwei Kinder und Teilhaber einer großen Anwaltskanzlei." Natürlich horche ich bei diesen Worten direkt auf, ohne mich nur noch auf das Fahren konzentrieren zu können. Mittlerweile komme ich immer besser mit dem Wagen zurecht. Er fährt sich wirklich gar nicht schlecht und seit etwa 100 Kilometern fährt er sogar solide 120 km/h.

„Also findest du deine eigene Kanzlei nicht so toll?", fragt jetzt Thomas mit beißendem Spott in der Stimme und ich habe Mühe, nicht laut loszulachen.

„Die Kanzlei ist fantastisch, aber du hast dich ins gemachte Nest gesetzt, mein Junge. Dein Bruder hat sich alles selbst erarbeitet."

„Gut, wenn das so ist, dann kündige ich hiermit und mache meinen eigenen Laden auf", sagt Thomas vergnügt. Ich wünschte, ich könnte das Gesicht seines Vaters sehen. Wahrscheinlich ist es ganz blass geworden.

„Das kannst du doch nicht machen! Die Kanzlei gibt es seit 60 Jahren! Die hat dein Großvater aus dem Nichts, erschaffen! Du kannst doch nicht einfach das Familienerbe ausschlagen!"

„Und was genau soll Tho…äh…Ihr Sohn dann Ihrer Meinung nach dann tun?", frage ich indiskret, weil es mich wirklich interessiert. Im nächsten Augenblick wird mir klar, dass ich das sonst eigentlich nicht tue, also indiskrete Fragen stellen. Ob die Reise mich irgendwie beeinflusst? Zum Glück lacht Thomas Börger und sorgt damit prompt für angenehme Vibrationen in meinem Magen.

„Stimmt, Frau Andacht. Das würde mich auch interessieren: Was soll ich also genau tun, damit du zufrieden bist, Papa?"

„Ich sag jetzt nichts mehr. Passt lieber auf, dass wir uns nicht verfahren und irgendwo ausgeraubt werden." Nun. Als ob wir darauf Einfluss haben. Das Ausrauben meine ich natürlich.

12.

„So, wir sind jetzt in Österreich. Ich habe einen Gasthof herausgeschrieben, er müsste hier in der Nähe sein. Wollen wir vielleicht dort etwas Warmes essen? Dann haben wir für heute Abend noch das Brot und alles andere." Das Grunzen werte ich dann mal als Zustimmung. Bei Radstadt sehe ich auch schon ein Schild, das einen Autohof ankündigt. Wir müssen wirklich dringend tanken. Das Auto schluckt das Benzin einfach nur so weg und ist schon beinah auf Reserve.

Der Gasthof liegt etwas abseits von der Tankstelle, das Navi hatte einige Schwierigkeiten, ihn zu finden und hat zweimal verlangt, dass ich wende, um dann wieder zur selben Stelle zu fahren. Thomas hat dann sein Handy verwendet und nach fünf Minuten waren wir dann da.
Die Einrichtung ist typisch rustikal mit dunklen Holztischen- und Bänken, trotzdem wirkt es sehr gemütlich, als wir eintreten. Völlig steif nach den vielen Stunden haben wir uns alle erstmal gereckt und sind etwas wackelig zum Gasthof marschiert. Ein Blick auf die Karte zeigt eher deftige Sachen. Ich mag das durchaus, nur hoffentlich schlafe ich nach dem Essen nicht ein. Nachdem wir gewählt haben, schweigen wir erstmal und trinken gemeinsam zwei Flaschen Wasser leer. Wir sind

tatsächlich seit sieben Stunden ohne Pause unterwegs! Als das Essen kommt, stürzen wir uns hungrig darauf.

„Sagen Sie mal, Frau Andacht. Was sagt denn Ihre Frau Mutter zu den Plänen Ihres Vaters?", fragt der Senior-Börger, als nur noch ein kleiner Rest Rotkohl auf seinem Teller liegt. Thomas zieht eine Augenbraue hoch, sagt aber nichts zu den indiskreten Worten seines Vaters. Ich muss schlucken und das nicht nur wegen meines Bratenstücks im Mund. Immer noch fällt es mir schwer, über meine Mutter zu sprechen, obwohl sie bereits seit 18 Jahren tot ist.

„Meine Mutter lebt nicht mehr", presse ich hervor.

„Oh, das tut mir leid", sagt Thomas und in seiner Stimme klingt so etwas wie Mitgefühl mit. Nett von ihm.

„Was ist denn mit Ihrer Frau?", frage ich direkt zurück, was sonst nicht meine Art ist, aber ich brauche einen Themenwechsel. Allerdings scheint das definitiv keine gute Idee gewesen zu sein.

„Keine Ahnung, was mit meiner Ex-Frau ist und wo sie sich gerade herumtreibt. Interessiert mich auch nicht!", knurrt der Senior und reibt dabei auf seinem leeren Teller herum.

„Nun, sie lebt nach wie vor in Freiburg und es geht ihr gut", sagt Thomas kurz angebunden.

„Ist sie nicht mehr mit diesem kleinen Jungen zusammen?", ätzt sein Vater und ich merke deutlich, wie wenig er darüber hinweg ist, dass ihn seine Frau anscheinend verlassen hat.

„Der kleine Junge, wie du ihn nennst, ist nur fünf Jahre jünger als Mutter. Und nein, sie sind nach wie vor zusammen." Die Schärfe in Thomas Stimme lässt mich zusammenzucken. Da bin ich ja in ein riesiges Fettnäpfchen geraten.

„Aber er sieht aus wie dreißig!", schnaubt sein Vater empört und schiebt schwungvoll seinen Teller von sich.

„Nur keinen Neid, Vater, kann ja nicht jeder wie sein eigener Großvater aussehen."

„Jetzt werde nicht frech, Thomas!"

„Ich denke, wir sollten jetzt mal wieder losfahren. Es ist bereits 16 Uhr", beende ich das hitzige Gespräch. Aber, wenn ich ehrlich sein soll, hätte ich gerne mehr über Thomas Mutter gehört.

„Wenn Sie möchten, kann ich jetzt gerne fahren", bietet Herr Bö... äh Thomas an und öffnet mir die Beifahrertür.

„Sehr gerne, das schwere Essen hat mich ganz schön müde gemacht."

„War aber lecker. Ich werde jetzt ein Schläfchen machen", kündigt der Senior an und verzieht sich auf die Rückbank.

Aber, auch wenn er auf seinem Sohn so viel herumhackt, habe ich doch das Gefühl, dass ihm die Reise Spaß zu machen scheint. Ob es Thomas Spaß macht? Oder ob es eine Qual für ihn ist, hier zu sein. Zusammen mit seinem zänkischen Vater und seiner Angestellten. Ich wünschte, ich könnte seine Gedanken lesen.

Thomas startet das Auto ohne Probleme und fährt wieder zurück zur Autobahn. Es scheint, als ob er schon immer in einem alten VW Golf herumgefahren ist, so souverän wirkt sein Fahrstil auf mich. Dabei weiß ich, dass er eigentlich einen Audi fährt. Keine Ahnung welchen, aber er sieht teuer und schwer aus, in so einem Grünton, der äußerst individuell aussieht. Normalerweise sieht man solche Autos ja eher in schwarz oder Silber. Sein Vater fährt einen VW irgendwas, glaube ich, in schwarz. Nicht, dass mich Autos interessieren, ich sehe nur jeden Nachmittag die beiden Wagen vor der Kanzlei stehen, das eine mit TB und das andere mit BB. Ich habe mich bereits gefragt, wofür das B bei dem Senior-Börger steht, vielleicht für Balduin oder so. In den Unterlagen der Kanzlei habe ich auch immer nur B. Börger gelesen oder es einfach überlesen.

Auf meinem Beifahrersitz strecke ich mich ein wenig und suche mr eine gemütliche Position. Es tut wirklich gut, sich etwas auszuruhen und gefahren zu werden. Trotz des Fahrlärms höre ich ein leises Schnarchen von der Rückbank, das Essen ist wirklich schwer gewesen. Aber die Semmelknödel waren einfach zu gut, um sie nur halb aufzuessen. Bezahlt hat natürlich jeder seins, das war von vorneherein klar. Alles andere wäre mir auch unangenehm oder zu teuer geworden.

Meinen selbstgebackenen Kuchen haben die beiden übrigens sehr gelobt. Nach ein paar Stunden haben sie einfach jeder sich ein großes Stück abgebrochen und es gefuttert. Noch bevor wir losgefahren sind, haben sie den Zitronenkuchen aus der Tüte geangelt und Herr Börger hat ihn neben sich auf die Rückbank gestellt. Sie hatten nämlich kein Frühstück, um pünktlich zu sein, wie Herr Börger betont hat. Thomas hat sogar angeboten, mir ein Stück zu geben, aber das habe ich abgelehnt. Erstmal, weil ich gefahren bin und mich konzentrieren muss und eben auch, weil es sich wie füttern angefühlt hätte, wodurch das sich Konzentrieren gar nicht mehr möglich gewesen wäre. Schließlich kann ich nicht damit anfangen, meinem Chef aus der Hand zu essen, wo kämen wir denn dahin? Oh ja, da wäre ich sehr gerne mit ihm!

Erschrocken fahre ich mir über den Mund und setze mich mit einem Ruck auf. Wie peinlich, ich glaube, ich habe gesabbert. Aber Herr Bö… Th…, also er fährt ganz ruhig und ich versuche zu schauen, was die Straßenschilder anzeigen.
Villach! Ich muss beinah zwei Stunden geschlafen haben! Mittlerweile sind wir schon über 150 km weitergefahren. Bald werden wir schon in Slowenien sein.
In keinem der Länder, durch die wir durchfahren werden, bin ich jemals gewesen. Ich weiß gar nicht, wieso meine Eltern nicht einfach mal in Italien mit mir Urlaub gemacht haben. Ich habe jedoch den Verdacht, dass mein Vater Angst hatte, mit dem Auto liegen zu bleiben. Da war es dann vielleicht einfacher, in Deutschland zu bleiben.
Da meine Mutter nicht gearbeitet hat, war es kein Problem, in den Ferien gemeinsam wegzufahren. Ich war froh darüber, dass meine Mutter nicht, wie viele andere Mütter meiner Freunde, gearbeitet hat. Wenn ich nach Hause kam, gab es ein warmes Mittagessen. Das war ein Luxus, den Berti nicht hatte. Sie musste sich etwas in der Mikrowelle heißmachen, wenn überhaupt was zum Heißmachen da war und sich neben den Aufgaben um ihre beiden jüngeren Geschwister kümmern. Ich habe das Mittagessen mit meiner Mutter immer genossen. Wir haben uns dann ganz in Ruhe unterhalten. Meine Mutter wollte wissen, was in der Schule war, aber ohne neugierig zu wirken, sondern einfach interessiert. Etwas, was mein Vater einfach nicht kann, denn wenn er einen etwas fragt, klingt es immer wie ein Verhör. Meine Mutter war unglaublich liebevoll, auch mein Vater war irgendwie anders in ihrer Gegenwart, aber daran kann ich mich kaum noch erinnern. Als meine Mutter starb, hatte ich das Gefühl, völlig allein auf der Welt zu sein.

Vielleicht war es meinem Vater ähnlich ergangen, aber das weiß ich nicht, denn wir haben nie darüber gesprochen. Gefühlsduselei würde mein Vater das wohl nennen, wenn ich es versucht hätte.

„Wir überqueren jetzt die Slowenische Grenze", verkündet Thomas plötzlich und reist mich aus meinen Gedanken.

„Wären wir bloß in Richtung Mittelmeer gefahren", jammert Herr Börger von hinten. „Hier ist doch alles kaputt. Hoffentlich werden wir nicht überfallen. Worauf habe ich mich da nur eingelassen!"

„Wieso, das Ganze war doch deine Idee", sagt Thomas und komischerweise umspielt ein Lächeln dabei sein Gesicht. Ich weiß immer noch nicht, was er mit seinem Gesicht macht, aber es leuchtet geradezu, wenn er lacht.

„Da wusste ich auch noch nicht, dass wir über den Balkan fahren werden. Ja, früher, da konnte man dort noch hinfahren, aber heute ist das doch alles völlig heruntergekommen."

„Woher wissen Sie das denn, waren Sie mal dort?", frage ich wieder viel zu direkt, aber irgendwie gewöhne ich mich gerade daran. Man erfährt mehr von seinen Mitmenschen und das Gejammere geht mir tierisch auf die Nerven. Ist ja schließlich nicht so, dass wir durch den mittleren Osten fahren.

„Seht ihr denn keine Nachrichten? Nach dem Krieg war doch alles am Boden und die Länder sind mit sich selbst beschäftigt. Jeder, der kann, kommt doch nach Deutschland zum Arbeiten!"

„Papa, könntest du bitte mal mit diesen Vorurteilen aufhören. Was soll denn Frau Andacht von dir denken? Übrigens war ich erst letztes Jahr in Kroatien, es war sehr schön dort."

„Wieso warst du in Kroatien? Und wieso hast du mir nichts davon erzählt?", fragt Herr Börger argwöhnisch.

„Ich war auf einem Workshop und ich wusste nicht, dass ich mich dafür bei dir hätte abmelden müssen. Du hast auch nicht weiter nachgefragt, als ich nicht da war", antwortet er, aber ich merke ihm sofort seinen Unmut darüber an, seinem Vater überhaupt eine Antwort darauf gegeben zu haben. Ich kenne das Gefühl nur zu gut.

„Ich dachte, dass du wichtige Termine hattest! Und ich war auf dutzenden solcher Tagungen. Da sieht man ohnehin nie etwas von der

Stadt. Wieso hast du nicht etwas netteres ausgesucht", stichelt Herr Börger schon wieder.

„Ist doch egal, wo das stattfindet, Hauptsache ich mache Werbung für die Kanzlei."

„Wieso sollte denn Kroatien Interesse an einer Kanzlei in Freiburg haben?"

„Ich bin einer der Partner dieses internationalen Projekts und dadurch werden wir bekannt. Und ein wenig soziales Engagement hat noch niemandem geschadet."

„Wer bringt dich nur auf solche Sachen!" Thomas schmunzelt bei diesen Worten zufrieden. Ich frage mich schon, wo er diese ganze Geduld hernimmt, jahrelange Übung wahrscheinlich.

„Sollen wir eine Pause machen?", schlage ich vor.

„Ich fahre erstmal bis Kroatien, dann können wir schauen, wo wir eine Pause machen und auch direkt tanken", sagt Thomas bestimmt. Seine Stimme klingt ernst. Wie wohl seine Kindheit gewesen sein mag mit so einem besserwisserischen Vater. Seinen Bruder würde ich gerne mal kennenlernen. Bestimmt ist er völlig anders als Thomas oder vielleicht auch nicht.

Außer meinem Vater habe ich leider keine weiteren Verwandten mehr. Ich habe auch nur noch meine Oma kennengelernt, denn die Eltern meines Vaters sind noch vor meiner Geburt gestorben und der Vater meiner Mutter ebenfalls. Geschwister haben meine Eltern auch keine, die Familie Andacht wird wohl mit mir aussterben.

Tanken ist ein gutes Stichwort, ich schiele in Richtung Anzeige, aber das kann ich aus der Entfernung leider nicht erkennen. Die erste Tankfüllung ist nach nur 500 km leer gewesen, aber jetzt sind wir auch schon wieder über 400 km gefahren.

„Wie weit ist es noch bis nach Zagreb?"

„Wir sind beinah in Novo Mesto, also noch etwa eine Stunde."

„Kommen wir denn noch so weit?"

„Ich denke ja, wir sind ja erst im letzten Drittel. Der Wagen scheint warmgelaufen zu sein, das macht sich jetzt bemerkbar."

Das Gespräch verebbt, ich hänge meinen Gedanken nach. Ich wäre gerne mal allein mit Thomas, aber was würde ich dann sagen? Wahrscheinlich würde ich ohnehin keinen Ton herausbringen. Aber man müsste sich ja auch nicht unbedingt unterhalten. Gibt ja noch andere Dinge, die man dann tun könnte.

13.

Gegen zehn Uhr abends sind wir in Kroatien und machen Rast auf einem schlecht beleuchteten Parkplatz. Wenigstens gibt es halbwegs saubere Toiletten. Obwohl wir den ganzen Tag nur im Auto gesessen haben, haben wir alle schon wieder Hunger.

„Die Antipasti sind wirklich göttlich!", schmatze ich.

Ich möchte mir gar nicht vorstellen, was ich gemacht hätte, wenn ich allein gefahren wäre. Nach spätestens zehn Stunden hätte ich irgendwo übernachten müssen. Mit Thomas Hilfe sind wir vielleicht wirklich schon morgen da. Und unser gemeinsames Abenteuer bereits zu ende, denke ich wehmütig.

„Ich denke, wenn alles glatt läuft, schaffen wir es, morgen in Piräus zu sein", sagt Thomas und er klingt irgendwie vergnügt, aber vielleicht wünsche ich mir das auch nur. Er kann das hier doch unmöglich genießen, ganz bestimmt nicht. Aber dann wäre immer noch die Frage offen, wieso er sich überhaupt hat überreden lassen, mitzukommen. Vielleicht Pflichtbewusstsein, nachdem ihm sein Vater zugesetzt hat. Vielleicht hat er mir die Fahrt allein auch einfach nicht zugetraut. Oder er mag mich doch, was ein ziemlich absurder Gedanke ist. Dann vielleicht doch eher das falsche Pflichtbewusstsein, das ihm sein Vater eingebläut hat.

„Ich danke Ihnen beiden, dass Sie mitgekommen sind. Dass ich allein um diese Uhrzeit auf einem Rastplatz säße, möchte ich mir gar nicht vorstellen." Schon bei dem bloßen Gedanken daran, kriege ich eine Gänsehaut. Entsetzt schauen mich die beiden Börgers an.

„Ich hoffe sehr, dass Sie irgendwann in einem Hotel abgestiegen wären", sagt der alte Herr Börger streng.

„Ja, das hoffe ich auch!", sagt Thomas und mustert mich ebenso streng.

„Äh, na ja, sicherlich, irgendwann ja." Wieso stammele ich denn schon wieder, ich bin doch kein kleines Mädchen mehr.

„Ihr Herr Vater hätte uns das sicherlich nicht verziehen, wenn Ihnen etwas passiert wäre, Frau Andacht."

„Wieso? Ihr Vater hat Sie doch erst darum gebeten und sich anscheinend keine Gedanken darüber gemacht", sagt Thomas jetzt kühl und irgendwie gefällt mir das nicht.

„Er hat da bestimmt nicht drüber nachgedacht. Und es ist ja auch keine große Sache mit dem Auto nach Griechenland zu fahren." Wieso suche ich eigentlich nach Begründungen für das Verhalten meines Vaters. Er scheint sich tatsächlich keine Gedanken darüber gemacht zu haben, wie ich eine vierundzwanzigstündige Autofahrt meistern werde.

„Na ja, aber so als Frau, ganz allein unterwegs. Ich hoffe, dass wir gut durchkommen und der alte Kasten nicht irgendwo liegen bleibt", grummelt Herr Senior-Börger. Thomas kann sich ein Schmunzeln kaum verkneifen, das sehe ich selbst im Dämmerlicht.

„Ich habe ein paar Werkstätten herausgeschrieben", seufze ich und die beiden lachen und wirken auf einmal sehr harmonisch.

„Was meinen Sie. Sind Sie ausgeschlafen, Julia?" Mir schießen kleine Blitze durch den Magen, als ich ihn meinen Namen sagen höre. Allerdings sehe ich, wie sein Vater die Ohren spitzt, doch er sagt nichts.

„Ich habe ein paar Stunden geschlafen, ich kann gerne wieder übernehmen."

Wir packen alles ein. Viel ist es jedoch nicht mehr, denn das meiste haben wir bereits aufgegessen. Morgen werden wir dringend etwas einkaufen müssen, wenn wir nicht nur Chips und Schokolade futtern möchten. Auch der Schokoladenkuchen ist beinah alle. Bemerkenswert, wenn man bedenkt, dass wir uns kaum bewegt haben und ein deftiges Mittagessen hatten.

Mittlerweile ist es bereits ganz dunkel, trotzdem war es gemütlich mit den beiden dort zu sitzen. Wir haben uns über Belanglosigkeiten unterhalten. Über unseren letzten Urlaub oder darüber, dass der Sprit immer teurer wird, man aber bei den hohen Strompreisen auch nicht so recht weiß, ob man ein E-Auto haben möchte. Wenn der Senior-Börger nicht gerade alles und jeden kritisiert, scheint er ganz nett zu sein. Ich kann gar nicht erkennen, ob die beiden ein gutes oder schlechtes Verhältnis zueinander haben. Ist vielleicht auch eher gemischt, ähnlich wie bei meinem Vater und mir, wobei ich bei meinem Vater und mir von einer guten Beziehung ausgehe. Trotzdem hat er mich erst viel später in seine Urlaubspläne eingeweiht, also vielleicht doch kein so gutes Verhältnis.

Im Dunkeln fahre ich die Autobahn durch Okucani. Man sieht wenig, die Beleuchtung auf der Autobahn ist nur spärlich. Allerdings war es tagsüber auch nicht gerade spannend, bis auf vielleicht den Gebirgszug auf der Karawanken Autobahn. Doch selbst den hat man nicht wirklich wahrnehmen können, während man so davongeflitzt ist.

Die beiden Börgers schlafen. Manchmal erlaube ich mir kurze Blicke zu Thomas rüber. Wie friedlich sein Gesicht wirkt und irgendwie wahnsinnig jung. Teilweise hat er auch so einen jungen Humor, um dann wieder ernst und altklug zu wirken.

Wieso habe ich ihn eigentlich noch nie direkt auf ein Date angesprochen? Natürlich, weil er dein Chef ist, sagt meine innere Stimme streng und klingt merkwürdigerweise immer ein wenig nach Berti, äußerst verstörend.

Was wäre eigentlich gewesen, wenn er mich einmal in den letzten fünf Jahren angesprochen hätte? Hätte ich einem Date überhaupt zugestimmt oder hätte ich es unter fadenscheinigen Gründen wie 'meine Katze muss zum Tierarzt' abgesagt.

Und wie komme ich überhaupt darauf, dass jemand wie mein Chef sich für jemanden wie mich interessieren könnte, also beziehungstechnisch. Nein, das sind ganz andere Verhältnisse und eigentlich weiß ich gar nicht, ob Thomas nicht sogar eine Freundin hat. Die hat dann bestimmt auch studiert oder arbeitet etwas ganz tolles, kreatives und nicht nur mit angestaubten Paragrafen. Wobei Thomas das ja auch tut, also kann er vielleicht gar nichts mit einer kreativen Frau anfangen.

Um 3 Uhr morgens passieren wir die Grenze zu Serbien. Demnächst werden wir schon wieder tanken müssen, meine Kreditkarte raucht bereits. Ein neuerer Wagen würde sicherlich weniger verbrauchen, aber mein Vater liebt sein Auto eben. Ich kann mich nicht daran erinnern, dass er sich mal ein neues kaufen wollte. Keine Ahnung, wie viele Reparaturkosten mein Vater bereits in diesem Kasten versenkt hat. Mein Vater und sein Auto haben definitiv eine Beziehung zueinander. Allerdings bin ich mir beinah sicher, dass auch meine Eltern sich geliebt haben. Nach dem Tod meiner Mutter hat sich mein Vater komplett zurückgezogen, ich denke, er war einfach völlig überfordert. Meine Mutter hat zu Hause alles, besonders alles, was mit mir zu tun hatte, gemacht, einschließlich des Redens mit mir. Ob meine Eltern viel miteinander gesprochen haben, kann ich gar nicht sagen. Im Urlaub ist mein Vater immer sehr viel spazieren gegangen, also war ich dort mit meiner Mutter auch die meiste Zeit allein. Nach ihrem Tod sind wir nicht mehr weggefahren. Mein Vater hat erst wieder damit angefangen, als ich ausgezogen bin. Vielleicht hatte er keine Lust, so lange am Stück mit mir allein zu sein, so ohne Unterbrechung durch die Schule, Arbeit oder anderes.

Mittlerweile ist es bereits 5 Uhr früh. So langsam bekomme ich Hunger und merke auch immer mehr den wenigen Schlaf. Seit über zwanzig Stunden sind wir bereits unterwegs. Wenn wir weiterhin so gut durchkommen, sind wir heute Abend bereits in Athen. Und wenn die beiden einen Flug für heute Abend bekommen, brauchen sie noch nicht einmal Urlaub zu nehmen. Wobei die Kanzlei ja ihnen gehört, und sie keinen offiziellen Urlaub einzureichen brauchen. Hat schon was für sich, so eine Selbstständigkeit. Allerdings kommt dann auch kein Geld rein, wenn man nicht arbeitet. Ich glaube, für mich wäre das nichts. Davon abgesehen wüsste ich auch gar nichts, worin ich mich selbstständig machen könnte. Vielleicht als Klamotteneinkäuferin, aber da wäre ich wohl meine beste Kundin. Neben mir höre ich ein sich Räkeln, hinten ist noch alles ruhig. Der Himmel ist schon viel heller geworden, schöner wird die Straße dadurch allerdings nicht.

„Guten Morgen, Frau An… Julia", sagt Thomas und ich spüre, wie er bei den Worten grinst.

„Guten Morgen", sage ich ganz feige ohne Namen. „Konnten Sie ein wenig schlafen?"

„Danke, eigentlich sogar sehr gut. Jetzt hätte ich allerdings ein dringendes Bedürfnis."

„Wir müssen ohnehin tanken. Ich hoffe, dort gibt es auch eine Toilette."

„Oder einen Baum", stöhnt er.

„Ich gehe doch nicht an einen Baum, ich bin doch kein Hund!", wettert Herr Börger von hinten.

„Ich tue mein Bestes", versichere ich und wir alle halten Ausschau nach einer Tankstelle und einem WC-Zeichen.

Schon bald haben wir Glück. Die nächste Tankstelle hat tatsächlich eine Toilette und sogar heißen Kaffee. Wir recken und strecken uns und machen uns frisch. Vor allem das Zähneputzen tut gut. Ich habe wirklich keine Vorstellung von so einer langen Autofahrt gehabt!

„Sind Sie schon mal so lange irgendwohin gefahren?", frage ich die Börgers, während wir draußen rumstehen und unseren schlechten Kaffee trotzdem genießen, einfach, weil er so schön warm ist.

„Wir sind meistens geflogen", erzählt Thomas. Die zarten Stoppeln, die ich in seinem Gesicht habe aufblitzen sehen, als wir aus dem Auto gestiegen sind, sind wieder verschwunden. Er muss sie sich wohl wieder abrasiert haben, aber gestanden haben sie ihm gut. Beim Küssen hätten sie allerdings vielleicht gepiekt. Meine Wangen werden heiß, während ich nur daran denke, obwohl die Luft um uns herum eher kühl ist. Trotz der Abgase atme ich sie tief ein.

„Wo waren Sie denn so?", frage ich, um ein wenig Konversation zu machen, obwohl ich hundemüde bin. Die Börgers hingegen sehen beinah ausgeschlafen aus. Thomas Vater hat sogar direkt, kaum dass wir nach unserer Rast in Kroatien im Auto saßen, angefangen zu schnarchen.

„Wir waren viel auf den Kanaren. Meine Frau mochte das Klima", sagt Herr Börger mit einer Spur Feindseligkeit in seiner Stimme. Da scheinen sich Abgründe aufzutun, die mich aber nichts angehen.

„Das war doch bestimmt sehr schön, oder?" Die mich nichts angehen, aber brennend interessieren!

„Für uns war es sehr schön, ja, aber mein Vater hat meistens gearbeitet und eine Menge telefoniert", erzählt Thomas und wieder sehe ich diese undurchschaubare Miene, die er immer aufzusetzen scheint, wenn er nichts preisgeben will. Ich habe immer gedacht, dass wäre sein Gerichtspokerface, aber privat scheint er es genauso zu machen.

„Meine Mutter und ich waren meistens auch viel allein im Urlaub", schwafele ich und stelle jetzt erst fest, dass ich das gar nicht erzählen wollte.

„Musste Ihr Vater auch ständig arbeiten?", fragt Thomas mitfühlend und Herr Börger schnaubt etwas in der Richtung 'von nichts kommt nichts'.

„Er ist viel wandern gegangen und dazu hatten weder meine Mutter noch ich große Lust." Ich hätte beim Wetter bleiben sollen, das wäre unverfänglicher gewesen. Doch ich will einfach mehr über die Börgers erfahren, also sollte ich auch etwas von mir erzählen.

„Vielleicht fahren wir langsam weiter", schließe ich jedoch das Ganze ab. Schließlich sind wir alle einander fremd. Wieso sollte ich erzählen, dass mein Vater und ich anscheinend gar kein Verhältnis zueinander haben. Wahrscheinlich würden sie dann wissen wollen, wieso ich ihm dann überhaupt sein Auto nach Griechenland bringe. Ich frage mich das auch immer noch und weiß absolut keine Antwort darauf. Und so viel die Börgers auch miteinander streiten, zeigt das doch nur, dass sie sich immerhin etwas zu sagen haben.

„Bis Piräus sind es noch ca. 900 km. Und es wäre nett, wenn Sie jetzt übernehmen könnten." Die Müdigkeit schmerzt in meinen Augen. Was gäbe ich jetzt für ein gemütliches Bett.

„Natürlich, Frau Andacht, deshalb sind wir ja mitgekommen. Ruhen Sie sich doch jetzt etwas aus. Ich denke, in etwa vier Stunden sind wir in Nordmazedonien. Dort könnten wir nach einem Restaurant schauen, ich habe leider nichts weiter eingepackt."

„Ich habe auch nur noch Chips und Schokolade anzubieten", sage ich entschuldigend. Das Knäckebrot haben wir gerade mit unserem Kaffee heruntergespült, denn niemand hatte Lust auf das süße Zeug. Und zu trinken haben wir auch keine Unmengen mehr, deshalb lassen wir auch lieber die Finger von den salzigen Chips.

Wieder mache ich es mir auf dem Beifahrersitz gemütlich und schließe die Augen. Mehr als die Hälfte der Strecke haben wir bereits hinter uns. Auf einmal fühlt sich die Luft merklich wärmer an als zu Hause. Vor mir sehe ich Thomas. Er lächelt mich an. Seine physische Nähe ist so prickelnd. Nah, ganz nah scheinen wir uns zu sein, seine Hände greifen nach mir und ich will sie festhalten. Dann berührt er mein Gesicht und flüstert: „Frau Andacht".

Mit einem Ruck wache ich auf. Vertrocknete Bäume und Sträucher flitzen an mir vorbei. Ich habe keine Ahnung, wo ich bin.

„Wie spät ist es?", frage ich völlig schlaftrunken. Dann fällt mir ein, dass ich ja im Auto sitze und schaue nach hinten. Herr Börger liest in seinem dicken Wälzer. Er schaut auf seine Armbanduhr.

„Gleich zwölf Uhr durch. Sie haben einen gesunden Schlaf, das muss man Ihnen lassen."

„Sie ist die ganze Nacht durchgefahren!", dröhnt Thomas genervt zurück.

Ja, das bin ich und wer hat denn hier bitte nachmittags und ab 12 Uhr nachts durchgeschlafen! Aber ich gehe am besten gar nicht darauf ein. Vielleicht schlafe ich ja wieder ein und träume genau da weiter, wo ich aufgehört habe: Bei Thomas Händen und wie sie mein Gesicht berühren.

14.

In Gevgelija fahren wir runter von der Autobahn und suchen uns ein Restaurant. Thomas sucht einfach in seinem Navi nach 'Sonderzielen' und das führt uns dann tatsächlich zu einem richtig guten Lokal! Notiz an mich: dringend besser mit meinem neu erworbenen Navi klarkommen!

Wir futtern ordentlich zu Mittag. Komischerweise sind wir alle schon wieder wie ausgehungert. Bis zur griechischen Grenze ist es jetzt nicht mehr so weit, doch dann sind es immer noch über 400 km bis Piräus.

„Haben Sie schon einen Flug gebucht?", frage ich die beiden, als wir noch einen Kaffee als Absacker trinken. Ich ernte nur fragende Blicke.

„Wieso? Wir sind doch noch gar nicht da."

„Ja, und eigentlich würde ich Kos schon ganz gerne kennenlernen", sagt Herr Börger-Senior.

„Oh, das wusste ich nicht. Ich hatte angenommen, dass Sie so schnell wie möglich wieder nach Hause müssen." Wie das klingt: Als ob ich die beiden loswerden will.

„Wollen Sie uns loswerden, Frau Andacht?", fragt Thomas und sieht mich stirnrunzelnd an.

„Äh, nein, natürlich nicht. Ich habe Ihren nächsten Termin erst für in zwei Wochen vereinbart", versichere ich ihm und komme mir sofort merkwürdig dabei vor. Denn das klingt so, als ob ich es darauf angelegt hätte, dass die beiden bleiben.

„Na also", sagt mein Chef und wirkt irgendwie zufrieden. „Ich würde diese Insel auch sehr gerne kennenlernen. Urlaub hat ja bekannterweise noch nie geschadet. Wenn wir uns schon die Mühe machen, sollten wir auch etwas davon haben!" Sein Vater nickt.

„Ganz genau, Thomas." Ich werde stutzig. Kann es sein, dass Herr Börger seinem Sohn zum ersten Mal auf dieser Fahrt in etwas zugestimmt hat?

„Wow, Vater! Also, dass ich das noch erleben darf, dass wir mal einer Meinung sind! Das hätte ich nicht erwartet!", sagt sein Sohn überrascht und ich muss lachen. Sofort sehen mich beide streng an und ich verstumme sofort wieder.

„Wenn du mal eine gute Idee hast, kann ich dich ja auch darin unterstützen. Nicht so ein Schmarrn wie in Paris zu studieren."

„Was haben Sie denn gegen Paris?" Es muss doch toll sein, mal woanders zu sein. Aber was weiß ich schon, ich war bis jetzt ja immer nur in Deutschland.

„Wenn man internationales Recht studiert, sollte man doch auch international studieren", tut sein Sohn das Ganze ab. Ich vermute, es hat ihn Jahre gekostet, diese Souveränität seinem Vater gegenüber aufzubauen.

„Blödsinn. Letztendlich bist du in Freiburg geblieben."

„Jetzt fang nicht schon wieder mit dem Thema an. Wer hätte denn deiner Meinung nach die Kanzlei übernehmen sollen? Björn vielleicht? Dann hätte die Kanzlei aber eine andere Ausrichtung bekommen, denn er ist Scheidungsanwalt. Und er hätte sich einen komplett neuen Kundenstamm aufbauen müssen."

„Na und? Dann wäre mal frischer Wind reingekommen, du hast einfach alles so gelassen, wie es war."

„Ich kann gerne alles rausschmeißen. Aber du hast mir verboten, etwas zu verändern als ich dir Vorschläge gemacht habe. Selbst die vertrockneten Pflanzen durfte ich nicht wegwerfen." Ich blicke zwischen beiden hin und her und bin einfach nur fasziniert. Schließlich bin ich solche Gespräche einfach nicht gewohnt. Anscheinend bin ich in Gesprächen wohl wirklich zu passiv, wie mir Berti immer vorwirft.

„Das habe ich doch nie von dir verlangt, Thomas. Dann kauf halt neue Pflanzen. Aber man muss nicht alles wegschmeißen, nur um es neu zu machen. Du kannst doch viel von meiner Erfahrung mitnehmen." Faszinierend, wie Thomas Vater sich permanent selbst widerspricht. Ganz schön anstrengend.

„Du hast mir die Kanzlei bereits vor fünf Jahren überschrieben. Ich habe bereits ganz viel Erfahrung von dir mitgenommen", erinnert ihn Thomas sachte. Ich verstehe gar nicht, wieso er so geduldig mit seinem Vater ist.

Mittlerweile sitzen wir wieder im Auto, wir haben hier ja schließlich noch etwas vor. Aber, obwohl ich mich darauf konzentrieren muss, wie ich fahre, spitze ich dennoch die Ohren. In der Kanzlei haben die beiden eher selten privat miteinander geredet. Dadurch hatte ich angenommen, dass sie ein ähnliches Verhältnis zueinander haben, wie mein Vater und ich. Aber die Gespräche und die Emotionen, die ich jetzt zu spüren bekomme, erstaunen mich. Gleichzeitig lerne ich meinen bis jetzt so unnahbaren Chef besser kennen und das finde ich gar nicht so schrecklich, denn es lässt ihn menschlicher wirken. Und irgendwie noch attraktiver, seufz.

„Aber du bist doch noch grün hinter den Ohren!"

„Ach ja? Und Björn ist das nicht?" Allmählich, so habe ich das Gefühl, kann er seinen Zorn nicht mehr unterdrücken. Vielleicht will er das auch nicht. Wie oft die beiden wohl schon an diesem Punkt angekommen sind. Genau deshalb diskutieren mein Vater und ich eben nicht. Standpunkte bleiben Standpunkte, egal, wie oft man darüber redet.

„Dein Bruder hat einen geraden Weg hingelegt und schau doch mal, wo er heute ist."

„Wo ist er denn?", fragt Thomas schneidend.

Jetzt passieren wir die Grenze nach Griechenland. Irgendwie entspanne ich mich ein wenig dadurch. Immerhin befinden wir uns jetzt in dem Land, wo wir hinwollen. Na ja, 'wollen' ist jetzt vielleicht ein wenig übertrieben ausgedrückt.

„Er hat ein eigenes Haus, eine eigene Familie und ist Partner in einer renommierten Kanzlei." Wie selbstzufrieden sein Vater klingt. Als ob das sein Verdienst sei.

„Vater, ich habe keine Ahnung, was du von mir willst. Ich habe Jura studiert, deine Kanzlei übernommen und ertrage dich jeden Tag dort.

Was willst du denn noch?" Genau, was will er denn noch. Das frage ich mich mittlerweile auch.

„Es geht mich ja nichts an", entschlüpft es mir. „Aber wieso arbeiten Sie eigentlich noch, Herr Börger? Möchten Sie nicht viel lieber reisen und Freunde treffen?" Komisch, wieso mische ich mich ein, das geht mich doch gar nichts an. Und ich sollte mich wirklich aufs Fahren konzentrieren.

„Weil er keine Freunde hat, und fürs Reisen zu geizig ist", knurrt sein Sohn neben mir.

„Was weißt du schon. Du verreist doch schließlich auch nicht."

„Ja, weil ich die Kanzlei auch am Laufen halten muss. Du brauchst das offiziell nicht mehr!"

„Das verstehst du nicht. Deine Mutter hat mich vor vier Jahren verlassen. Für einen Jüngeren! Ich habe mir meinen Ruhestand auch anders vorgestellt, das kannst du mir glauben!" Irre ich mich, oder klingt er traurig dabei?

„Du hast Mama immer links liegen gelassen", flüstert Thomas beherrscht. Zum Glück aber immer noch laut genug, dass ich es auch hören kann. Mit solchen Gesprächen fährt es sich doch gleich sehr viel unterhaltsamer.

„Und uns hast du auch immer links liegen gelassen. Deshalb ist Björn auch nach Norddeutschland gezogen, möglichst weit weg von dir."

Das wundert mich jetzt doch. So bewundernd, wie Herr Börger von Thomas Bruder immer spricht, hätte ich ein inniges Verhältnis zwischen den beiden erwartet. Aber es kann natürlich auch sein, dass Herr Börger Thomas Bruder gegenüber mit Thomas angibt und die beiden so gegeneinander ausspielt.

„Ist Ihr Bruder jünger oder älter als Sie?" Ich habe keine Ahnung, wieso ich das frage, aber die Antwort interessiert mich auf alle Fälle.

„Älter. Ganze fünf Minuten. Und auf die hat er immer bestanden." Thomas Stimme klingt verbittert, er tut mir beinah leid.

„Ach, Sie sind Zwillinge. Das wusste ich ja gar nicht!" Man, klinge ich vielleicht blöd. Ist ja schließlich keine Seltenheit, dass man ein Zwilling ist.

„Außer dem Geburtsdatum haben wir auch nichts gemeinsam. Nicht mal das Aussehen."

„Immerhin haben Sie ja beide Jura studiert", stelle ich fest, während ich konzentriert auf die Straße schaue. Hinten ist alles ruhig.

„Das stimmt natürlich. Wahrscheinlich haben wir beide gedacht, dass nichts anderes für uns in Frage kommt. Björn ist bereits für sein Studium nach Berlin gegangen und hat dann seinen ersten Job in Hamburg bekommen. Seine Frau stammt von dort und wollte wahrscheinlich bei ihrer Familie sein, nehme ich an."

„Und Sie waren im Rest der Welt unterwegs." Ich höre ihn leise lachen, was für ein wundervoller Klang und so selten.

„Ja, so könnte man es auch ausdrücken. Herumgetingelt würde mein Vater es wohl eher ausdrücken." Doch das sagt er so leise, dass ich es wohl nur hören soll, denn von hinten kommt wieder kein Kommentar. Überhaupt ist Thomas irgendwie näher an mich herangerutscht, soweit das eben geht als angeschnallter Beifahrer. Nah genug zumindest, um seine Wärme zu spüren. Seine Hand liegt ganz leicht auf meiner Hand, die auf dem Schaltknüppel ruht. Als ich es bemerkt habe, hat mein Herz wie wild angefangen zu rasen, aber die Wärme hat so eine beruhigende Wirkung auf mich, dass ich es auch genieße.

„Was ist mit Ihrer Mutter geschehen?", frage ich beiläufig und ärgere mich sofort über mich selbst, denn Thomas rutscht samt seiner Hand sofort wieder weg von mir. Ich frage mich, ob er bewusst oder unbewusst seine Hand auf meine Hand gelegt hat. Kälte empfängt mich und bringt mein Herz zum Stocken. Meine Hand fühlt sich seltsam leer an.

„Sie hat uns verlassen", knirscht er. „So wie Ihre Mutter."

„Wie können Sie das vergleichen?" In mir kommt Wut hoch und fest umgreife ich das Lenkrad. Wie kann er so etwas behaupten. „Meine Mutter hatte keine Wahl, Ihre Mutter schon!"

„Es tut mir leid, Julia, das war wirklich taktlos von mir." Ich höre die Bestürzung in seiner Stimme, aber ich bin so furchtbar wütend, dass ich ihn am liebsten anschreien möchte. Gut, dass ich gerade fahre, oder vielleicht auch nicht. Ich kralle beide Hände noch fester ans Lenkrad. So soll man ja schließlich auch fahren, die Hände auf zehn und zwei Uhr.

„Es tut mir leid", wiederholt er und es klingt aufrichtig. „Es ist nur so, dass sich meine Mutter um uns alle gekümmert hat. Daneben hat sie noch als Grundschullehrerin gearbeitet. Mein Vater ist während meiner

Kindheit kaum präsent gewesen. Als ich gehört habe, dass sie ausgezogen ist, war es, als ob sie auch uns verlassen hat." Er klingt traurig, beinah jungenhaft, als er mir davon erzählt. Durch seine Wärme spüre ich, dass er wieder näher an mich herangerutscht ist, sein Körper wirkt wie ein Heizstrahler auf mich. Seine Stimme flüstert mir leise zu. Verstohlen nehme ich die rechte Hand wieder vom Lenkrad und lege sie auf den Knauf. Von hinten höre ich glücklicherweise ein leises Schnarchen.

„Das tut mir leid." Dabei versuche ich, möglichst normal zu klingen. Nach mehrmaligem Räuspern schaffe ich es endlich auch, das Kieksen aus meiner Stimme herauszubekommen. „Wann hat Ihre Mutter Ihren Vater verlassen?" Ich genieße es, mit Thomas zu reden. Am liebsten wäre es mir, wenn unser Gespräch für die nächsten einhundert Jahre oder so nicht enden würde, auch wenn ich dafür die Erde mehrmals umfahren muss. Es fühlt sich so vertraut und intim an. Seine Hand liegt wieder auf meiner Hand und umhüllt sie.

„Ich weiß gar nicht, wann ihre Affäre begonnen hat. Vor vier Jahren ist sie einfach gegangen."

„Einfach so?", sage ich stirnrunzelnd. „Das kann ich mir nicht vorstellen." Seine Hand beginnt, ganz sachte über meine Hand zu streicheln. Mein ganzer Körper vibriert. Zum Glück rollen wir über eine mäßig befahrene Autobahn mit konstanten einhundert Sachen. Ich weiß nicht, was hier geschieht, aber ich genieße jede Sekunde davon.

„Wahrscheinlich war es ein Prozess, den niemand von uns mitbekommen wollte", sagt er auf einmal nachdenklich. Seine Nähe ist unbeschreiblich. Ich fasse mir ein Herz und ergreife seine Hand. Stromschläge fahren durch mich durch, ob es sich für ihn auch so anfühlt? Zumindest zieht er seine Hand nicht weg. Ich wünschte, ich könnte ihm in die Augen sehen, aber die sollte ich dann doch besser geradeaus blicken lassen.

„Zwar lebe ich schon lange nicht mehr bei meinen Eltern, deshalb war mein Gefühl sicherlich überzogen. Aber mein Vater war einfach wenig für uns da. Eigentlich ist es eher verwunderlich, dass sie es überhaupt vierzig Jahre mit ihm ausgehalten hat." Wie ernüchtert er auf einmal klingt, so als ob ihm das gerade eben erst klar geworden ist. Unsere Hände sind immer noch ineinander verschlungen. Mein Herz pocht und ich fahre einfach mechanisch und hoffe, dass nichts Unvorhergesehenes passiert. Denn gedanklich bin ich ganz bei unserem Gespräch und Thomas leiser, flüsternder Stimme, die so klingt, als ob sie nur für mich spricht. Tut sie ja auch, denn Herr Börger scheint noch zu schlafen, zum Glück. Irgendwann lässt Thomas meine Hand los und setzt sich anders hin, aber das ist gar nicht so schlimm, denn wird mir plötzlich bewusst: Thomas hat meine Hand ganz sicherlich nicht nur einfach so festgehalten. Und darauf könnte man ja vielleicht noch aufbauen, irgendwann später.

15.

Nach zwei Stunden erreichen wir Chalastra und ein knallblauer Himmel mit einer strahlenden Sonne empfängt uns. Zum Glück kann ich lange der E75 folgen und mich dadurch weiterhin mit Thomas unterhalten, weil ich weniger der Beschilderung folgen muss. Das Navi hat nur mal wieder geplärrt:

„Der Autobahn sehr lange folgen." Ansonsten ist es schon sehr lange still.

Ich erfahre so viel über Thomas und seine Familie. Er und sein Bruder haben sich nie nah gestanden, was ich ganz merkwürdig finde. Allerdings habe ich ja keine Zwillingsschwester, nicht mal irgendein Geschwisterteil, aber man hört doch immer von dieser innigen Verbindung zwischen Zwillingen.

„Das hat unsere Mutter auch immer sehr bekümmert", hat er mir zugeflüstert. Irgendwann hat das Schnarchen seines Vaters aufgehört, aber ich hoffe, dass Herr Börger weiterhin mit seinem Schmöker beschäftigt ist. Wir haben übrigens festgestellt, dass wir alle ein Faible für dicke Thriller haben und natürlich hat Herr Börger einen dabei. Einen, den ich sogar schon gelesen habe. Unglaublich, also für mich, dass ich überhaupt etwas mit den Börgers gemeinsam habe.

„Ich befürchte allerdings, dass es mit der 18 Uhr Fähre heute nichts mehr wird. Wenn Sie möchten, buche ich jetzt schon mal ein Hotel für uns alle. Wird ja bestimmt welche am Hafen geben."

„Äh, ja, natürlich", sage ich verwirrt, weil ich bis jetzt noch gar nicht darüber nachgedacht habe, was wir in Athen tun werden, falls wir die Fähre verpassen. „Ich habe mich noch gar nicht damit beschäftigt, weil ich nicht wusste, wie weit wir kommen würden." Und ob das überhaupt mit uns und der Zusammenfahrt klappt, denke ich für mich und spreche das natürlich nicht laut aus.

„Stimmt, wir sind wirklich gut durchgekommen. Das hätte auch ganz anders laufen können. Dann hätten wir vielleicht schon viel eher übernachten müssen. Aber jetzt ist es ja nicht mehr weit. Getankt haben wir in Gevgelija und bis Piräus sind es nur noch knappe zwei Stunden."

„Das kommt hin, wir fahren gerade durch Lamia." Gut, dass ich die Strecke mehr oder weniger auswendig gelernt habe und mir die größeren Städte gemerkt habe.

„Soll ich mit Abendessen buchen?"

„Eigentlich sehr gerne, aber wahrscheinlich wird das Restaurant bereits zu haben. Schließlich werden wir nicht vor zehn Uhr da sein."

„Ach, ich glaube, das Restaurant wird trotzdem offen haben, ich schreibe es mal dazu."

„Sind wir bald da?", kräht Herr Börger und irgendwie kommt mir die Situation bekannt vor. Allerdings könnte ich nicht sagen, warum. Thomas rutscht sofort noch ein Stück weiter weg von mir, leider. Dieses Auf und Ab stresst mich gewaltig. Ob es ihm peinlich ist, wenn sein Vater etwas mitbekommt? Die Frage wäre dann, warum es ihm peinlich ist. Vielleicht hält er mich einfach nicht für gut genug. Bei diesem Gedanken werde ich traurig, meine Hände liegen auf dem Lenkrad, zittern jetzt jedoch leicht.

„In weniger als zwei Stunden, Vater. Ich buche uns jetzt ein Hotel und wenn wir dort sind, buchen wir die Fährtickets."

„Wieso denn erst dann?", nörgelt der Senior-Börger.

„Weil ich erst sicher dort sein will", schnappt sein Sohn zurück.

„So", sagt Thomas eine halbe Stunde später und klingt äußerst zufrieden mit sich selbst. „Ich konnte uns ein gutes Hotel in der Nähe vom Hafen reservieren."

„Ich hoffe, du hast mir ein Einzelzimmer gebucht."

„Was hätte ich denn sonst buchen sollen, Papa?", fragt er unwirsch. Genau, was bitte denn sonst. Meine innere Stimme grinst lüstern bei diesem Gedanken und ich muss sofort wieder an unser Händchenhalten denken. Leider haben wir das nicht wiederholt, egal, wie oft ich meine Hand auf den Schaltknauf gelegt habe.

„Na, nicht, dass du uns in ein Doppelzimmer packst, um Geld zu sparen, Thomas."

„Wie käme ich denn dazu", sagt er und ich spüre ein Augenrollen dabei. „Ich habe auch darauf geachtet, dass sie Parkplätze haben. Und wenn wir Glück haben, servieren sie uns auch noch ein Abendessen, zumindest haben sie ein Restaurant im Hotel."

„Das haben Sie gut gemacht", lobe ich ihn, weil er irgendwie danach klingt, gelobt werden zu wollen. Schließlich ist das immer noch mein Chef, auch wenn er im Augenblick so gar nicht wie mein Chef rüberkommt.

Angezogen ist er übrigens auch nicht wie mein Chef. Sein Vater trägt diese typischen kakifarbenen Stoffhosen und ein hellblaues Poloshirt. Thomas trägt tatsächlich eine Jeans! Ich habe meinen Chef noch nie in einer Jeanshose gesehen und wahrscheinlich ist das auch direkt eine Jeans von einem namenhaften Hersteller, egal, er sieht absolut heiß darin aus. Dazu trägt er ein dunkelblaues Hemd, das er oben ein bisschen aufgeknöpft hat. Ich komme mir mal wieder völlig underdressed vor, einfach weil ich weiß, dass ich nicht so viel hermache, egal, was ich anziehe. Trotzdem habe ich natürlich tagelang vor dieser Reise überlegt, also, seitdem er und sein Vater mir angeboten haben, mitzukommen, was ich auf der Fahrt anziehen werde. Und obwohl ich wusste, dass wir stundenlang in diesem engen Auto nur sitzen würden, hätte ich am liebsten einen Minirock angezogen. Schließlich hat mein Chef mich noch nie in etwas anderem als dunkelblauer Anzughose und weißer Bluse gesehen. Als erstes war meine Wahl auf ein Sommerkleid gefallen, aber irgendwie war ich mir darin zu fröhlich vorgekommen. Schließlich kenne ich meinen Chef nur in gesetzten Farben, er mich auch, ich kann also nicht plötzlich aussehen, wie ein Knallbonbon, fand ich. Letztendlich habe ich mich dann für Jeans und eine dunkelblaue Bluse entschieden. Irgendwie tragen wir demnach das gleiche, wie ich plötzlich feststelle!

Es ist ganz merkwürdig, als ich von der Autobahn runterfahre und jetzt durch Athen fahre. Die Stimmung im Auto scheint sich zu entspannen, doch ich verspanne mich gerade wieder. Immer noch habe ich mir gar keine Gedanken darüber gemacht, wie lange ich überhaupt bleiben werde. Dafür, dass ich so gerne plane, habe ich ganz viele Dinge noch gar nicht bedacht. Beispielsweise, wo auf Kos ich überhaupt wohnen werde, sollte ich länger bleiben. Das Bleiben ist natürlich immens attraktiver geworden, seitdem Thomas mitgeteilt hat, dass er für zwei Wochen auf Kos sein wird. In der Pension, wo mein Vater wohnt? Vielleicht. Aber der Gedanke gefällt mir nicht und ich schiebe ihn erstmal beiseite.

Morgen Abend werden wir mit der Fähre ablegen und Dienstag früh auf Kos ankommen. Ich könnte also genau so gut versuchen, einen Flieger für abends zu bekommen. Ob es im Mai voll dort ist?

Beinah zwölf Stunden wird die Überfahrt dauern, aber da es nachts sein wird, kann man sich einfach hinlegen. Allerdings kostet eine Kabine ein weiteres Vermögen zu den ohnehin teuren Fährtickets, nur der Platz unter Deck ist im Preis inbegriffen. Wahrscheinlich leisten sich die Börgers eine Kabine, ich kann mir nicht vorstellen, dass Senior sich unters Deck haut und die Nacht durchmacht. Aber ich werde mir wohl ein Plätzchen unter Deck suchen müssen, zum Glück können die Sachen ja alle im Auto bleiben. Ich freue mich schon aufs Hotel in Piräus und ein bequemes Bett wenigstens für diese Nacht. Am besten, ich denke jetzt noch nicht an die Nacht auf der Fähre.

Das Autofahren in Athen ist dann doch etwas anderes im Vergleich zur Autobahn. Die Straßen sind brechend voll, obwohl es schon nach 9 Uhr abends an einem Sonntag ist. Aber sagt man nicht, dass diese Länder eher nachtaktiv sind? Und wahrscheinlich sind zu jeder Tages- und Nachtzeit haufenweise Touristen in Athen unterwegs. Wir fahren direkt zum Hotel. Natürlich hat Herr B... Tho... das Navi direkt auf das Hotel umprogrammiert, noch während ich gefahren bin.

Als ich das Auto geparkt habe, werfe ich einen Blick auf das Hotel. Es macht einen recht teuren Eindruck auf mich, ich hoffe, es kostet kein Vermögen.

„Das sieht ganz schön luxuriös aus", sage ich vorsichtig, als wir die Lobby betreten.

„Keine Sorge, Frau Andacht. Wir sind Mitglied bei verschiedenen Buchungsseiten und haben es zu einem günstigeren Preis bekommen", grinst mich mein Chef an. Allerdings ist jetzt die Frage, was er als günstig bezeichnet und was für mich günstig ist.

„Mussten Sie die Zimmer schon bezahlen?"

„Sicher, aber das ist kein Problem. Ich kann es Ihnen ja von Ihrem Gehalt abziehen." Damit läuft er direkt auf den Empfangstresen zu, als ob er täglich hier absteigt. Vielleicht ist das auch so, wenn man viel in seinem Leben unterwegs gewesen ist. Man findet sich schneller an fremden Orten zurecht.

„So, hier ist Ihr Schlüssel, Frau Andacht. Ich denke, wir machen uns alle etwas frisch und treffen uns dann im Restaurant." Wir nicken und gehen gemeinsam zum Aufzug. Ich steige auf der ersten Etage aus, die Börgers fahren weiter. Ich laufe einen Gang mit einem blauen Teppich entlang. Trotz der späten Stunde ist es immer noch taghell und der Himmel knallblau.

Das Zimmer hat hellgelbe Wände und wirkt freundlich. Neben einem kleinen Tisch steht ein Doppelbett für mich ganz allein. Das Bad ist sauber und weiß gekachelt. Ich widerstehe dem Drang, sofort unter die Dusche zu springen. Das muss warten, denn ich bin am Verhungern.

Doch als ich um halb elf am Restaurant ankomme, blicke ich in sauertöpfische Gesichter. Das Restaurant hat bereits zu.

„Vielleicht gibt es ein paar Snacks an der Bar", schlägt Thomas Vater vor und ich staune über seinen plötzlichen Pragmatismus, der ihm gar nicht ähnlich sieht.

„Gute Idee", stimmt ihm Thomas sofort zu.

Schnell laufen wir zur Bar, die nicht weit weg ist. Dort steht zum Glück noch ein Barkeeper, bei dem wir sofort eine Flasche Rotwein bestellen. Er besorgt uns auch mehrere Clubsandwiches aus der Küche, die wir mit großem Appetit verschlingen.

16.

„Ich glaube, ich gehe mir noch etwas die Beine vertreten", sage ich, nachdem wir eine Stunde später höflich aus der Bar geworfen werden.

„Tun Sie das, ich gehe jetzt schlafen", sagt Thomas Vater und läuft in Richtung Aufzug.

Ich laufe an der Rezeption vorbei zum Ausgang, als mich plötzlich ein Arm festhält.

„Wo wollen Sie hin?" Thomas eindringliche Stimme lässt mich aufschrecken.

„Na, nach draußen", sage ich verwirrt. „Nach der langen Fahrt brauche ich dringend Bewegung und vor allem frische Luft, die weniger nach Autobahn riecht."

„Es ist bald Mitternacht. Sie können doch nicht einfach so allein hier herumspazieren", sagt Thomas empört. Meinen Arm hat er immer noch nicht losgelassen, ich wünschte, das wäre mir unangenehmer.

„Na, dann kommen Sie doch einfach mit", sage ich unwirsch. Was soll denn dieses Machogehabe.

„Ok", sagt er und klingt erstaunt. Dann lässt er mich leider los, allerdings nur, um mir die Tür aufzuhalten.

Die Luft, die uns draußen empfängt, ist angenehm, allerdings etwas kühl. Blöderweise liegt meine Jacke auf dem Zimmer. Aber wenn ich mich bewege, wird mir hoffentlich wärmer. Ich laufe einfach in Richtung einer größeren Straße, Thomas läuft ohne Anstrengung neben mir her. Bestimmt geht er joggen oder macht irgendetwas ganz sportliches, so fit wie er aussieht.

„Wir könnten in Richtung Hafen laufen", schlägt er vor und holt sein Handy aus der Tasche.

„Und wofür brauchen Sie Ihr Handy?" Klar habe ich auch eins und es hat auch Internet, theoretisch, aber das brauche ich eigentlich nur um Mitteilungen zu schreiben.

„Ich kann mir den Weg zum Hafen anzeigen lassen", erwidert er kurz und ein wenig so, als ob ich begriffsstutzig sei.

„Wie weit ist der Hafen denn. Meinten Sie nicht, das Hotel ist nicht weit davon entfernt?"

„Na ja, ungefähr", sagt er entschuldigend und klingt wieder so sympathisch dabei.

„Also hier stehen 3 km, das werden wir vielleicht heute nicht mehr schaffen, ich bin schon ziemlich müde."

„Ich auch, aber ich muss dringend etwas laufen."

„Das ist eine gute Idee, dieser Fahrmarathon hatte es in sich."

Schweigend laufen wir jetzt einfach irgendeine Straße entlang und hängen unseren Gedanken nach. Wie unwirklich das alles hier ist! Ich bin in Griechenland, bin zwei Tage Auto gefahren. Mit meinem Chef!

Irgendwie müssen wir in die richtige Richtung gelaufen sein, denn plötzlich sehen wir Boote und das Meer.

„Was denken Sie, Julia?", fragt er plötzlich leise und seine Stimme klingt verändert. Ich zucke zusammen. Vor allem, weil er wieder meine Hand genommen hat.

„Ich habe Mühe, das alles zu verarbeiten", sage ich ehrlich und ärgere mich, dass mir nichts schlagfertigeres eingefallen ist. Thomas lacht leise und drückt meine Hand etwas fester. In meinem Magen flattern ganze Schmetterlingsschwärme auf.

„Ich hätte nicht gedacht, dass ich diese Reise mit Ihnen so genießen würde." Die Schmetterlinge flattern noch etwas heftiger.

„Tun Sie das?", frage ich vorsichtig. Ich blicke nach unten, irgendwie stehen wir plötzlich mit den Schuhen im Sand. Um uns herum ist es nicht still, obwohl keine Leute da. Zumindest keine, die ich sehe, denn ich blicke nur in Thomas Gesicht. Und er in meins. Es ist dunkel, trotzdem sind genügend Lichter um uns herum, dass ich den Ausdruck in seinem Gesicht sehen kann. Ich kann ihn nur nicht deuten, denn ich habe ihn noch nie zuvor gesehen.

„Ja. Und das verwundert mich wirklich. Meinen Vater so lange am Stück zu erleben, ist wirklich kein Leichtes. Aber durch Sie wird das alles leichter." Seine Tonlage lässt mich aufhorchen, trotzdem machen seine Worte keinen Sinn.

„Durch mich?" Überrascht blicke ich ihn an.

„Ja, durch Sie", sagt er heiser und beginnt, mit seiner anderen Hand meine Wange zu berühren. Kleine Blitze zucken an meinem Gesicht, dort wo er mich streichelt. Und auf einmal schlägt mein Herz so irrsinnig schnell, als ob man es wiederbelebt hätte. Es stand wohl für einen Augenblick still. Ganz langsam kommen wir einander näher, während wir uns in die Augen blicken. Ob er mich jetzt küsst?

Ungefähr zwei Zentimeter voneinander entfernt bleiben unsere Gesichter stehen. Soll ich? Ich komme noch näher.

Dann treffen sich unsere Nasenspitzen, er schaut mich ernst an. Dann ruckt er wieder zurück, seine Hände hängen lose an ihm herunter.

„Tut mir leid."

Was? Was passiert denn jetzt, das kann er doch nicht machen! Verwirrt stehe ich an Ort und Fleck, mein Herz ist auf einmal ganz ruhig geworden. War ja klar, dass er einen Rückzieher macht. Wahrscheinlich ist ihm bewusst geworden, wie absurd das Ganze ist. Wobei wir doch auch im Auto bereits Händchengehalten haben. Aber auch nur so lange, wie sein Vater geschlafen hat, erinnert mich meine innere Stimme kühl.

„Es tut mir leid, Julia." Mein Kopf schwirrt.

„Das haben Sie schon gesagt!", sage ich sauer. Ja, ich bin sauer, denn das macht man nicht. Erst heiß machen und dann kalt abservieren. Das ist nicht fair!

„Ich weiß nicht, was in mich gefahren ist. Ich meine, das geht doch nicht", stammelt er. Wieso stammelt er, das fällt doch normalerweise in meinen Part.

„Das kann ich Ihnen auch nicht sagen."

„Da sehen Sie`s!" Wo kommt jetzt bitte dieser Triumph in seiner Stimme her. Das ist völlig unpassend!

„Na, wir siezen uns. Fürs Küssen sollte man doch wenigstens beim Du angekommen sein."

„Wenn das so wichtig für Sie ist, können Sie mich ja duzen", schnappe ich zurück, drehe mich um und stapfe zurück zum Hotel.

„Warten Sie! Julia, warte." Seine Stimme zwingt mich zum Stehenbleiben. Wieder nimmt er meine Hand, diesmal sogar beide und legt sie sich auf seine Brust, die sich wirklich gut anfühlt. Dann nimmt er mein Gesicht und zieht es an sich.

Und dann küsst er mich. Erst etwas grob, dann immer sanfter und zärtlicher, dabei nimmt er mich in seine Arme und drückt mich an sich. Der Kuss wird immer großartiger, vielleicht werde ich mal jemandem davon erzählen, Berti oder Al. Oder vielleicht bleibt er auch in Griechenland, zusammen mit diesem Gefühl der absoluten Glückseligkeit ohne Hoffnung auf Wiederholung.

„Das war schön", sage ich atemlos.

„Fand ich auch." Seine Stimme klingt rau und zärtlich. Seine Hand ruht auf meinem Rücken. Keine Ahnung, wie lange wir bereits dastehen, für mich bräuchten wir nicht damit aufzuhören, aber unschöner Weise fange ich an zu zittern.

„Ist dir kalt?" Ich nicke.

„Ein wenig." Er zieht seine Jacke aus und legt sie mir um die Schultern. Dann nimmt er meine Hand und wir gehen den Weg zurück. Ich kuschele mich in seine angewärmte Jacke und drücke seine Hand. Alles fühlt sich so vollkommen an.

Am Hotel hält er mir die Tür auf und gemeinsam gehen wir zum Fahrstuhl. Wir fahren in den ersten Stock, zu meinem Zimmer. Vor meiner Hotelzimmertür bleiben wir stehen. Thomas blickt mich aus seinen grün-gesprenkelten Augen an. Ob er mit reinkommt? Mein Herz pocht erwartungsfroh.

„Gute Nacht, Julia. Schlaf gut! Ich buche uns gleich noch die Fährtickets. Wir sehen uns beim Frühstück."

Mit diesen Worten lässt er mich und seine Jacke stehen und geht.

17.

Enttäuscht gehe ich in mein Zimmer, schließe die Tür jedoch leiser als ich will, um niemanden aufzuwecken. Thomas Jacke lege ich über einen Stuhl. Vielleicht hätte ich ihn aufhalten sollen, aber er hat nicht den Anschein erweckt, als ob er überhaupt mit zu mir wollte. Das wäre ja auch vielleicht ein wenig schnell gewesen. Trotzdem finde ich es blöd, dass alles so abrupt geendet hat.

Ich ziehe mich aus und gehe duschen. Das warme Wasser tut unendlich gut, ich habe gar nicht bemerkt, wie kalt mir trotz seiner Jacke war. An Thomas Brust war es alles andere als kalt. Und der Kuss erst!

Ja, der Kuss, denke ich, als ich endlich im Bett liege. Irgendetwas hopst auf und ab in meinem Bauch, wieder spüre ich Thomas Lippen auf meinen und schließe die Augen. Wahrscheinlich schlafe ich trotzdem mit einem Lächeln ein.

Der Wecker schreit mich aus dem Tiefschlaf. Auch wenn ich im Auto geschlafen habe, fühlt es sich an, als ob ich zwei Tage durchgemacht habe. Irgendwie bin ich immer noch völlig erschlagen und heute Nacht werde ich gar keinen Schlaf bekommen, sondern in der muffigen Lounge gemeinsam mit fremden Leuten rumhocken.

Plötzlich fällt mir auf, dass ich mich noch gar nicht bei meinem Vater gemeldet habe. Doch ich entscheide mich dagegen, ihn anzurufen. Schließlich sehen wir uns doch morgen und erstmal brauche ich dringend einen Kaffee. Also schreibe ich ihm nur eine kurze Nachricht, in der ich ihm mitteile, dass ich mich bereits in Athen befinde und morgen um sieben Uhr früh mit der Fähre auf Kos ankommen werde. An seinem Status sehe ich, dass er letzte Nacht um eins das letzte Mal online war. Bestimmt schläft er jetzt noch.

Schnell räume ich die paar meinen Sachen ein, die ich gestern ausgepackt hatte, lasse jedoch den Koffer und auch Thomas Jacke im Zimmer und gehe zum Restaurant. Seine Jacke gebe ich ihm später oder lege sie unauffällig ins Auto. Vielleicht ist es ihm unangenehm, wenn ich ihm in der Gegenwart seines Vaters die Jacke zurückgebe.

Doch erneut stehe ich vor dem geschlossenen Restaurant, denn es öffnet erst um acht Uhr, was in fünf Minuten ist. Dann tauchen auch schon die Börgers auf, beide in gestärkten weißen Hemden. Ich habe schon wieder das gleiche wie Thomas an, stelle ich amüsiert fest, denn ich habe mir eine weiße Bluse angezogen.

„Guten Morgen, Frau Andacht", sagt Thomas und lässt sich unseren Kuss von gestern nicht das kleinste bisschen anmerken. Ein Stein plumpst in meinen Magen und ich habe keinen Hunger mehr. Herr Börger nickt mir aufmunternd zu. Gut, dass ich die Jacke nicht mitgenommen habe.

„Ich bin am Verhungern! Dieses kleine Butterbrot gestern war ja was für den hohlen Zahn!", ruft Herr Börger und wirkt wahnsinnig gutgelaunt. Schon hören wir das Schloss und das Restaurant wird geöffnet. Mein Blick fällt sofort auf ein riesiges einladendes Buffett und es duftet nach Kaffee. Wir setzen uns in den leeren Saal, die Fenster sind weit geöffnet und bieten einen tollen Ausblick auf einen hellblauen Himmel. Seeluft strömt hinein, irgendwo hupt ein Auto.

„Ich bin froh, dass ich noch etwas vorschlafen konnte", sage ich, um etwas unverfängliches zu sagen.

„Wieso?", fragt Thomas Vater.

„Weil die nächste Nacht auf dem Schiff bestimmt recht anstrengend werden wird", meint Thomas und schaut irgendwie ernst aus. Er blickt mich nicht direkt an. Feigling. Schnell winke ich einem Kellner, um endlich an meinen Kaffee zu kommen.

„Gibt es denn da keine Betten!", ruft Herr Börger erstaunt.

„Doch, es gibt natürlich Kabinen, aber die kosten ein Vermögen", sage ich trocken.

„Oh, vielleicht buche ich mir einen Flieger und komme nach", stöhnt Herr Börger, grinst aber komischerweise dabei. Überhaupt wirken die beiden recht entspannt. Also ich hätte jetzt schon etwas mehr Mitgefühl erwartet. Und was ist das mit Thomas bitte und dem Kuss von gestern. Aber vielleicht wollte er einfach nur mal ausprobieren, wie es ist, seine Angestellte zu küssen. Oder er hat sich hinreißen lassen. Ach, egal, er scheint kein weiteres Interesse an mir zu haben.

Wieso eigentlich nicht? Was stimmt nicht mit mir? Ok, ich bin unsicher und einen guten Orientierungssinn habe ich auch nicht. Und ich wusste nicht auf Anhieb, wo Kos liegt, was mein Chef aber nicht weiß. Doch davon mal abgesehen, kann ich doch nicht so schrecklich sein. Schließlich arbeite ich seit fünf Jahren für ihn und immerhin hat er hat mich sogar persönlich eingestellt.

„Frau Andacht, was meinen Sie. Wollen wir uns Athen ansehen?", holt mich sein Vater ins Gespräch, das einfach an mir vorbeigeschwappt ist.

„Sicher, gerne. Die Fähre fährt ja erst heute Abend", sage ich zerstreut. Ich versuche, mir nicht den Mund am heißen Kaffee zu verbrennen.

„Macht es denn Sinn, mit dem Auto nach Athen zu fahren?", frage ich vorsichtig. Eigentlich zieht mich heute gar nichts ans Steuer.

„Wir könnten ein Taxi nach Athen nehmen, das soll laut Internet nicht so teuer sein", meint Thomas. Klar, er hat wahrscheinlich heute Morgen erstmal recherchiert, während ich mich noch einmal umgedreht habe.

„Das ist eine gute Idee, Thomas. Wer weiß, was ein Parkplatz dort kostet!"

„Und was machen wir dort?", frage ich etwas dumm, weil ich mich schon dabei sehe, wie ich durch die Wärme latsche, zwar in Athen, klingt aber trotzdem nicht sehr amüsant.

„Wenn wir uns nicht unbedingt die Bauten angucken wollen, können wir einfach den Bus nehmen."

„Den Bus?", fragt Herr Börger unwirsch. „Wo sollen wir denn hinfahren?"

„Man kann raus und wieder einsteigen und sich dabei die Stadt ansehen", grummelt Thomas, weil wir so skeptisch reagieren.

„Ich denke, das ist eine gute Idee. Wenn es heute nicht so warm wird, können wir auch gerne zur Akropolis fahren."

„Ach, das können wir ja dann sehen", grinst Herr Börger.

Dann stehen wir erstmal auf und holen uns endlich etwas zu essen. Mittlerweile habe ich meine Gefühle runtergeschluckt, bleibt mir ja auch nichts anderes übrig und habe wieder richtig Hunger. Auch Thomas langt tüchtig zu. Sollte man nicht appetitloser sein nach so einem Kuss? Vielleicht war er nicht so großartig. Doch, das war er, aber Frau muss eben essen, es geht nicht anders.

Um halb zehn treffen wir uns in der Lobby. Vorher habe ich schnell Thomas Jacke in den Kofferraum gelegt. Dann steigen wir in das bestellte Taxi und brausen los. Noch ist das Wetter angenehm und ich genieße es, nicht fahren zu müssen. Das Auto durften wir auf dem Hotelparkplatz stehenlassen, natürlich gegen Geld, aber das war uns allen egal. Die vier Koffer haben wir allerdings lieber im Hotel abgestellt, was zum Glück nichts kostet. Es im Auto zu lassen, davon wurde uns dann doch sehr abgeraten.

In Athen angekommen suchen wir in der Innenstadt diesen Hopp-on-Hopp-off Bus, von dem Thomas erzählt hat, finden ihn jedoch nicht. Also teilen wir uns wieder ein Taxi und fahren zur Akropolis. Beeindruckend, das muss ich ehrlich zugeben. Natürlich laufen wir auch zum Olympieion, nur einen halben Kilometer weiter. Mittlerweile ist es deutlich wärmer geworden und meine Füße schmerzen bereits. Dann fahren wir mit der Bahn zum Archäologischen Nationalmuseum, sind aber eigentlich alle viel zu müde. Zwei Stunden halten wir durch und schleppen uns durch die Säle und können die griechische Kunst gar nicht so heftig huldigen, wie sie es bestimmt verdient hätte. Danach sind wir uns alle einig, dass wir jetzt in der Altstadt etwas essen möchten. Wir finden auch schnell etwas, eher eine Art Taverne, dafür aber sehr gemütlich. Da es bereits nachmittags ist, ist zwar die Altstadt voll, aber das Lokal relativ leer. Müde und hungrig essen wir unser Essen in uns hinein.

„Ich habe dir übrigens eine Kabine gebucht, Vater", sagt Thomas plötzlich, nachdem wir nur noch einen Mokka vor uns stehen haben.

„Danke, mein Sohn, ein Glück. Ich bin einfach zu alt dafür, um die Nacht durchzumachen", grinst sein Vater.

Immerhin sind 18°C für die Nacht vorhergesagt worden, vielleicht ist es ja ganz nett, die Nacht unter Deck zu verbringen. Das schaffe ich auch noch und dann schlafe ich erstmal 12 Stunden. Allerdings habe ich immer noch keine Ahnung, wo ich das tun werde. Mein Vater hat mir kurz zurückgeschrieben, dass er sich freut, mich zu sehen. Ich sehe dem Treffen eher mit gemischten Gefühlen entgegen. Und immer noch frage ich mich, ob er vielleicht krank ist. Oder sollte er wirklich so glücklich sein, wie er behauptet. Absurder Gedanke, aber morgen werde ich es ja sehen.

18.

Um fünf Uhr nachmittags fahren wir mit dem Auto in den großen Bauch des Schiffes hinein. Das Hineinfahren ist wahnsinnig aufregend. Schließlich bin ich noch nie in Griechenland Autofähre gefahren und irgendwie ist das auch etwas anderes, als nach Borkum zu fahren. Und diesmal fahre ich ja sogar selbst im Gegensatz zu damals mit meinen Eltern.

Unser Gepäck nehmen wir mit und stellen es in die Kabine von Herrn Börger. Die Kabine ist zwar schmal, trotzdem sind sogar zwei Betten darin, also werde ich wohl allein die Nacht durchmachen. Wobei sicherlich auch noch andere fremde Menschen dabei sein werden. Der Gedanke daran verpasst mir eine Gänsehaut.

Die Sitze wirken glücklicherweise gar nicht so unbequem und das Schiff ist riesig. Vielleicht mache ich erstmal einen langen Spaziergang, damit ich richtig müde werde. Dabei bin ich das bereits, schließlich sind wir heute schon stundenlang unterwegs gewesen. Also vielleicht finde ich ja doch ein paar Stunden Schlaf irgendwann. Hoffentlich kriege ich überhaupt einen Sitzplatz, eine Reservierung hätte ebenfalls Geld gekostet. Zusammen mit dem Hotelzimmer dezimiert sich mein nächstes Gehalt jetzt bereits deutlich. Schon die Fährkosten für das Auto allein sind enorm. Ich hoffe, mein Vater gibt mir das Geld zurück.

„Sieht ja alles ganz gemütlich aus", freut sich Herr Börger. Ja, die Kabine sieht wirklich ganz ok aus, seufze ich innerlich.

„Ich drehe dann mal eine Runde durchs Schiff." Damit verlasse ich die Kabine und laufe den Gang entlang. Ich will einfach nur weg.

„Nimmst du mich mit?", fragt mich plötzlich eine vertraute Stimme. Erstaunt drehe ich mich um und schaue direkt in Thomas Gesicht.

„Sicher, ist ja ein öffentliches Schiff", entgegne ich patzig und gehe wieder weiter.

„Ja, genau", sagt er und klingt verwirrt. Ich kann da jetzt keine Rücksicht darauf nehmen. Ich meine, er küsst bestimmt andauernd Frauen, aber mein letzter Kuss, also der Kuss vor diesem Kuss, liegt wirklich schon eine Weile zurück und war gar nicht mal so gut. Kein einziger dieser Küsse, die ich mit Ramos ausgetauscht habe, war auch nur irgendwie vergleichbar, obwohl man bei dem Namen ein südamerikanisches Temperament vermuten könnte. Nein, leider keine Spur, auch nicht bei den körperlichen Aktivitäten. Und her ist das Ganze bereits zwei Jahre, es kommt mir schon sehr viel länger vor.

Schweigend wandern wir über das riesige Schiff. Die Menschenmassen verteilen sich zum Glück recht gut und es ist relativ leise. Die Klimaanlage lässt mich frösteln, ich werde mir später noch eine Strickjacke holen müssen. Hoffentlich schläft Herr Börger nicht bereits.

„Alles ok, Julia?" Zögernd kommt die Frage und macht mich irgendwie wütend.

„Natürlich ist alles ok. Den Punkt auf deiner Liste: 'Eine Angestellte küssen', kannst du ja jetzt abhaken!" Das kam jetzt doch irgendwie zickig rüber, upps.

„Ich habe keine Liste", sagt er und irgendwie klingt er nicht gerade relaxt.

„Du küsst mich und wünschst mir gute Nacht! Was soll ich dazu sagen?" Irgendwie wird das hier gefährlich melodramatisch, also von meiner Seite. Thomas wirkt immer noch etwas überrascht.

„Ich wusste nicht, dass wir darüber diskutieren müssen."

„Äh, nicht unbedingt diskutieren, aber kommt noch etwas danach oder war das eine einmalige Sache?" Jetzt bleibe ich doch stehen und schaue ihn direkt an, hoffentlich mit einem durchdringenden Blick.

„Ich weiß nicht. War es denn ok für dich, dass wir uns geküsst haben?" Ausdruckslos schaut er mich an. Also er könnte sein Anwaltspokerface jetzt ruhig mal ablegen!

„Keine Ahnung, ich habe mir ebenfalls keine Gedanken darüber gemacht. Schließlich ist der Kuss doch von dir ausgegangen."

„So würde ich das jetzt nicht ausdrücken."

„Nicht?"

„Wir waren es doch beide, ich meine, du hast mich doch auch geküsst." Das Gespräch fängt an, mich zu nerven.

„Also, ich gehe jetzt noch eine Weile rum und haue mich dann auf einen Sitz. Du kannst ja in deine gemütliche Kabine gehen."

„Julia. Ich, ich lasse dich doch nicht allein!"

„Du brauchst nicht aus falschem Verantwortungsbewusstsein bei mir zu bleiben", sage ich empört.

„Wie kommst du bloß...also, das ist natürlich nicht der Grund!" Wütend starrt er mich an. Seine grünen Augen wirken bei der Schiffsbeleuchtung dunkel und irgendwie bedrohlich.

„Du bist mir wichtig." Die Worte, auch wenn nur geflüstert, hallen laut in mir nach.

„Sag doch etwas", bittet er und seine Augen werden wieder weicher.

„Gut", sage ich nur und laufe in Richtung Sitze. Er kommt hinterher und setzt sich direkt neben mich, anscheinend ist doch einiges frei. Als er meine Hand nimmt, fährt schon wieder ein Stromstoß durch mich hindurch.

„Wieso ist das jetzt so schwierig?" Die Frage verblüfft mich und irritiert blicke ich ihn an.

„Keine Ahnung. Für mich ist das nicht schwierig."

„Wäre es denn ok gewesen, wenn ich mit auf dein Zimmer gekommen wäre?" Neugierig blitzt er mich an.

„Natürlich nicht", sage ich heftig, weil ich erst „natürlich ja" antworten will, mich aber gerade noch bremsen kann. Für eine Schlampe soll er mich dann doch nicht halten.

„Ich wollte nicht, dass du in dein Zimmer gehst, aber ich wollte auch nicht, dass wir uns zu schnell dem Ganzen hingeben und es anschließend bereuen."

„Es gibt bestimmt etwas dazwischen." Keine Ahnung was, ich war ziemlich erhitzt. Zugegeben, wer weiß, ob ich mich hätte bremsen können, wenn wir die Nacht miteinander verbracht hätten.

„Ich weiß nicht, ob ich nur mit dir hätte reden können", grinst er und nimmt eine Haarsträhne von mir zwischen seine Finger und wickelt sie auf.

„Das weiß ich auch nicht." Gut, dass wir das geklärt haben.

Wir schauen uns in die Augen. Dann knurrt mein Magen, laut, sehr laut und überrascht blickt er mir in meine völlig unspektakulären braunen Augen, in denen leider keine farbigen Akzente zu finden sind. Ich habe das oft genug vor dem Spiegel überprüft, nicht das kleinste bisschen an Sprenkeln vorhanden.

„Wir könnten etwas essen gehen", schlägt er grinsend vor. Händchenhaltend gehen wir rüber zum Restaurant. Leider sitzt Herr Börger bereits an einem Tisch und winkt uns rüber. Natürlich lässt Thomas meine Hand sofort los und winkt zurück. Ich werde einfach nicht schlau aus ihm.

„Das Schiff ist ja riesig!", schwärmt Herr Börger-Senior wie ein kleiner Junge im Spielzeugladen.

„Ja, recht imposant", stimmt ihm Thomas zu. Er hat sich neben seinen Vater gesetzt, ich sitze beiden gegenüber. Die Karte ist nicht riesig, es gibt Snacks und ein paar warme Gerichte. Wir bestellen alle Salat und Brot. Irgendwie futtere ich sehr viel, dafür, dass ich die letzten Tage so viel Auto gefahren bin. Ob er das blöd findet? Wo ich schon keine langen schlanken Beine habe und auch nicht blond bin, sondern eher in Richtung dunkelbraun. Aber du bist ihm wichtig, erinnert mich meine innere Stimme. Aber wieso zeigt er es dann nicht, dass er interessiert ist. In der Gegenwart seines Vaters fällt er immer in seine Chefposition zurück und tut so, als ob wir Fremde wären. Das Ganze hat etwas Heimliches, verbotenes an sich. Keine Ahnung, ob ich das gut finde.

19.

Nach dem Essen verzieht sich Thomas Vater auf sein Zimmer. Thomas folgt mir jedoch zu den gar nicht so unbequemen Sesseln. Kaum sitzen wir, schnappt sich Thomas erneut meine Hand, was eigentlich ganz nett ist. Ok, schon ein bisschen mehr als nett.

„Wie kam das eigentlich mit deiner Mutter. Ich meine, haben deine Eltern dir gesagt, dass sie sich trennen?" Ich weiß gar nicht, wieso ich ständig diese indiskreten Fragen stelle, aber wo sie jetzt schon mal draußen sind, bin ich auf die Antwort gespannt. Erstaunt mustert mich Thomas.

„Ehrlich gestanden habe ich gar keine Ahnung, was genau passiert ist. Ich weiß nur noch, dass mich meine Mutter vor vier Jahren anrief und mir mitgeteilt hat, dass sie Weihnachten nicht kommt. Es müsste demnach jemand anderes kochen." Ich muss beinah ein wenig schmunzeln bei dieser Formulierung. Ich habe das Gefühl, dass Thomas seiner Mutter recht ähnlich in seiner Ausdrucksweise ist.

„Und was habt ihr dann an Weihnachten gemacht?"

„Die Familie meines Bruders ist zu ihr und ihrem Freund gegangen und ich musste mit meinem Vater vorliebnehmen. Im Nachhinein definitiv die schlechtere Wahl, aber ich wollte nicht zu meiner Mutter. Ich war zu sauer auf sie, weil ich erstmal ihr die Schuld an der Trennung meiner Eltern gegeben habe. Mein Vater war am Boden zerstört und hat sich darüber aufgeregt, wie undankbar meine Mutter sei. Nach einer

Stunde bin ich wieder gegangen. Es war wohl der kürzeste Heiligabend der Geschichte würde ich sagen."

„Und der neue Freund deiner Mutter. Hast du ihn auch mal kennengelernt?"

„Ja, einen Monat später. Und als ich sie mit ihrem neuen Freund gesehen habe, wusste ich genau, woran es bei ihr und meinem Vater immer gefehlt hat. Ihr Freund ist sogar sehr nett. Tatsächlich ist er nur knappe fünf Jahre jünger als meine Mutter bzw. zehn Jahre jünger als mein Vater. Aber ich glaube, dass er sich einfach weniger alt macht. Zumindest wirkt er mit seinen sechzig Jahren sehr viel jünger als man vermuten würde."

„Arbeiten deine Mutter und er noch?" Meine Hand liegt nach wie vor in Thomas Hand. Wir sitzen dicht nebeneinander, beinah wie im Kino und ich spüre seine Wärme.

„Meine Mutter arbeitet nicht mehr. Frederick ist freischaffender Künstler und immer mit irgendeinem Projekt beschäftigt. Ich glaube, er ist sogar recht erfolgreich. Aber natürlich arbeitet er der Meinung meines Vaters nach überhaupt nicht." Als er den Namen nennt, macht es nicht Klick bei mir, ich kenne mich nicht so aus mit Kunst und mit Künstlern schon gar nicht.

„In Künstlerkreisen scheint er sehr bekannt zu sein, ich kannte ihn allerdings nicht. Meine Mutter wirkt völlig verändert, seitdem sie mit ihm zusammen ist. Sie leben seit vier Jahren in seinem Haus und sie ist sichtlich aufgeblüht. Vielleicht war ich auch einfach nur eifersüchtig. Zumindest hat mir das mein Bruder an den Kopf geworfen, als ich nicht sofort Luftsprünge über die Liaison gemacht habe."

„Also war dein Bruder begeistert darüber, dass eure Eltern sich getrennt haben?" Meine indiskrete Fragerei gefällt mir immer besser. So kann ich Thomas viel besser kennenlernen.

„Ob er begeistert darüber ist, kann ich nicht sagen. Aber zumindest hat er wohl schon viel eher gesehen, dass unsere Mutter in ihrer Ehe nicht glücklich war. Und ich wollte es vielleicht nicht sehen, weil das bedeutet hätte, meinen Vater von seinem Podest zu stoßen."

„Oh, das kommt aber nicht so rüber, als ob du deinen Vater auf ein Podest stellst."

„Ich habe die letzten vier Jahre vermehrt versucht, mich auf seine schlechten Seiten zu fokussieren. Ich bilde mir ein, dass wir dadurch ein viel besseres Verhältnis zueinander bekommen haben."

„Ihr habt zumindest ein Verhältnis zueinander", sage ich und erst jetzt fällt mir auf, wie verbittert ich geklungen habe.

„Du und dein Vater, ihr versteht euch nicht so gut?" Damit stellt er genau die Frage, die ich nicht beantworten will.

„Eigentlich haben wir ein gutes Verhältnis, würde ich sagen. Wir reden nur einfach nicht so viel miteinander. Vielleicht haben wir uns nicht so viel zu sagen."

„Trotzdem hat er dich gebeten, ihm sein Auto zu bringen."

„Das hat mich auch überrascht", gebe ich zu. „Und anfangs war ich gar nicht begeistert davon."

„Das glaube ich. Ist ja auch eine ganz schön weite Strecke. Aber ich bin froh, dass wir mitgekommen sind", sagt er und hat so einen Unterton in seiner Stimme. In meinem Bauch wird es auf einmal ganz warm.

„Ja, ich auch", sage ich und drehe mein Gesicht in seine Richtung. Es stößt beinah an seines, weil er anscheinend denselben Gedanken gehabt hat. Beinah gleichzeitig treffen wir aufeinander, kleine Blitze prickeln an meiner Lippe. Am liebsten würde ich weitergehen, aber das geht ja nun mal nicht. Aber der Kuss ist der absolute Wahnsinn!

Irgendwann lassen wir schweratmend voneinander ab. Ich ignoriere die irritierten Blicke der anderen Leute. Schließlich könnten wir doch auch auf Hochzeitsreise oder so etwas sein. Genießerisch schließe ich die Augen und denke an diesen Kuss.

„Wie war das eigentlich mit deinem Vater und dir, bevor deine Mutter gestorben ist?" Ich zucke bei diesen unerwarteten Worten zusammen.

„Ach, nicht schlecht. Das ist es ja jetzt auch nicht. Mein Vater hat gearbeitet und wenn er nach Hause gekommen ist, haben wir gemeinsam Abendbrot gegessen. Ich glaube, er ist eher der wortkarge Typ." Zu dem das aktuelle Verhalten gar nicht passt. Ich habe ihm, bevor wir abgelegt haben, noch geschrieben, dass ich jetzt auf dem Schiff bin. Ich, nicht wir, schließlich weiß mein Vater nicht, in wessen Begleitung ich gefahren bin. Er hat auch gar nicht nachgefragt, wieso ich innerhalb von zwei Tagen schon da bin. Auf meine Nachricht hat er mir lachende Emojis geschickt, ich wusste gar nicht, dass er so etwas kennt.

„Und deine Mutter. Wie hast du dich mit deiner Mutter verstanden?" Obwohl die Fragen so leise und sanft gestellt werden, fühle ich mich dennoch wie bei einem Verhör. Allerdings habe ich ihn ja auch ausgefragt. Ist also nur fair, dass er jetzt etwas über mich erfahren will.

„Sie war immer für mich da." Das klingt kitschig und überhaupt nicht nach dem, was ich eigentlich sagen will. „Sie hat mir immer zugehört, ihr konnte ich alles erzählen." Lästige Tränen steigen in mir auf, ich weiß gar nicht wieso.

„Wie und wann ist sie gestorben?", fragt er leise und drückt sachte meine Hand.

„Als ich 15 war. Sie wurde überfahren. Ein Linksabbieger hat sie wohl zu spät gesehen. Er hat sie dann einfach liegengelassen, so hat es uns die Polizei später erzählt. Auf einmal war sie fort, von einem Tag zum anderen." Jetzt strömen ganze Sturzbäche über mein Gesicht. Außer Al und Berti habe ich nie jemandem davon erzählt. Bei keiner meiner beiden Beziehungen habe ich darüber gesprochen. Was sagt das bloß über mich aus.

„Ich kann nur erahnen, wie furchtbar das für dich gewesen sein muss, Julia." Er hält mir ein zusammengefaltetes Stofftaschentuch entgegen.

„Danke", schluchze ich und versuche damit, meinen Wasserfall aufzusaugen, der gerade aus mir herausschießt. „Tut mir leid. Ich wasche das, wenn ich wieder zu Hause bin."

„Behalt es ruhig. Ich habe noch dutzendweise welche davon. Es sind Erbstücke meines Großvaters." Trotz meiner Traurigkeit muss ich auf einmal lachen.

„Dein Großvater hat dir seine Taschentuchsammlung vermacht?"

„Die Hälfte, die andere Hälfte hat mein Bruder bekommen. Und dann habe ich mir selbst noch welche gekauft, man weiß ja schließlich nie, wann man sie mal braucht." Er zwinkert mir zu.

„Hat das dein Großvater gesagt?"

„Ich befürchte, ja", lacht er.

„Ich gehe mir mal die Nase pudern", entschuldige ich mich und laufe zum Klo.

Dort wasche ich mir gründlich mein Gesicht und schnäuze mich ausgiebig in ein Papiertuch. Das weiße Taschentuch ist zwar nass, mehr muss da aber jetzt nicht rein, dafür ist es viel zu schade. Bevor ich es vorsichtig in meine Handtasche stecke, schaue ich es mir noch genauer an. TB ist in eine der Ecken gestickt. Das ist so dermaßen alte Schule und wiederum ist es so wahnsinnig romantisch. Wie vielen Frauen er wohl schon sein Taschentuch angeboten hat? Allerdings glaube ich nicht, dass Thomas schon mit so vielen Frauen ausgegangen ist. Schließlich hat in den ganzen fünf Jahren, die ich für ihn arbeite, noch nie eine Frau für ihn angerufen, geschweige denn, ihn in der Kanzlei besucht.

Als ich wiederkomme, herrscht so eine merkwürdige Stimmung zwischen uns.

„Tut mir leid", sage ich beschämt.

„Das muss es doch nicht. So ein plötzlicher Tod ist vielleicht auch noch schrecklicher, weil man sich überhaupt nicht darauf vorbereiten konnte."

„Ich glaube, ich wäre immer traurig gewesen, egal wie sie gestorben wäre, weil sie mir so wahnsinnig fehlt." Mist, meine Schleusen öffnen sich schon wieder.

„Habt ihr, also du und dein Vater, mal darüber gesprochen?"

„Nein, eher nicht. Wir haben auch vorher nie viel miteinander geredet. Eigentlich hat er immer nur über seine Arbeit mit mir geredet. Er wollte immer, dass ich wie er für eine Bank arbeite."

„Wieso hast du es nicht gemacht?" Thomas nimmt wieder eine meiner Haarsträhnen und wickelt sie auf. Dadurch müssen wir uns ganz nah sein. Ich könnte mich wirklich daran gewöhnen.

„Eigentlich wollte ich studieren."

„Was wolltest du denn studieren?"

„Ach, das wusste ich noch gar nicht so genau. Vielleicht Philosophie und Englisch. Meine Mutter wollte gerne, dass ich Lehrerein werde."

„Wolltest du das auch?" Ich muss lachen.

„Ach, ich hatte einfach gar keine Vorstellung von dem, was ich mal arbeiten wollte. Ich wusste einfach nur, dass ich nicht zur Bank gehen wollte."

„Na ja, so ist es ja besser für mich. Sonst hätten wir uns ja gar nicht kennengelernt." Ich strahle ihn an.

„Das stimmt. Allerdings war das nicht ganz freiwillig. Nachdem ich die Qualifikation für die Oberstufe nicht bekommen habe, musste ich mir etwas anderes überlegen. Ab der 9. Klasse gingen meine Noten dermaßen in den Keller, dass ich auf einmal weit entfernt davon war, Abitur zu machen."

„Hing das mit deiner Mutter zusammen?" Komisch, das hat mich noch nie jemand gefragt. Aber wie auch, ich habe mich ja noch nie so detailliert mit jemandem darüber unterhalten.

„Wahrscheinlich ja. Ich hatte keine Ruhe mehr zu Hause und bin nach der Schule viel draußen rumgerannt. Manchmal war ich bei meiner Freundin Berti, dann haben wir zusammen Hausaufgaben gemacht. Aber irgendwie konnte ich mich lange nicht konzentrieren und dann war es irgendwann zu spät."

„Du könntest das Abitur nachmachen. An der Abendschule."

„Das stimmt. Damals haben meine Freunde das auch gemacht, aber ich habe mir das einfach nicht zugetraut."

„Wie gesagt. Ich bin froh, dass du diesen Weg eingeschlagen hast, Julia."

„Ja, ich auch", lächele ich. Und dann reden wir eine lange Zeit nicht mehr, sondern küssen uns, während das Schiff uns Kos immer näherbringt.

20.

Irgendwann muss ich eingenickt sein. Mein Kopf liegt auf Thomas Schulter. Mit einem Ruck setze ich mich auf.

Wie spät ist es eigentlich? Auf meinem Handy sehe ich, dass es bereits fünf Uhr früh ist. Dabei sehe ich auch, dass mir mein Vater die Adresse der Pension bereits zugeschickt hat. Gut, dann brauche ich ihn nicht um sieben Uhr morgens aus dem Bett zu klingeln. Merkwürdig, dass unsere lange Reise heute zu Ende geht. Aber vielleicht fängt sie auch erst an, wenn ich an Thomas und mich denke.

Vorsichtig stehe ich auf, um Thomas nicht zu wecken und schnappe mir meine Waschsachen aus meiner Handtasche. Mein Portemonnaie habe ich vorsorglich im Koffer bei Herrn Börger in der Kabine gelassen.

Ich putze mir die Zähne und wasche mir gründlich das Gesicht. Zum Glück verwende ich keine Schminke, wie würde ich dann wohl aussehen mit der verschmierten Farbe überall.

Das Küssen klingt in mir nach, auch das viele Lachen von Thomas. Keine Ahnung, wann wir eingeschlafen sind. Müde bin ich eigentlich gar nicht, eher beschwingt.

Doch als ich zurück zu den Sitzen gehe, ist Thomas bereits weg. Erst bin ich enttäuscht, aber dann fällt mir ein, dass er sich vielleicht auch einfach nur frisch macht. Ich gehe zur Kabine von den Börgers, aber dann traue ich mich nicht, einfach zu klopfen. Vielleicht schläft Herr

Börger noch. Also laufe ich nach draußen, um frische Luft zu schnappen.

Die Luft ist kühl, aber auch angenehm frisch. Ich ziehe meine Strickjacke, die ich mir zum Glück gestern Abend noch geholt habe, fester um mich und laufe über das Deck. Es riecht nach Meer, das vor mir in der Sonne glitzert. Was für ein wundervoller Anblick!

„Guten Morgen, Julia", sagt Thomas zärtlich und nimmt mich in den Arm. Ich drücke mein Gesicht an seine Brust und atme tief seinen Geruch ein, eine Mischung aus salziger Luft und Aftershave.

„Am besten, du bringst meinen Vater und mich erstmal zum Hotel und fährst dann weiter zu deinem Vater. Wahrscheinlich leihen wir uns einen Wagen, dann sehen wir mehr von der Insel." Wie nüchtern er klingt, während ich mich gerade an seine Brust schmiege.

„Äh, ok. Allerdings weiß ich noch gar nicht, ob ich überhaupt bleibe. Ich muss schauen, wann ein Flieger geht." Ich ernte einen überraschten Blick.

„Aber du hast doch zwei Wochen Urlaub genommen. Ich habe gedacht, dass du auch länger auf Kos bleibst." Klingt er etwa enttäuscht? Das wäre ja schon irgendwie schön.

„Das könnte ich auch, aber ich weiß noch nicht, wo ich bleiben werde. Ich habe nichts gebucht."

„Das ist natürlich deine Entscheidung. Ich habe für zehn Tage ein Zimmer in einem Hotel gebucht. Ich hoffe sehr, dass du bleibst, Julia." Es ist immer noch aufregend, ihn meinen Namen sagen zu hören. Mein Bauch summt.

„Ja, vielleicht." Wir stehen an Deck und umarmen uns. Wieso sage ich nicht einfach, dass ich gerne bleiben möchte, mir aber unsicher bin, ob ich jetzt einfach die nächsten Tage mit meinem Chef und meinem Vater auf Kos verbringen will.

„Dort scheint schon Kos zu sein. Wollen wir hier frühstücken oder auf Kos?" Das klingt sehr surreal auf mich.

„Auf Kos ist eventuell noch alles zu. Am besten, wir essen hier etwas oder trinken zumindest einen Kaffee", erwidere ich.

„Gute Idee. Ich gehe mal schauen, ob mein Vater schon fertig ist." Gemeinsam schlendern wir zur Kabine. Irgendwie scheint uns bereits die Luft zu entschleunigen. Wieder nimmt er meine Hand.

Er lässt meine Hand los, allerdings, um zu klopfen. Sein Vater öffnet jedoch nicht. Also nimmt Thomas seinen Schlüssel und schließt auf. Doch Herr Börger scheint bereits aufgestanden zu sein. Sein Koffer ist auch schon fort, nur unsere Koffer stehen noch da. Schnell schnappen wir uns unsere Sachen und gehen zum Restaurant. Dort sehen wir Herrn Börger bereits vor einer Kanne Kaffee sitzen.

„Da sind Sie ja, ich hatte bei den Sitzen bereits nach Ihnen gesucht. Meinen Sohn habe ich allerdings auch nirgends entdecken können." Thomas zuckt leicht, sagt aber weiter nichts dazu.

„Ich habe Frau Andacht an der Kabine getroffen." Aha, jetzt bin ich wieder Frau Andacht. Gut, dass ich das jetzt weiß!

„Genau, *Herr Börger* hat mir meinen Koffer gegeben. In einer halben Stunde legen wir ja bereits an." Ich betone ganz auffällig seinen Nachnamen, damit er merkt, wie blöd sein Verhalten ist.

„Ich bin schon sehr gespannt auf die Insel und wieso Ihr Vater beschlossen hat, dort zu bleiben." Ja, das wüsste ich auch gerne.

Beim Frühstück reden wir nicht viel. Ich weiß gar nicht, ob es mir etwas ausmacht, dass Thomas anscheinend nicht will, dass sein Vater über uns Bescheid weiß. Schließlich wissen wir doch gar nicht, ob es weitergeht, also das mit uns. Sicherlich ist es gut, nicht allzu offenherzig damit umzugehen. Was, wenn wir feststellen, dass wir gar nicht kompatibel sind?

21.

Als das Schiff anlegt, steigt meine Anspannung noch weiter an. Doch es dauert gefühlt ewig, bis wir endlich langsam anfahren und aus dem Schiff herausrollen. Wir fahren durch den Hafen, es riecht fischig. Thomas gibt die Adresse des Hotels in sein Navi ein und wir fahren auf einer engen Straße weiter auf der zum Glück nur wenige Autos unterwegs sind. Innerlich bin ich total aufgeregt!

Endlich sind wir auf Kos! Wir sitzen in dem alten Wagen von meinem Vater, der seltsamerweise bis hierher immer noch nicht verreckt ist! Hinten sitzen die Börgers, was mindestens ebenso merkwürdig ist. Und immer noch frage ich mich: Wieso eigentlich Kos? Was war der Beweggrund meines Vaters, genau hierhin zu fliegen? Oder ist es einfach ein nur purer Zufall gewesen. Immer, wenn etwas völlig abwegig erscheint, fange ich an, an das Schicksal zu glauben. Das ist sicherlich etwas einfallslos, ich weiß. Aber wer sagt denn, dass es nicht so ist? Und wie passt das dazu, dass ich auf einmal mit meinem Chef und seinem Vater hierhingefahren bin?

„Frau Andacht, bitte seien Sie so nett und fahren uns noch bis zu unserem Hotel. Wissen Sie schon, wo Sie bleiben werden?", unterbricht Thomas Vater meine Gedanken.

„Das weiß ich noch nicht", antworte ich kurz, denn ich muss mich auf die Straßenführung konzentrieren. So klein ist Kos gar nicht und die Straßen sind furchtbar schmal. Sobald Thomas und sein Vater im Hotel sind, werde ich versuchen, mit meinem Navi klarzukommen. Auf zu neuen Ufern, wie es ja so schön heißt!

Nur ein paar Kilometer vom Hafen entfernt steht das Hotel der Börgers. Dahinter ist sicherlich irgendwo der Strand, wahrscheinlich kostet es ein Vermögen! Die beiden laden ihre kleinen Koffer aus. Interessant, dass sie da Klamotten für über eine Woche drin haben. Ich habe zwar Sachen für eine Woche eingepackt, leider jedoch nichts wirklich Schickes. Für ein mögliches Date mit Thomas, muss ich mir dringend noch ein hübsches Kleid kaufen. Er klang ja sehr danach, als ob er hofft, dass ich länger bleibe, glaube ich zumindest.

Der Weg zur Pension, in der mein Vater abgestiegen ist, dauert ewig. Vielleicht, weil mein Navi mich ständig im Kreis fahren lässt. Die Pension ist genau auf der anderen Seite der Insel. Zumindest fahre ich ein ganzes Stück, ohne das Wasser zu sehen, bis ich irgendwann abbiegen muss und die Straßen weniger befestigt aussehen. Dann folge ich einem Wegweiser und bin auf einmal auf einem riesigen Grundstück. Da auch andere Autos hier stehen, parke ich kurzentschlossen den Wagen hier. Dann laufe ich ein kleines Stück weiter und stehe plötzlich direkt vor einem typischen weißen Haus mit großen blauen Balkonen mit Sonnenschirmen darauf. Auf einem Balkon steht mein Vater.

„Julia!" Mein Vater strahlt mich an, ich dagegen bin wie erstarrt. Irgendwie bin ich auf diese Begegnung nicht vorbereitet, obwohl die Reise so lang war. Dann verschwindet, um nur wenige Minuten später vor mir unten zu stehen. Er muss ganz schön was für seine Fitness getan haben, seitdem er hier ist. Überhaupt wirkt mein Vater erstaunlich verjüngt: Die Haare sind deutlich länger, er trägt Shorts (ich habe meinen Vater noch nie in so etwas gesehen) und ein schwarzes T-Shirt, das ich ebenfalls noch nie an ihm gesehen habe. Dann werde ich auch schon stürmisch an ihn gedrückt, dass mir die Luft wegbleibt.

„Hallo Papa?", sage ich verwirrt.

„Jule, wie schön, dass du da bist! Bist du etwa die Nacht durchgefahren? Ich habe gedacht, Berti und du macht euch einen netten Roadtrip und reißt ein paar Jungs auf und so etwas." Bah, hat das mein Vater gerade wirklich zu mir gesagt?

„Äh, Berti muss arbeiten. Hast du gerade aufreißen gesagt?" Wer ist das und wo ist mein Vater?

„Ach, schade", erwidert er, ohne auf meinen Einwand einzugehen. „Aber bist du jetzt etwa ganz allein die weite Strecke gefahren? Das war aber ganz schön leichtsinnig von dir." Und das ist wieder mein Vater, wie ich ihn kenne.

„Du wolltest doch dein Auto haben!", sage ich patzig. Ich klinge wie ein weinerliches Kind, peinlich. „Du hast dir keine Gedanken darüber gemacht, wie ich das schaffe!"

„Du bist doch erwachsen, Julia. Ich bin davon ausgegangen, dass du einen Weg finden wirst."

„Guten Morgen. Du musst Julia sein." Die Stimme klingt warm und freundlich. Am liebsten möchte ich mich mit der Stimme umarmen. Ich blicke in ein paar strahlend blaue Augen, die dem Meer farblich deutlich Konkurrenz machen.

„Hast du Hunger, Julia? Der Kaffee ist schon fertig, wenn du magst, und das Frühstück trage ich gleich auf."

„Äh, ja, ok", sage ich und bin völlig überrumpelt von dieser Freundlichkeit. Dazu umgibt diese Frau eine Aura, der man besser nicht widerspricht. Auch mein Vater marschiert sofort folgsam hinter ihr her.

Drinnen befindet sich sogar ein Empfangstresen, keine Ahnung, was ich erwartet habe. Aber eher nicht, dass es drinnen so wie ein Hotel aussieht. Der Speisesaal dagegen wirkt wie ein großes Esszimmer und passt schon eher zur äußeren Fassade mit den gemütlichen Balkonen. Auf dem Tisch stehen ein Stapel Geschirr, Besteck liegt in einem hellen Korb und ein großer Berg frisches Obst. Der Kaffeeduft ist überwältigend. Dazu liegen einige Weißbrote auf dem Tisch und mehrere Gläser Marmelade mit handgeschriebenem Etikett.

„Setzt euch. Ich weiß, es ist nicht viel, aber es sind gerade nicht so viele Gäste da und ich möchte nichts wegschmeißen. Aber, wenn du etwas Warmes frühstücken willst, mache ich dir gerne ein Omelette." Ich bin immer noch völlig entgeistert über diesen netten Empfang.

„Gehört Ihnen die Pension?" Was für eine blöde Frage. Die Frau grinst.

„Entschuldige bitte, dass ich mich nicht vorgestellt habe und dich einfach so angesprochen habe. Aber dein Vater hat mir so viel von dir erzählt, dass ich das Gefühl habe, dich bereits zu kennen."

„Leider hat er von Ihnen gar nichts erzählt." Ich klinge wie eine Zicke.

„Das wundert mich nicht." Diese Worte stehen im Raum, mein Vater räuspert sich.

„Wie lange wirst du bleiben, Julia?"

„Ich habe kein Zimmer gebucht. Ich denke, ich schaue nach, ob ich heute noch einen Flug finde."

„Ein Zimmer wäre noch frei." Die Wirtin, die sich mir immer noch nicht vorgestellt hat, mustert mich. Ihre knallblauen Augen scheinen mich zu durchbohren. Wie sie das wohl macht. Ob sie mir das beibringen kann?

„Das käme auf den Preis an", sage ich zögernd.

„Das Zimmer zahle ich dir selbstverständlich, Julia. Du hast doch schließlich Auslagen gehabt."

„Äh, Danke Papa." Damit habe ich jetzt wirklich nicht gerechnet.

„Dann wäre das ja geklärt. Jetzt wollt ihr bestimmt erstmal spazieren gehen." Mit diesen Worten räumt sie unser benutztes Geschirr zusammen. Ich habe eigentlich kaum etwas gegessen, mein Vater auch nicht, aber trotzdem scheint das Frühstück für uns jetzt beendet zu sein. Artig steht mein Vater auf und mehr als verwundert folge ich ihm. Mein Kopf raucht. Die Eindrücke prasseln nur so auf mich herab und ich stehe da, wie unter einem Wasserfall.

Zielstrebig geht mein Vater hinter das Haus. Wir gehen einen kleinen Pfad entlang und schon sehen wir das Meer, das ganz ruhig daliegt und in der Vormittagssonne hell glitzert. Vereinzelt sieht man Leute, aber so warm ist es noch gar nicht. Wir setzen uns in den kühlen Sand.

„Danke, dass du mir mein Auto gebracht hast, Julia."

„Wie bist du ausgerechnet auf Kos gekommen?" Mein Vater lacht. Er klingt so unbeschwert, so fremd auf mich.

„Ach, ich weiß auch nicht. Zufall, würde man es wohl nennen oder vielleicht sogar Schicksal, aber an so etwas glaube ich nicht. Ich denke, dass es da keinen größeren Beweggrund hinter gibt, auch wenn Martha versucht, mir das einzureden."

„Ist das die Frau von gerade eben?"

„Genau. Sie lebt seit zehn Jahren auf der Insel und hat vor fünf Jahren diese Pension aufgemacht."

„Ok. Und wie bist du auf sie gekommen?"

„Ach, das war ein lustiger Zufall." Mein Vater schmunzelt tatsächlich vergnügt. Ich kann mich nicht daran erinnern, wann ich meinen Vater das letzte Mal schmunzeln gesehen habe.

„Das Hotel, das ich über das Reisebüro gebucht hatte, war geschlossen. Ich stand davor und wusste nicht, wohin ich soll. Der Taxifahrer kannte Marthas Pension und brachte mich dorthin. Zum Glück hatte sie noch ein Zimmer frei."

„Klingt irgendwie merkwürdig. Wieso war das Hotel zu?" Mein Vater macht eine wegwerfende Handbewegung.

„Was weiß ich. Ungeziefer, Bankrott, ich weiß es nicht. Also bin ich hier untergekommen. Und nein, Kos war eine spontane Entscheidung im Reisebüro, ohne irgendwelche Gründe. Ich hatte einfach keine Lust mehr auf die Ostsee, ich kenne dort jedes Sandkorn. Also habe ich Kos gebucht."

„Du hättest mir davon erzählen können", sage ich leise.

„Ja, darüber habe ich auch mit Martha geredet. Dass wir zu wenig miteinander sprechen, also du und ich." Ich schlucke. Was wird das hier bitte. Befindet sich mein Vater etwa auf einem Selbstfindungstrip.

„Es tut mir leid. Weißt du, ich bin einfach nicht jemand, der ständig über Probleme quatscht. Als deine Mutter starb, wusste ich wirklich nicht, wie ich mit dir umgehen soll. Wir waren uns so fremd."

„Und das ist dir jetzt auf Kos bewusst geworden?" Meinen schnippischen Unterton kann ich nicht abstellen. Mit einer wildfremden Pensionswirtin kann er reden, aber mit mir, seiner Tochter, nicht.

„Ich habe viel mit Martha geredet. Weißt du, sie war mal Managerin für einen riesigen Konzern. Nebenbei hat sie eine Coachingsausbildung und ein Psychologiestudium absolviert."

„Und jetzt führt sie eine Pension auf Kos", sage ich trocken. Was für ein Lebenslauf.

„Ihr Mann ist vor zwölf Jahren gestorben, an Krebs. Dadurch wurde ihr bewusst, dass man nichts wirklich beeinflussen kann. Zumindest kann man aber versuchen, das eigene Leben erträglicher zu machen."

„Und die Pension macht ihr Leben wirklich erträglicher?", frage ich erstaunt.

Meine Füße liegen auf dem Sand, meine Schuhe habe ich ausgezogen. Und mein Vater und ich unterhalten uns. Alles sehr ungewöhnlich und nur schwer zu begreifen. Ich habe Mühe, mit meinen vielen Eindrücken Schritt zu halten.

„Sie hat ein Wahnsinnstalent dafür, Menschen zu durchzuschauen. Mir hat sie gleich zu Anfang gesagt, dass ich endlich meine Trauer runterschlucken soll."

„Du hast ihr von Mama erzählt?" Wieso fällt es mir immer noch so schwer, darüber zu reden, wie sehr sie mir fehlt.

„Erst ein paar Tage später. Aber sie hat sofort gesehen, dass ich etwas mit mir herumschleppe. Und damit hat sie recht."

„Ich fange immer noch an zu weinen, wenn ich an sie denke", sage ich leise und eher zu mir selbst.

„Es tut mir leid. Ich weiß, dass ich zu wenig für dich da war, Julia. Jeder geht unterschiedlich mit seiner Trauer um und meine war es, mich zurückzuziehen."

„Meine anscheinend auch. Obwohl es schön ist, jetzt mit dir darüber zu sprechen."

„Ja, das finde ich auch. Das hätten wir schon viel eher tun sollen. Erinnerst du dich noch an sie?"

„An ihre Art, wie sie mit mir gesprochen hat und dass sie immer für mich da war."

„Ich erinnere mich gerne an ihre Wärme", lächelt mein Vater. „Und daran, dass sie mich nie ändern wollte." Und wieder laufen mir die Tränen runter. Trotzdem fühle ich mich leichter, was komisch ist, denn gemacht habe ich nichts, außer, dass ich mit dem Auto nach Kos gefahren bin und jetzt hier mit meinem Vater im Sand hocke.

Vielleicht braucht es manchmal nicht mehr als ein Gespräch im Sand, um sich einander anzunähern.

22.

Ich entschließe mich, die gesamten zwei Wochen auf der Insel zu bleiben. Dass mein Vater für immer hierbleiben will, finde ich immer noch einen gewagten Schritt. Aber er hat mir jetzt sogar aufgetragen, seine Wohnung demnächst zu kündigen. Das lässt den Schritt doch sehr endgültig erscheinen. Hoffentlich kommt er wenigstens vorbei und räumt sie selbst aus, ich habe da bestimmt keine Lust dazu.

Mein Zimmer ist hell und freundlich, mit einem kleinen Bad und einer winzigen kleinen Küche. Ein kleiner weißer Tisch, zwei weiße Stühle. Im Grunde genommen bietet Martha so etwas wie eine Vollpension mit der Zimmermiete an. Daher kann man kann sich jederzeit von den Sachen, die sie täglich im Esszimmer auslegt, bedienen. Also werde ich mir eigentlich gar nichts kochen müssen.

Wie Martha das dann mit dem Essen abrechnet, kann ich mir gar nicht vorstellen, nur für das Barbecue, dass jeden Freitagabend stattfindet nimmt sie extra Geld von ihren Gästen. Von den übrigen Gästen habe ich bis jetzt noch niemanden gesehen, denn mein Vater und ich sind heute viel auf der Insel herumgelaufen. Dazwischen sind wir auch ein bisschen in seinem Auto herumgefahren, natürlich ist er gefahren.

„Die weite Strecke scheint ihm gut getan zu haben, er schnurrt wie ein Kätzchen", schwärmt er. Männer und ihre Autos, unvorstellbar.

Aber ich muss ehrlich zugeben, dass es Spaß gemacht hat, sein Auto zu fahren.

Natürlich habe ich ehrlich geantwortet, als mein Vater mich gefragt hat, wie ich so schnell nach Griechenland gekommen bin. Wie gesagt, ich hätte ihn gar nicht anlügen können und eigentlich muss ich das doch auch gar nicht.

„Ich bin mit meinem Chef und seinem Vater hierhergefahren. Herr Börger und ich haben uns abgewechselt." Mein Vater runzelt die Stirn.

„Ich wusste gar nicht, dass du mit deinem Chef befreundet bist."

„Äh, bin ich auch nicht." Nein, das kann man so nicht sagen.

„Und wieso bist du dann mit ihm gefahren? Und wieso ist sein Vater mitgekommen. Brauchten die beiden eine Mitfahrgelegenheit?" Mein Vater guckt mich leicht entsetzt an und ich werde auf meinem Stuhl immer kleiner. Wir sitzen am Tisch im Esszimmer der Pension. Martha kommt mit einer riesigen Schüssel Salat rein. Brot steht auf dem Tisch, dazu Wasser und Wein.

„Anton, jetzt lass doch diese Fragerei. Wieso muss Julia dir denn begründen, mit wem sie hierhergefahren ist? Das ist doch nun wirklich ihre Sache." Genau! Also genau das, was Martha gesagt hat. Wieso kann ich nicht selbstbewusster antworten. Es ist doch wirklich meine Sache, mit wem ich hierher gefahren bin.

„Der Vater meines Chefs meinte, dass ich besser nicht allein fahren sollte." So, da hast du es!

„Ja, schon, aber ich habe halt gedacht, dass einer deiner Freunde dich begleitet. Dieser Ali wäre doch eine gute Verstärkung gewesen. Und könnte er nicht auch sprachlich besser unterstützen?"

„Wieso das denn? Er kommt aus Deutschland und spricht nur mäßig Türkisch, kein Griechisch und er musste ebenfalls arbeiten."

„Ja, das geht den meisten so. Ich war auch mal so", sagt Martha und setzt sich zu uns.

Der Salat sieht lecker aus. Oben bedeckt eine Schicht weißer Käse den Salat, darunter lugen Tomaten, Oliven und Gurken hervor. Mir läuft das Wasser im Mund zusammen.

„Was haben Sie gemacht?" Ich tue mich schwer damit, Martha direkt zu duzen, auch wenn sie das bei mir sofort getan hat. Allerdings ist sie auch beinah so alt wie mein Vater, glaube ich.

„Ich war mal Topmanagerin. Ich habe richtig viel Geld verdient und war ständig gestresst, so wie sich das gehört. Deshalb musste mein Mann auch allein durch seine Chemo, ich hatte keine Zeit. Allerdings sollte ich dazu sagen, dass wir beide nicht damit gerechnet haben, dass er sterben würde." Ich schlucke.

„Das tut mir leid."

„Der Tod war eher eine Erlösung für ihn", lächelt sie mich an. „Der Krebs war überall und er hatte große Schmerzen. Als er sich verabschiedet hat, habe ich ihm versprechen müssen, besser auf mich aufzupassen."

„Haben Sie dann beschlossen, nach Kos auszuwandern?" Martha grinst mich an.

„Das wäre für meine Gesundheit sicherlich besser gewesen. Nein, erstmal habe ich furchtbar viel gearbeitet, um nicht an Carlos denken zu müssen. Dann hatte ich einen Herzinfarkt. Danach hatte ich einen Burnout. Und dadurch ist mir erst klargeworden, dass ich mein Leben zumindest ein bisschen in der Hand haben sollte. Der Tod kommt schließlich irgendwann von ganz allein."

„Wie kamen Sie nach Kos?" Meine Neugier ist mir peinlich, aber nur ein bisschen, denn Martha macht nicht den Eindruck, als ob es ihr was ausmachen würde, dass ich sie so viel frage. „Werden Sie das häufiger gefragt?"

„Ehrlich gestanden werde ich das so gut wie nie gefragt. Die meisten Gäste interessiert das weniger, sondern eher, wo sie eine gute Taucherausrüstung mieten können. Ich könnte gar nicht sagen, wieso es mich ausgerechnet hierhin verschlagen hat. Erstmal wollte ich einfach nur weg. Ich war mal hier und mal da. Vor fünf Jahren wurde dieses Haus angeboten und ich habe es spontan gekauft, zusammen mit einem benachbarten Grundstück, das liegt ein Stück die Straße rauf. Eigentlich erstmal nur, um darin zu leben, aber das war schrecklich einsam. Also habe ich irgendwann damit begonnen, Gäste aufzunehmen, aber nie viele auf einmal." Ich lasse die ganzen Informationen sacken und futtere etwas von dem Salat, der wirklich köstlich schmeckt.

„Dieser Käse ist unglaublich", stöhne ich.

„Ja, die Produkte schmecken anders hier, irgendwie frischer. Aber ich habe auch alle meine Lieferanten selbst ausgewählt. Viel gibt es natürlich nicht, einiges muss ich auch vom Festland bestellen. Mit der Zeit habe ich mir ein ganz gutes Netzwerk aufgebaut. Der Ziegenkäse ist übrigens von einem Bauern um die Ecke, leider hatte er nicht mehr genügend Salat, deshalb hat er mir heute Morgen vom Festland etwas mitgebracht. Er besitzt ein Fischerboot."

Wir essen und reden und trinken. So langsam verstehe ich, was meinen Vater hier hält.

23.

Thomas meldet sich den ganzen Tag nicht, ich allerdings auch nicht bei ihm. Vielleicht rufe ich ihn heute Abend mal an, denke ich bei mir, obwohl ich jetzt bereits hundemüde bin. Schließlich bin ich ja erst heute Morgen angekommen und habe die Nacht nur wenig geschlafen. Komisch, wie weit weg das bereits ist und wie wohl ich mich fühle. Dann klingelt mein Handy. Mein Herz macht einen Satz.

„Hey Jule, hier ist Berti." Und plumpst wieder zurück.

„Hallo Berti."

„Was machst du gerade? Ich könnte auf einen Sprung vorbeikommen. Mein Freund hat mich abgeschossen, ich würde gerne trinken, viel und eine Menge." Ich muss schmunzeln, auch wenn das ja eher traurig ist.

„Das tut mir leid, Berti. Ich bin gerade auf Kos, das hatte ich dir doch erzählt."

„Wow, du hast das tatsächlich durchgezogen? Das hätte ich jetzt nicht gedacht! War das nicht sehr anstrengend diese weite Strecke ganz allein zu fahren?"

„Na ja, ich bin gar nicht allein gefahren. Mein Chef und sein Vater sind mitgekommen." Schweigen. Anscheinend hat es Berti die Sprache verschlagen. Dass ich das noch erleben darf!

„Äh, wow, also, ich hätte nicht…also. Du bist zusammen mit deinem Chef 'Mr. ich bin süß, sexy und auch noch Anwalt' und seinem Vater nach Kos gefahren?" Ihre Stimme kiekst zum Ende hin und ich weiß nicht so genau, ob das jetzt gut oder schlecht ist.

„Äh, ja, so ungefähr."

„Und? Läuft da jetzt was zwischen euch?"

„Sein Vater war doch die ganze Zeit dabei."

„Habt ihr denn nicht irgendwann übernachten müssen?" Oh man, diese Fragerei. Ich hole tief Luft.

„Wir haben uns geküsst." Eigentlich nicht so schlecht die Fragerei, also, wo ich doch tatsächlich etwas zu erzählen habe.

„Wow! Wann und wie lange? Habt ihr gevögelt?"

„Also das erste Mal haben wir uns in Piräus am Strand geküsst und dann wieder auf dem Schiff und äh, nein."

„Und jetzt?" Vielleicht doch keine gute Idee, das alles zu erzählen.

„Keine Ahnung. Vor seinem Vater nennt er mich weiterhin Frau Andacht."

„War ja klar, dass der nur das eine will." Ich spüre ihr Augenrollen.

„Aber wir haben doch gar nicht."

„Das kann ja noch kommen, aber anscheinend sucht er nichts festes."

„Wieso glaubst du das denn?" Das muss doch nicht so sein, oder vielleicht doch? Mein Herz macht Purzelbäume, leider nicht die gute Sorte.

„Ja, vielleicht gibt es auch Einhörner, die Zuckerwatte pupsen, aber wahrscheinlich ist es nun mal nicht", entgegnet sie. Ich schlucke. Verdammt, sie hat recht! Wie macht sie das nur? Wieso fühle ich mich häufig schlechter, sobald ich mit Berti telefoniere.

„Vielleicht hast du recht. Aber er und sein Vater sind ja noch da. Vielleicht will er mich ja doch besser kennenlernen." Wie armselig ich klinge.

„Genau, Julia. Schlaf gut und träum von besseren Menschen." Sie legt auf. Wahrscheinlich geht es ihr jetzt besser, im Gegensatz zu mir. Wieso lasse ich so mit mir rumspringen. Und vielleicht meint Thomas es doch ernst. Ich wähle seine Nummer.

„Julia?" Er klingt verschlafen.

„Tut mir leid. Hast du schon geschlafen?" Ich schaue auf die Uhr, es ist gerade mal neun Uhr abends.

„Fast. Ich war total müde den ganzen Tag und habe nur einen kleinen Spaziergang gemacht. Ich dachte, ich gebe dir erstmal Zeit mit deinem Vater." Ok, das ist ja eigentlich nett von ihm.

„Sehen wir uns morgen? Ihr könntet hier vorbeikommen."

„Gern, das machen wir." Mein Herz rastet aus vor Freude. „Aber jetzt muss ich dringend schlafen." Damit legt er auf.

Ha! Was weiß Berti denn schon! Wir haben gar nicht über ihren Verflossenen geredet. Hätte ich vielleicht mehr auf sie eingehen sollen? Aber sie hat ja selbst mehr über meine Fahrt wissen wollen und dann auf einmal aufgelegt. Plötzlich spüre ich meine Müdigkeit wieder. Hoffentlich gibt es hier eine Waschmaschine, ich habe zu wenig zum Anziehen dabei, denke ich noch, während ich einschlafe.

Am nächsten Tag weckt mich strahlender Sonnenschein. Ich trete auf den Balkon und ein knallblauer Himmel empfängt mich. Unwirklich, absolut unwirklich. Wird bestimmt bald langweilig, wenn das immer so hier aussieht!

Ich wähle aus meinen paar Kleidungsstücken ein T-Shirt mit Giraffe auf weißem Grund aus. Keine Ahnung, wieso ich es habe und wieso ich es auch noch mitnehmen musste. Vielleicht, weil ich ansonsten eher Arbeitsklamotten als legere Kleidung besitze. Ein Blick auf die Uhr zeigt gerade mal sieben Uhr. Viel zu früh für Urlaub, aber ich bin ja auch früh eingeschlafen.

An dem riesigen Tisch sitzen bereits mein Vater und Martha.

„Guten Morgen, Julia", strahlt mich mein Vater an. Ja, definitiv unwirklich das alles hier.

„Guten Morgen zusammen."

„Was möchtest du trinken und essen, Julia?" Martha steht auf und kommt auf mich zu.

„Kaffee wäre toll", grinse ich sie an. Ihr Gesicht ist so herzlich, ich kann gar nicht anders als sie anzugrinsen.

„Kaffee steht schon auf dem Tisch. Setz dich doch zu uns."

„Wie hast du geschlafen, Julia? Ist es nicht herrlich hier?" Erwartungsfroh blickt mich mein Vater an, irgendwie ist es viel zu früh am Morgen für so viel Enthusiasmus.

„Papa, mal ehrlich. Geht es dir gut?" Das kommt jetzt einfach so herausgeplatzt und ist mir natürlich sofort peinlich. Aber wo es jetzt raus ist, auch gut. Mein Vater schmunzelt.

„Es geht mir wirklich so gut wie noch nie, Julia. Vielleicht wollte das Schicksal einfach, dass ich hier lande." Wer ist das. Mein Vater redet nicht so, bestimmt nicht. Da bin ich mir ganz sicher.

„Und du willst wirklich hierbleiben?" Ich bin immer noch fassungslos. Man kann doch nicht einfach so sein Leben verändern. Doch nicht einfach so, oder?

„Mir geht es wirklich gut. Jetzt erst ist mir klar, dass ich Depressionen hatte. Ich brauchte eine Veränderung und hier habe ich sie gefunden."

„Ich kümmere mich um deinen Vater", sagt Martha leise. „Ich bin froh, dass Anton jetzt hier lebt, und ich freue mich, dass er dich überreden konnte, auch hierher zu kommen. Ich denke, ihr braucht mal etwas Zeit miteinander."

„Dann war das mit dem Auto nur ein Vorwand?" Irritiert blicke ich in die Augen meines Vaters. Dieselben braunen Augen, die auch ich habe und die immer so verschlossen auf mich gewirkt haben und die jetzt von Lachfältchen umringt sind.

„Natürlich nicht. Ich wollte mein Auto wirklich haben, aber es war auch ein guter Vorwand, um dich hierher zu bekommen. Was meinst du, was so ein Container gekostet hätte!" Ok, das klang schon wieder viel mehr nach meinem Vater.

„Aha. Um dir Geld zu sparen, bin ich dann also gut genug." Langsam werde ich sauer, irgendwie so richtig wütend. Komisches Gefühl. Es ist neu für mich, sauer auf meinen Vater zu sein. Bis jetzt habe ich immer alles so hingenommen, seine Verschlossenheit und auch seine Engstirnigkeit.

„Aber Julia, ich wollte auch dich sehen."

„Aber wieso willst du dann weg von mir?" Ok, das klang jetzt vielleicht doch etwas melodramatisch. Und prompt laufen Tränen mein Gesicht herunter. Oh Gott, wie peinlich, ich klinge wie ein Kleinkind!

„Weil ich zu Hause nicht mehr klargekommen bin. Du hast dein eigenes Leben, Julia, und das ist auch gut so. Aber ich bin auch wirklich froh darüber, dass du da bist."

„Wieso hast du nicht mit mir geredet? Du bist einfach abgehauen! Und du hast mir lediglich eine Nachricht auf dem AB hinterlassen!" Irgendwie rede ich nur noch in Ausrufezeichen. Beschwichtigend hebt mein Vater die Hände.

„Julia, bitte. Das hat doch nichts mit dir zu tun."

„Du bist mein Vater. Du bist der einzige lebende Verwandte, der mir geblieben ist und jetzt bist du fort!" Die letzten Worte gehen in meinem Geschluchze unter. Hilflos blickt mein Vater mich an.

„So kann ich nicht mit dir reden, Julia. Reiß dich doch mal zusammen."

„Ok, ich denke, bis jetzt ist es doch schon ganz gut gelaufen", sagt Martha ruhig. „Aber vielleicht macht ihr beide erstmal eine Pause und redet später weiter." Sie nickt meinem Vater zu und ich kann seine Erleichterung förmlich spüren. Er steht auf und mit einem Klicken schließt die Tür hinter ihm. Aufgewühlt setze ich mich an den Tisch.

„Vielleicht sollte ich wieder abreisen, ich wollte ohnehin nicht bleiben. Ich habe auch gar nicht so viele Klamotten dabei." Wütend wische ich mir die Tränen aus dem Gesicht und nehme einen Schluck kalt gewordenen Kaffee.

„Das kannst du natürlich machen, wenn du das wirklich möchtest. Aber vielleicht tut dir diese Auszeit auch mal ganz gut. Du und dein Vater könnt nicht innerhalb von Minuten die letzten Jahre aufarbeiten. Aber euer Anfang war doch schon sehr gut. Wenn ich deinen Vater richtig verstanden habe, redet ihr sonst nie so viel miteinander." Widerwillig muss ich schmunzeln und nicke dabei.

„Das stimmt. Das war so ziemlich das längste Gespräch, dass ich jemals mit ihm geführt habe."

„Dann war das doch jetzt schon mal ein Erfolg. Du könntest einen Spaziergang machen. Wie war denn eure Fahrt hierher zu dritt?"

Sofort fange ich an, zu stammeln. Vielleicht sollte ich ein Coaching bei Martha buchen, schaden kann es bestimmt nicht.

„Ach, na ja, halt mein Chef und sein Vater. Eigentlich war es ganz nett."

„Schön. Bestimmt wollen die beiden auch mehr von Kos kennenlernen." Damit steht sie auf und beginnt, Sachen aus der Küche zu holen. Jetzt erst sehe ich, dass sich mittlerweile vier Gäste hingesetzt und sich von der Kanne bedient haben. Mein Vater ist nicht wieder aufgetaucht.

Interessiert schaue ich mir die anderen Gäste an. Direkt neben mir sitzt jetzt ein Mädchen im Teenageralter. Eine vielleicht dazugehörige Mutter sitzt direkt neben ihr, zumindest sehen sich die beiden recht ähnlich. Der Mann, der gegenüber Platz nimmt, wirkt nicht so, als ob er dazu gehört, aber, wer weiß. Er sitzt einfach nur da und liest in einer englischen Zeitung. Das Mädchen und die Frau unterhalten sich in einer Sprache, die ich nicht kenne. Neben dem Mann hat sich eine ältere Dame niedergelassen. Allerdings habe ich keine Ahnung, ob sie wirklich schon älter ist. Sie hat graue, kurzgeschnittene Locken, aber das Gesicht dagegen wirkt kein bisschen alt. Sie könnte also auch in meinem Alter sein, oder noch jünger. Meine Güte, was bin ich oberflächlich. Fehlt nur noch, dass ich anfange, die Klamottenlabel der Leute zu erraten. Tatsächlich habe ich eigentlich nur aus dem Poloshirt des Mannes und dem der Tochter überlegt, dass sie eine Familie sein könnten, was aber Quatsch ist. Schließlich tragen doch haufenweise Leute diese T-Shirts mit dem Krokodil darauf. Bestimmt hat mein Chef auch solche Shirts, nicht, dass ich ihn jemals in so etwas gesehen hätte. Und das bringt mich direkt wieder zu meinen unschönen Gedanken.

Mein Chef und ich, wie geht es weiter. Soll es weitergehen? Muss ich mir wirklich darüber Gedanken machen. Vielleicht sollte ich einfach weniger darüber nachdenken. Was würde Berti wohl machen? Sie würde ihn flachlegen, keine Frage. Habe ich Berti überhaupt mal in einer längeren Beziehung erlebt? Oder Al? Meine beiden engsten Freunde scheinen dasselbe Problem zu haben, genau wie ich. Sie finden einfach niemanden, der längerfristig zu ihnen passt. Vielleicht ist das der Grund, wieso wir alle noch befreundet sind. Unser Leben scheint sich die letzten Jahre über kaum verändert zu haben. Aber mit einem hat Berti recht; ich sollte mal aus meiner Komfortzone herausgehen. Jetzt zum Beispiel könnte ich Herrn Börger anrufen. Und ich könnte damit aufhören, ihn Herrn Börger zu nennen.

Thomas. Sein Name kommt mir immer noch unbeholfen über die Zunge, erzeugt aber auch ein angenehmes Prickeln in meiner Magengegend.

Ich rufe ihn an. Ich sollte ihn anrufen. Gleich. Später.

„Hallo?" Bei der Stimme zucke ich zusammen. Langsam drehe ich mich auf meinem Stuhl hin zur Tür. Dort stehen die Börgers und schauen sich neugierig um. Mein Herz bleibt stehen, meine Atmung hält die Luft an. Mein Blick geht in Richtung von Herrn Börger, dem jungen, nicht dem alten. Ich weiß, völlig überflüssig, das auch noch zu erwähnen.

„Guten Morgen!" Martha steht auf und kommt lächelnd auf die beiden zu. Ich wüsste schon gerne, wie sie das macht. Diese positive Ausstrahlung hätte ich auch gerne.

„Wir suchen...ach, da sind Sie ja, Frau Andacht."

„Hallo!" Artig stehe ich auf und komme mir wirklich blöd vor, denn natürlich starren uns die anderen Gäste alle an. Du bist peinlich, frotzelt meine innere Stimme.

„Wenn Sie möchten, können Sie heute mit uns die Insel erkunden", bietet mir der alte Herr Börger an. Irre ich mich, oder schaut Thomas etwas schuldbewusst aus? Vielleicht, weil er lieber mit mir allein wäre? Träum weiter, Jule!

„Möchten Sie vielleicht mit uns frühstücken?", fragt Martha und führt Herrn Börger weg von seinem Sohn in Richtung der Dame mit den grauen Locken und dem Herrn, der mir ebenfalls gegenübersitzt. Verblüfft schaue ich in die Richtung, aber Herr Börger leistet keinen Widerstand, sondern lässt sich von Martha einfach abführen.

„Haben Sie auch Hunger?", ruft sie jetzt Thomas zu. Der zuckt zusammen.

„Nein, Danke."

„Julia wollte sich gerade zu einem Spaziergang aufmachen, vielleicht haben Sie Lust, sie zu begleiten", schlägt sie vor, während sie Herrn Börger sofort Kaffee eingießt. Jetzt schauen wir wohl beide recht irritiert, denn plumper geht es wohl kaum, um zwei Leute zu verkuppeln. Woher weiß sie überhaupt, dass... Ach egal, ich wollte Thomas doch ohnehin fragen, ob wir etwas gemeinsam machen könnten. Das ist jetzt die Gelegenheit.

Gemeinsam gehen wir zur Tür, natürlich nicht, ohne zu bemerken, dass die Dame und Herr Börger bereits in ein Gespräch vertieft sind. Das scheint für uns beide überraschend zu sein.

„So schnell habe ich meinen Vater noch nie in ein Gespräch reinkommen gesehen, privat, meine ich", spricht Thomas meine Gedanken aus. Obwohl ich seinen Vater für erst wenige Tage privat erlebt habe, habe ich genau dasselbe gedacht. Auf mich hat er eher einen introvertierten Eindruck gemacht.

„Muss wohl an Kos liegen", grinse ich.

Mittlerweile sind wir an Thomas Auto angekommen und er hält mir die Tür eines weißen Kleinwagens auf.

„Und Ihr Vater?", frage ich vorsichtig, weil ich eigentlich froh darüber bin, mit Thomas allein zu sein.

„Der scheint ganz gut allein klarzukommen", lächelt er mich an, knallt meine Tür zu und läuft zum Fahrersitz. Das Auto ist angenehm kühl. Klar, dass die Börgers ein Auto mit Klimaanlage gebucht haben, sogar ein Navi ist eingebaut.

„Wollten wir nicht spazieren gehen?"

„Ich dachte, wir sehen uns Kos erstmal bei einer kleinen Spritztour an", grinst Thomas und fährt mit quietschenden Reifen den gekiesten Weg runter vom Grundstück und auf die unbefestigte Straße. Will er mich etwa beeindrucken?

„Der Wagen geht ab wie eine Rakete", schwärmt er.

„Äh, aber wer will denn das schon? Ich möchte eigentlich heil wieder angekommen, also bitte fahr langsamer."

„Tut mir leid, der Wagen fährt beinah wie von selbst." Das beinah entschuldigende in seinem Ton lässt mich schmunzeln. Männer sind halt auch nur große Jungs, wie man so schön sagt.

Wir fahren quer über die Insel, bis wir beim Hafen rauskommen. Er lächelt mich an, schuldbewusst oder vielleicht doch liebevoll?

24.

Gemeinsam schlendern wir zur Altstadt. Mein Magen hüpft im Takt zu unseren Schritten. Irgendwann fangen wir an, Händchen zu halten. Ich komme mir vor, wie ein verliebter Teenager.

„Wie ist euer Hotel?", frage ich, um Smalltalk zu machen.

Eigentlich möchte ich völlig andere Dinge fragen: Ob wir den Kuss wiederholen könnten, beispielsweise oder ob wir immer noch bei Frau Andacht sind oder ob er vorhat, mich auch zukünftig Julia zu nennen. Oder ob das einfach alles auf Kos bleiben wird. Nun, dann bleibt mir wenigstens Kos, denke ich frustriert.

„Ach, es ist ganz nett und hat sogar einen Pool. Was hat dein Vater gesagt als ihr euch getroffen habt?"

„Das Gespräch war wirklich gut, eigentlich. Ich soll seine Wohnung auflösen."

„Sollte er das nicht besser selbst machen?" Stimmt, Thomas hat recht.

„Ja, vielleicht. Ich bin einfach immer noch so überrascht, deshalb habe ich nichts dagegen gesagt."

„Das glaube ich dir. Für mich wäre das auch eine riesige Überraschung, wenn mein Vater so etwas täte. Aber bei meinem Vater kann ich mir das wirklich nicht vorstellen." Da muss ich Thomas zustimmen. Ich kann mir Herrn Börger auch überhaupt nicht dauerhaft am Strand vorstellen. Aber bei meinem Vater hätte ich das ja auch nie gedacht.

Mittlerweile knurrt mein Magen, was leider immer dazu führt, dass ich nicht mehr ganz so rational diskutieren kann. Also zeige ich auf einen Laden, der nicht allzu teuer aussieht.

„Ich muss jetzt dringend etwas essen!" Thomas lacht und gemeinsam gehen wir hinein und bestellen tonnenweise griechisches Fastfood, eine riesige Platte mit verschiedenen Fleischstücken, Pommes, Brot und Salat. Danach geht es mir sofort besser. Wir laufen zurück zum Hafen. Allmählich wird es immer wärmer.

„Wollen wir weiterfahren?", fragt Thomas, als wir wieder am Auto stehen. Der Wind weht ganz leicht, die Luft riecht salzig.

„Hast du eine Idee, wohin?"

„Wie wäre es mit dem Asklepieion?"

„Dem was?" War ja klar, dass er sich bereits informiert hat. Wahrscheinlich per Handy oder bestimmt hat er einen Reiseführer dabei. Wieso habe ich eigentlich keinen? Doch habe ich, ich habe nur noch nicht reingesehen. Er steckt in meinem Koffer. Aber bis gestern hatte ich ja ohnehin nicht gewusst, ob ich auf Kos bleibe, also habe ich bis jetzt auch noch keine Recherche unternommen. Ich fühle mich schon wieder mal völlig unwissend.

„Das ist eine Ausgrabungsstätte. Das Tollste soll der Blick von oben über Kos sein."

„Das klingt wirklich schön. Lass uns das machen."

Mit dem Auto sind wir in nur wenigen Minuten da.

„Da sind wir", sagt er und nimmt wieder meine Hand. Das angenehme Prickeln macht sich wieder breit und lässt mich die Hitze um mich herum völlig vergessen, denn in mir breitet sich eine ganz andere Hitze aus.

Bereitwillig lasse ich mich durch die Ruinen ziehen. Der Ausblick von oben ist wirklich atemberaubend. Thomas liest mir ab und zu etwas aus seinem Reiseführer vor. Aber ehrlich gestanden nehme ich kaum etwas von dem Inhalt auf, was ich selbst dann nicht könnte, wenn mich der Inhalt interessieren würde, was es aber nicht tut. Sind doch schließlich nur ein paar alte Steine, oder? Nein, ich höre gerne seiner Stimme zu. Sie umhüllt mich, aber ich wünschte, er würde etwas anderes zu mir sagen. Nach diesem Spaziergang sind wir wirklich nass geschwitzt.

„Hast du Lust, schwimmen zu gehen?"

„Ich habe keinen Badeanzug dabei."

„Dann fahren wir bei dir vorbei und holen ihn. So riesig ist die Insel ja nicht und die Wege relativ kurz." So betrachtet, ok. Also wird mich Thomas bereits heute im Badeanzug sehen. Irgendwie wünschte ich, ich hätte nicht so viel zum Mittag gegessen.

Wir fahren zur Pension zurück, von unseren Vätern sehen wir weit und breit nichts.

„Ja, die beiden sind irgendwann mit noch zwei anderen Gästen wegmarschiert", sagt Martha fröhlich.

Ihre Fröhlichkeit ist entnervend und widerlich ansteckend. Ich fühle mich bereits beschwingter und das neben meiner ganzen Aufregung. Denn schließlich wird nicht nur mein Chef mich im Badeanzug sehen, sondern ich werde ihn in Badehosen sehen. Und darauf freue ich mich schon!

Rasch laufe ich die Treppen zu meinem Zimmer hoch und ziehe mich in Windeseile um. Vielleicht kaufe ich mir noch ein paar billige Strandkleider, denke ich so bei mir, während ich mir meine Tasche schnappe und nach unten flitze.

„Das ging ja schnell!" Anerkennend blickt mich Thomas an, aber so richtig kann ich seinen Blick nicht deuten, wenn ich ehrlich bin.

„Wieso?", frage ich verwirrt.

„Na ja, andere Frauen hätten doch sicherlich noch lange gebraucht. Mit ihrem Makeup und was es sonst noch so alles gibt." Redet er da etwa aus Erfahrung?

„Wieso soll ich denn Makeup tragen, das verfärbt doch nur das Wasser und dann ist alles futsch." Thomas lacht laut auf, ein Ton, den ich mir am liebsten auf eine CD brennen möchte, um ihn den ganzen Tag abspielen zu können; melodisch und herzlich und, na ja, so warm.

„Kommt ihr heute Abend zum Essen?" Martha schaut uns mit ihrem lieben Blick an.

„Äh, ich denke nicht", stottert Thomas. Ob sie dieselbe Wirkung auf ihn hat?

„Danke, Martha. Vielleicht morgen."

„Dann plane ich euch für morgen ein. Denkt dran, dass am Freitag mein wöchentliches Barbecue stattfindet!" Wir nicken. Allerdings ich bin mir sicher, dass keiner von uns gewusst hat, dass sie freitags immer ein Barbecue veranstaltet, aber irgendwie nötigt sie einen sofort dazu, daran teilnehmen zu wollen. Ich habe keine Ahnung, wie sie das macht. Jedenfalls muss ich dringend ein Coaching bei ihr buchen!

Mit dem Auto fahren wir zum Hotel der Börgers. Thomas geht nach oben in sein Zimmer, um sich umzuziehen. Mich lässt er unten in der Lobby stehen.

„Der Strand ist nicht weit, wir können zu Fuß gehen", sagt er, als er nur wenige Minuten später wieder nach unten kommt.

Es ist wirklich nicht weit zum Strand. Wir laufen ungefähr fünf Minuten. Strahlend blaues Wasser begrüßt uns. Dazu leider auch ein völlig überfüllter Strand und das im Mai. Ich wusste gar nicht, dass so viele Leute Kos kennen. Ich jedenfalls habe, bis mein Vater mir davon erzählt hat, noch nie von dieser Insel gehört. Glücklicherweise können wir zwei billige Strandmatten bei einem Händler kaufen, denn der Sand ist wirklich zu warm, um sich darauf zu setzen.

„Was machen wir mit den Wertsachen?"

„Gib mir deine Tasche, ich bringe sie ins Hotel. Bestimmt kann ich sie an der Rezeption deponieren." Stimmt, das ist auch eine Möglichkeit. Natürlich habe ich zuerst an sein Hotelzimmer gedacht, aber es ist völlig klar, dass das nicht in Frage kommt. Er ist immer noch dein Chef, Julia!

Genau. Und wieder fühle ich mich seltsam, wie diese ganze Geschichte in Gang gekommen ist. Das glaubt mir doch keiner, dass mein Chef und sein Vater nichts Besseres zu tun haben, als mit ihrer Angestellten in den Urlaub zu fahren!

Und dann auch noch dieser Kuss. Und der nächste auch. Ich schließe die Augen. Wie es sich angefühlt hat und was es in mir ausgelöst hat. Bei Thomas scheint das ja nicht so gewesen zu sein. Obwohl er meine Hand wieder gehalten hat als wir durch die Stadt gebummelt sind.

„Was denkst du?" Seine Stimme reißt mich aus meinen Gedanken.

„Es ist ganz schön warm geworden", stöhne ich.

„Das stimmt. Hier, ich habe noch zwei Flaschen Wasser gekauft. Wollen wir schwimmen gehen?" Ok, jetzt ist mir richtig heiß.

Wir ziehen uns aus. Ok. So also sieht mein Chef unten drunter aus. Irgendwie normal, ein wenig käsig und definitiv keine Spur eines Sixpacks. Aber auch... irgendwie gut gebaut. Und... sehr attraktiv. Ich glaube, ich fange gleich an zu sabbern.

„Wo bleibst du denn, Julia!" Zack, schnappe ich aus meinen erotischen Fantasien und laufe ihm hinterher ins kühle Nass. So warm ist das Wasser noch gar nicht, aber erfrischend. Wir bleiben ewig im Wasser, bis ich nur noch bibbern kann.

„Ich muss jetzt eine Pause machen", zittere ich.

„Besser ist das, du hast schon ganz blaue Lippen", sagt er und mustert mich erschrocken.

Zum Glück ist die Nachmittagssonne geradezu heiß, denn wir haben keine Handtücher dabei.

„Ich glaube, die Hotelgäste nehmen einfach die Handtücher aus dem Hotel", merke ich an und schaue mich um.

„Ich glaube auch. Aber es ist ja warm genug. Beim Pool habe ich Handtücher gesehen. Lass uns doch dorthin gehen, dann können wir einen Cocktail trinken."

„Ist es dafür nicht etwas früh?" Er zuckt mit den Schultern.

„Keine Ahnung, wie spät es ist", grinst er.

Es ist bereits sechs Uhr abends, wie wir auf der Uhr an der Poolbar sehen können. Wir waren bestimmt zwei Stunden im Meer. Mein Bedarf an Wasser ist jetzt deutlich gedeckt. Ich fläze mich in einen Liegestuhl und genieße die beginnende Abendsonne. Der Himmel hat ein leichtes Rosa angenommen.

Thomas kommt mit zwei Gläsern wieder. Die haben tatsächlich Schirmchen darin und der Cocktail schimmert in ganz vielen leuchtenden Farben.

„Wow, das sieht ja lecker aus. Kannst du mir meine Handtasche holen, dann gebe ich dir das Geld wieder."

„Du bist eingeladen, Julia." Ok.

„Danke schön." Irgendwie ist mir das alles unangenehm.

„Du kannst doch das Abendessen übernehmen." Jetzt geht es mir besser.

„Das machen wir." Der Cocktail schmeckt wirklich großartig.

„Was ist denn da drin?", frage ich, während ich den Cocktail viel zu schnell in mich reinschlürfe, weil er einfach so lecker ist.

„Keine Ahnung. Ich habe auf das bunte Bild am Aushang gezeigt, einfach weil ich wissen wollte, ob der Barkeeper das auch genauso hinbekommt. Hat er." Er grinst und wir prosten uns bei jedem Schluck zu. Der Alkohol zeigt leider schnell seine Wirkung, ich werde müde.

„Julia? Geht es dir gut?" Langsam öffne ich meine Augen, um mich herum herrscht Dämmerlicht.

„Bin ich etwa eingeschlafen?"

„Der Cocktail war wohl zu stark für dich." Thomas lacht leise. Macht er sich etwa lustig über mich?

„Ich vertrage einfach keinen Alkohol", stöhne ich und versuche, mich von dieser Liege hochzustemmen. Thomas Hand greift meine und zieht mich sanft nach oben. Um uns herum sind zwar Leute, aber es ist relativ ruhig mit leiser Musik.

„Soll ich dich nach Hause bringen?"

„Wie spät ist es denn?" Ich bin immer noch völlig verschlafen.

„Ungefähr neun Uhr." Verdammt, ich habe unseren gemeinsamen Abend verschlafen!

„Das tut mir leid", sage ich zerknirscht.

„Ach, es war ganz ok. Du schnarchst übrigens nicht." Wie schön.

„Dann ist ja gut." Irgendwie ist unser Gesprächsfluss hin. Thomas fährt mich nach Hause, aber keiner sagt etwas.

Auf meinem Zimmer stelle ich fest, dass ich meine Tasche in seinem Hotel vergessen habe, war ja klar. Dann geht mein Handy.

„Hi."

„Hi", antworte ich.

„Ich fands schöne heute mit dir." Mein Herz klopft. Er fands schön!

„Ich auch. Entschuldige bitte, dass ich eingeschlafen bin."

„Wie gesagt, das macht nichts. Du siehst süß aus, wenn du schläfst. Gute Nacht, Julia!"

„Gute Nacht, Thomas!"

Dann setze ich mich an meinen kleinen Tisch. Jetzt bin ich hellwach, am liebsten würde ich gleich wieder zu Thomas fahren, aber er hat mich nicht darum gebeten. Wahrscheinlich ist er müde. Es klopft an meiner Tür.

25.

„Hallo Julia", sagt mein Vater und kommt einfach rein.

„Papa, hallo!" Damit hätte ich jetzt nicht gerechnet.

„Ich habe dich heimkommen sehen. Ich habe uns was zu Trinken mitgebracht", sagt er und zeigt auf eine Mineralwasserflasche. Ich muss schmunzeln.

„Dann setz dich. Hast du auch Gläser mitgebracht?"

„Habe ich vergessen", lacht er und geht ins Bad und kommt mit zwei Zahnputzgläsern wieder.

Wir stoßen an, mit Wasser, mein Vater blickt mich an. Er blickt mich mit einem offenen Blick an und irgendwie tut es gut, mit ihm hier zu sein.

„Ich freue mich wirklich, dass du noch bleibst, Julia."

„Ich freue mich auch, dass ich geblieben bin. Wie war dein Tag?"

„Der Vater deines Chefs ist gar nicht übel. Und trinken kann der! Deshalb habe ich das Wasser mitgebracht, für die nächsten 12 Stunden habe ich genügend Alkohol getrunken."

„Wart ihr den ganzen Tag zusammen?" Ich weiß gar nicht, ob mein Vater Freunde hat. Und da zieht er einfach mit jemand Fremdes um die Häuser. Wer ist dieser Mann?

„Zwei Leute, die hier wohnen, waren auch noch mit. Wir haben Alkohol gekauft und am Strand getrunken. Später hat Martha gekocht."

„Was ist eigentlich los mit dir Papa?"

„Mir geht es wirklich gut. So gut wie schon lange nicht mehr, Julia. Ich brauchte eine Luftveränderung und ich bin so froh, dass ich Martha kennengelernt habe."

„Liebst du sie?" Ich halte den Atem an.

„Nein. Ich glaube, Martha ist auch nicht an so etwas interessiert", lacht mein Vater, ein Ton, an den ich mich nicht erinnern kann, weil ich ihn so selten die letzten 18 Jahre gehört habe. Und doch kommt er mir vertraut vor.

„Bist du krank? Geht es dir gut?" Irgendwie muss es doch eine Begründung für sein Verhalten geben.

„Ich bin kerngesund", grinst er.

„Du stirbst also nicht?" Mein Vater lacht noch lauter.

„Doch, natürlich." Ich zucke zusammen. „Wir müssen alle sterben, Julia, eines Tages. Aber ich bin froh, dass ich wenigstens jetzt endlich wieder lebe, bevor ich sterbe. Ich habe quasi nur noch vor mich hinvegetiert, seitdem deine Mutter gestorben ist."

„Es war nicht leicht, mit dir zu leben." Bei diesen Worten blicke ich in eine andere Richtung.

„Ich weiß, Julia. Es tut mir leid." Stille senkt sich auf uns, draußen ist es dunkel.

Wann haben wir je so geredet, mein Vater und ich. Noch nie.

„Als deine Mutter gestorben ist, wollte ich auch nicht mehr leben. Aber das ging nicht, denn du warst ja da. Ich musste also irgendwie funktionieren."

„Ich habe mich sehr allein gefühlt, Papa. Ich bin gar nicht mehr zurechtgekommen und konnte mich nicht mehr konzentrieren, deshalb sind meine Noten auch so schlecht geworden."

„Ich weiß." Mein Vater schaut mich an und jetzt erwidere ich seinen Blick, in dem immer noch diese Traurigkeit liegt, die spürbar ist, aber irgendwie weicher als früher wirkt. Der verbitterte Zug um seinen Mund scheint verschwunden, seine Gesichtszüge wirken deutlich entspannter.

„Aber ich konnte dir nicht helfen. Ich war wie erstarrt. Mein Leben ist lange Zeit neben mir hergelaufen."

„Ehrlich gestanden war ich froh, als ich ausgezogen bin. Deine Traurigkeit hat mich erdrückt. Und ich habe das Gefühl gehabt, dass wir uns nur gegenseitig in dieser Trauerschleife gelassen haben. In meiner eigenen Wohnung ging es mir irgendwann besser." Eine große Erleichterung macht sich in mir breit, dass ich meinem Vater endlich so ehrlich begegnen kann.

„Jetzt geht es mir besser. Vorher habe ich einfach keine Alternative zu meiner Trauer gesehen."

„Und wieso bist du dann plötzlich nach Kos geflogen?" Noch ein Stück weiter weg von mir.

„Ich habe keine Ahnung, Julia." Er schaut mich an, Lachfältchen umringen seine braunen Augen, die ganz untypisch für ihn leuchten und funkeln. „Ich wusste nur, dass ich nicht schon wieder an die Ostsee kann, höchstens, um mich dort zu ertränken." Ich nicke. Ja, mittlerweile kann ich ein wenig mehr verstehen, dass so ein Luftumschwung gut sein kann. Auch für mich habe ich das festgestellt. Dabei muss das gar nicht an der Insel selbst liegen, obwohl es wirklich sehr schön hier ist. Das Raus aus dem Alltag ist es vielleicht eher, was einen plötzlich so aufatmen lässt.

„Aber, wieso willst du jetzt hierbleiben, also, für immer?" Ja, ich kann nachvollziehen, wieso es ihm besser geht, aber wieso kann er das dann nicht in Freiburg fortsetzen?

„Was hält mich denn in Freiburg. Ganz ehrlich, Julia, du hast doch dein eigenes Leben und ich habe dort keins."

„Aber nur, weil wir so wenig miteinander geredet haben." Irgendwie macht sich wieder Wut in mir breit. Zähle ich als seine einzige Tochter denn gar nicht?

„Das mag stimmen, aber es ist doch auch gut, wenn sich Kinder abnabeln. Ich bin nicht aus der Welt und telefonieren können wir doch auch so. Dafür spielt es doch keine Rolle, wo man sich befindet." Ich nicke.

„Das stimmt, es tut mir leid, Papa."

„Nein, mir tut es leid, dass ich so wenig mit dir darüber geredet habe. Aber du hast deine Freunde, dein Leben und deine Arbeit. Seitdem ich nicht mehr arbeite, ist es immer schlimmer mit meiner Einsamkeit geworden. Hier kann ich jeden Tag rausgehen."

„Das kannst du doch auch in Freiburg." Dann überlege ich. „Aber irgendwie verstehe ich jetzt besser, was du meinst."

„Danke, dass du mich verstehst. Ich denke, ich gehe jetzt schlafen."

Im Bett liege ich noch lange wach, obwohl es bereits drei Uhr früh war, als mein Vater gegangen ist. Es war ein gutes Gespräch, denke ich. Mehr davon.

26.

Donnerstag. Eine seltsame Ruhe ist in mir, obwohl ich erst seit Dienstag hier bin. Was könnte ich heute tun?

Ich könnte mir ein Fahrrad ausleihen und eine Radtour machen. Ja, ich bin schon ewig nicht mehr Fahrrad gefahren!

Beim Frühstück ist bereits beinah alles abgeräumt, als ich dort ankomme.

„Guten Morgen, Martha. Tut mir leid, ich habe verschlafen."

„Das macht doch nichts, Julia." Martha grinst und trotzdem habe ich mal wieder das Gefühl, mich rechtfertigen zu müssen.

„Ich habe abends noch lange mit meinem Vater geredet." Martha starrt mich an und ich muss grinsen. Ich bin mir sicher, dass man diese Frau nur selten verwirren kann.

„Tatsächlich? Das... ist gut, denke ich." Wir grinsen uns an. „Das ist wirklich gut, Julia. Ich hätte nur nicht gedacht, dass ihr so schnell Fortschritte macht!"

„Ich bin auch ganz überrascht. Mein Vater kam gestern einfach vorbei. Wo ist er eigentlich?"

„Herr Börger, also Berthold, kam schon früh heute Morgen und hat deinen Vater abgeholt. Jetzt weiß ich auch, wieso er so müde aussah." Ich nicke.

„Das kann ich mir vorstellen."

Netterweise macht mir Martha noch einen Kaffee und sogar Rührei.

„Das ist so lieb von dir, Martha!" Sie wird beinah etwas rot.

„Ach, das ist doch nichts. Es tut gut, sich um Menschen zu kümmern."

„Wie lange hast du die Pension eigentlich schon?"

„Seit ungefähr fünf Jahren und ich liebe es."

„Ich könnte das nicht, mich selbstständig machen."

„Ach, irgendwie wurde es immer leichter und ich habe es keinen einzigen Tag bereut."

„Wie bist du eigentlich auf die Idee dazu gekommen?"

„Ich glaube, dass es eine Art Buße für mich ist."

„Wieso Buße?" Ich verstehe kein Wort.

„Ach, das ist schwierig zu erklären. Ich habe dir ja erzählt, dass ich meinen Mann nicht gepflegt habe, sondern immer weitergearbeitet habe. Auch nach seinem Tod habe ich immer weitergemacht, bis es nicht mehr ging. Seitdem habe ich das Gefühl, dass ich, wenn ich mich wenigstens um andere Leute kümmere, vielleicht etwas Gutes in meinem Leben tue." Ich nicke.

„Doch, das kann ich verstehen. Manchmal habe ich auch das Gefühl, dass ich mich mehr engagieren müsste, aber irgendwie habe ich keine Zeit dazu und wüsste auch nicht, was ich tun könnte."

„Das ist schon ok, wir müssen ja keine Samariter werden. Für mich war es der richtige Weg und ich hoffe, dass ich ab und zu Menschen helfen kann."

„Ich glaube, meinem Vater hast du bereits sehr geholfen, Martha."

„Vielleicht. Aber für deinen Vater war es auch der richtige Zeitpunkt, sich helfen zu lassen. Dadurch, dass er hierhiergekommen ist, hat er bereits den richtigen Schritt unternommen. Zu Hause wäre er vielleicht nie dazu bereit gewesen."

„Ja, das kann sein. Meinst du, dass das für die Trauerarbeit wichtig ist? Eine Luftveränderung?"

„Lässt sich sicherlich nicht pauschalisieren. Wie fühlst du dich?"

„Na ja, ich habe mich vorher auch nicht schlecht gefühlt." Ich weiche aus, ich merke es, aber ich bin wohl doch noch nicht so weit.

„Du hast eben auch andere Lebensinhalte als dein Vater."

„Das meinte er auch. Obwohl er schon vor zehn Jahren aus der alten Wohnung ausgezogen ist, hat es trotzdem nichts gebracht, meinte er.

Alles war noch genauso da wie vorher. Und als er dann vor für Jahren in Rente gegangen ist, hat sich jeder Tag für ihn gleich angefühlt."

„Es ist bestimmt gut für euch, dass ihr euch ausgesprochen habt."

„Ich glaube auch. Was hältst du davon, dass er hierbleiben will?" Martha lacht.

„Das spielt keine Rolle. Und nein, das war sicherlich nicht mein Vorschlag, falls deine Frage darauf abzielt." Ich werde rot.

„Tut mir leid", stottere ich.

„Muss es nicht. Dein Vater stellt einfach fest, was ihm guttut und im Augenblick scheint es das hier zu sein, was er braucht." Mit diesen Worten räumt sie mein Geschirr ab.

„Kannst du mir sagen, wo es hier Fahrräder gibt?"

„Ja. Hier, im Schuppen. Ich habe mir einfach die ausrangierten Räder von einem Verleih geben lassen und sie für wenig Geld reparieren lassen."

„Was für eine gute Idee! Wo genau stehen die Räder?"

„Warte einen Augenblick, ich komme mit. Oder willst du vielleicht in der Zeit Thomas anrufen?" Ich schaue sie misstrauisch an. Wer ist diese Person bitte, die anscheinend immer weiß, was in einem vorgeht.

„Äh…" Martha lacht.

„Nein, ich kann keine Gedanken lesen, aber es war so offensichtlich, dass du an ihn denkst."

„Tu ich gar nicht", sage ich und weiß selbst, dass ich wie ein trotziges kleines Kind klinge. Denn leider denke ich pausenlos an ihn. „Ist das so offensichtlich?"

„Schon ok, ist doch nichts Schlimmes. Hat er sich noch nicht gemeldet?" Ich schaue auf mein Handy.

„Nein." Ich bin enttäuscht, obwohl ich es nicht sein will. Schließlich haben wir gestern viel Zeit miteinander verbracht.

„Ich zeig dir, wo die Räder stehen. Um das Geschirr kann ich mich später auch noch kümmern."

„Danke, Martha."

Vielleicht mache ich einfach allein eine Radtour. Vielleicht ist das ja ganz gut, so allein und für sich zu sein. Einfach mal die Seele baumeln lassen, sich nicht unterhalten zu müssen.

Gemeinsam laufen Martha und ich zu einem maroden aussehenden Schuppen. Dort stehen etliche Fahrräder in verschiedenen Größen und Farben. Schnell werde ich fündig und schnappe mir ein Rad.

„Danke Martha!"

„Viel Spaß, Julia!", ruft Martha mir noch hinterher und geht zurück ins Haus.

Ich schwinge mich auf das klapprige Fahrrad, das an einigen Stellen Rostflecken hat und fahre einfach drauflos. Schon ewig bin ich nicht mehr gefahren, dafür geht es aber ganz gut. Zuerst biege ich in eine kleine Schotterstraße ab, doch schon bald erblicke ich das Meer. Der Himmel ist strahlend blau, das Meer auch. Die Sonne glitzert auf den Wellen und lässt funkelnde kleine Sterne über dem Wasser tanzen.

Ich kann immer noch nicht glauben, dass ich hier bin. Und dass ich diese weite Fahrt nach Kos allein gemeistert habe! Okay, nicht ganz allein, natürlich.

Mist, falscher Gedanke! Das bringt mich wieder Thomas näher und ich will überhaupt nicht an Thomas denken. Ich will überhaupt nicht an mein Leben in Freiburg denken und was damit einhergeht. Wie war das mit dem Seele baumeln lassen? Kann ich nicht einmal abschalten, ohne an ihn zu denken!

Thomas meldet sich nicht.

Nach einer Stunde mache ich eine Pause und sehe auf meinem Handy nach. Mittlerweile ist es drei Uhr nachmittags. Auch gut, denke ich, wir waren schließlich nicht verabredet.

Vielleicht sollte ich mich melden. Hat er nicht gestern mich angerufen? Vielleicht erwartet er von mir, dass ich heute anrufe. Also fasse ich mir ein Herz und rufe ihn an.

„Hallo, Julia!" Er ist sofort rangegangen! Mein Herz rast und mein Mund wird trocken.

„Hallo Thomas", sage ich heiser und habe keine Ahnung, was ich noch sagen soll. Ich hätte das besser proben sollen. „Äh, hallo, ich wollte mich einfach mal melden. Wir hatten gestern nichts verabredet, ich weiß, aber…"

„Das ist mir später auch aufgefallen, aber heute Morgen habe ich erstmal verschlafen."

„Ich habe auch lange geschlafen. Mein Vater war gestern noch bis drei Uhr morgens bei mir."

„Hast du nicht gesagt, ihr redet nicht miteinander?"

„Ja, bis jetzt ist das auch so gewesen. Ich war selbst überrascht, als er plötzlich reinkam."

„Wollen wir vielleicht heute Abend essen gehen?" Auf einmal klingt seine Stimme rau, so gar nicht mehr leicht und locker.

„Ja, sehr gerne. Ich fahre jetzt weiter."

„Wo bist du denn jetzt gerade?"

„Ich mache eine Radtour. Die Pension, in der ich wohne, hat ganz viele alte Räder."

„Nicht schlecht. Vielleicht können wir in den nächsten Tagen mal gemeinsam fahren."

„Das machen wir", lächele ich in mein Handy hinein, auch, nachdem wir längst aufgelegt haben.

Da ich einfach nur am Strand entlanggefahren bin, was ganz schön anstrengend ist, brauche ich nur umzudrehen und die gleiche Strecke zurückzufahren. Sehr weit bin ich eigentlich nicht gekommen. Die meiste Zeit habe ich mich ehrlich gestanden nur in den Sand gesetzt und auf das Meer gestarrt. Ich kann mich nicht daran erinnern, wann ich einfach nur so dagesessen habe. Vielleicht ist es genau das, was meinem Vater dabei geholfen hat, zu sich selbst zu finden.

Nach einer Stunde bin ich wieder an der Pension. Ich stelle das Fahrrad wieder zu den anderen und gehe rasch rauf in mein Zimmer, um zu duschen. Das Wasser ist nur mäßig warm, was mir aber wegen der Wärme nichts ausmacht. Dann sehe ich auf die Uhr und stelle fest, dass es bereits sechs Uhr abends ist.

Mit einem Blick auf meine spärliche Garderobe, fällt mir ein, dass ich Martha dringend nach einer Waschgelegenheit fragen muss, vielleicht kann ich ihre Waschmaschine benutzen. Und sie gleichzeitig danach fragen, wo ich ein schickes Kleid herbekomme.

Wieso habe ich nicht mehr Sachen eingepackt? Und wieso habe ich es gar nicht in Erwägung gezogen, hier Urlaub zu machen. Der Gedanke daran ist mir kein einziges Mal gekommen. Merkwürdig. Plötzlich klopft es an meiner Tür.

„Herein!" Die Tür öffnet sich. Ich habe schon wieder nicht abgeschlossen.

„Hallo Julia. Wollen wir?" Entgeistert schaue ich Thomas an.

„Da bist du ja schon", stammele ich wenig intelligent.

„Ach, ich wusste nicht, wie stark der Verkehr ist, deshalb bin ich schon mal losgefahren." Er wird leicht rot bei seinen Worten, aber mein Herz hüpft auf und ab vor Freude. Irgendwie klingt das jetzt doch danach, als ob er mich vermisst hat. Zumindest vielleicht ein ganz kleines bisschen, hoffentlich.

„Kein Problem, ich bin ja fertig. Schön, dass du da bist."

„Schön, dass wir zusammen heute essen gehen", sagt er und hat tatsächlich seine Hand an meinem Rücken als wir gemeinsam die Treppe nach unten gehen. Es kribbelt überall in mir.

Leider muss er meinen Rücken wieder loslassen, als er mir die Autotür öffnet. Ich versuche, mich möglichst elegant auf meinen Sitz gleiten zu lassen. In meinem leicht zerknitterten Sommerkleid, das ich zwar nicht auf der Fahrt anziehen wollte, aber trotzdem eingepackt habe, fühle ich mich zumindest etwas netter angezogen. Im Urlaub kann man ja schließlich mal farbenfroh herumlaufen und meine weißen und blauen Sachen habe ich mittlerweile auch ziemlich über.

Nach nur zehn Minuten halten wir vor einem Restaurant, das weiß-blau gestrichen ist. Es hat Ähnlichkeit mit Marthas Pension, davon abgesehen, sehen halt viele Häuser hier so aus. Thomas parkt, steigt aus und macht mir die Tür auf, bevor ich mich auch nur rühren kann.

„Äh, Danke. Wo ist eigentlich dein Vater?" Er runzelt die Stirn.

„Ich glaube, er ist mit deinem Vater unterwegs."

„Was machen die beiden denn so viel miteinander?" Er lacht und hat wieder seine Hand an meinem Rücken und schiebt mich zum Eingang des Restaurants.

„Ich habe keine Ahnung. Ich glaube aber, dass es viel mit Alkohol zu tun hat. Aber glücklicherweise sind die beiden ja erwachsen." Ok, das stimmt auch wieder.

„Nett hier", sage ich, als wir an einen kleinen Tisch gesetzt werden. Wir sehen das Meer, die Aussicht ist der Wahnsinn.

„Habe ich im Internet gefunden, die Leute haben die Aussicht gelobt, aber ich hoffe, das Essen ist auch gut." Mein Magen knurrt. Das hoffe ich auch.

„Wie gefällt es dir eigentlich hier?" Thomas schaut mich an. Das Essen war so gut, dass wir bis jetzt wenig geredet haben.

„Es ist traumhaft hier. Mittlerweile verstehe ich meinen Vater, dass er hierbleiben will." Thomas zuckt merklich zusammen.

„Aber du willst nicht hierbleiben, oder?"

„Nein, ich habe ja einen Job."

„Sehr gut. Du willst also weiterhin noch für mich arbeiten."

„Willst du mir etwa kündigen?" Irgendwie fühlt sich das Essen nicht mehr so gut an. Mir steckt ein Kloß im Hals.

„Natürlich nicht! Wie kommst du denn darauf. Nur, das mit uns und wie es sich entwickelt…" Ich horche auf.

„Uns?" Thomas blickt mich mit seinen grün-braun gesprenkelten Augen an und unsere Blicke kreuzen sich. Es fühlt sich an wie eine Explosion.

„Wir sind uns ja irgendwie nähergekommen." So könnte man das auch ausdrücken.

„Ein wenig", sage ich vorsichtig, weil ich nicht weiß, was als nächstes kommt.

„Und ich weiß einfach nicht, wie es weitergehen soll."

„Muss es denn weitergehen?", frage ich unbedacht. Erschrocken schaut mich Thomas an.

„Wie meinst du das?"

„Ich meine damit, dass wir doch erstmal schauen können, wie es läuft." Was rede ich da bitte! Ich will am liebsten das Aufgebot bestellen, aber ich will auch meinen Job behalten.

„Oh, ja, natürlich. Es ist bestimmt sinnvoll, erstmal zu schauen, wie es läuft", echot er meine Worte von eben und in mir macht sich Frustration breit. Wieso habe ich das nur vorgeschlagen?

„Du bist immer noch mein Chef." Mit diesen Worten verpasse ich uns den Todesstoß. Das ist spürbar, denn die Luft um uns herum hat sich merklich abgekühlt. Wir schweigen uns an, Thomas zahlt und wir stehen auf. Seine Hand verirrt sich nicht wieder auf meinen Rücken.

Schweigend fahren wir zurück. Dann stehen wir vor der Pension, aber niemand steigt aus. Traurigkeit steigt in mir hoch. Und auch Wut über mich selbst. Langsam öffne ich die Tür.

„Danke für das Essen, Thomas."

„Ja, sehr gerne, Julia."

Mit voller Wucht schlage ich die Tür des Autos zu und renne nach oben. Nachdem ich mein Kissen nass geheult habe, geht es mir kein Stück besser.

Im Spiegel blickt mich eine Frau mit Augenringen und blassrotem Gesicht an, wirklich kein schöner Anblick. Ich wasche mir das Gesicht, schnäuze mich und denke an Thomas Taschentuch. Warum genau mache ich es uns so schwer. Ich meine, Thomas ist doch nicht nur mein Chef, er ist doch auch ein Mensch und wieso sollte ich mit dem nicht zusammen sein können. Passiert doch schließlich auch anderen Menschen, dass sie ein Paar werden. Nicht jeder hat das Glück, jemanden davor kennenzulernen, also, bevor er ein Chef wird. Das sollte mich dann doch nicht davon abhalten, mit Thomas zusammen zu sein!

Ich muss dringend zu ihm, doch wie komme ich jetzt zu Thomas Hotel? Ich stürme zu der Tür meines Vaters, aber er ist anscheinend immer noch unterwegs. Dann rase ich die Treppen runter in die Küche und habe Glück, Martha anzutreffen.

„Martha! Hast du vielleicht ein Auto, dass du mir leihen kannst?"

„Sicher, Julia. Ein Notfall?"

„Könnte man so sagen. Heftiger Fall von Idiotie!" Martha nickt ernst.

„Ok, hier ist der Schlüssel für meinen Lieferwagen."

Ich denke nicht darüber nach, ob ich den Wagen überhaupt fahren kann, sondern flitze sofort nach draußen. Aber da steht weit und breit kein Wagen! Als ich um die Ecke laufe, sehe ich endlich vor dem Schuppen ein rostiges altes Ding stehen und stecke todesmutig den Schlüssel hinein. Er passt und ich steige ein! Nach nur drei Versuchen springt der Motor an und im Schritttempo fahre ich los. Ich werde Jahre brauchen, um anzukommen.

Schwitzend erreiche ich nur eine halbe Stunde später das Hotel. Immerhin habe ich weder mich noch das Auto zerlegt, ein riesiger Erfolg. Dann stürme ich in die Lobby zu den Aufzügen und drücke den

Knopf. Hoffentlich ist Thomas überhaupt in seinem Zimmer. Ach was, dann warte ich eben vor seiner Tür. Ich muss das klarstellen. Jetzt, heute, hier!

Als ich vor seiner Tür stehe, rutscht mein Herz allerdings eine Etage tiefer. Meine Hand, die eben noch klopfen wollte, sinkt nach unten. Was tue ich hier? Habe ich nicht eben gesagt, dass ich es langsam angehen will und jetzt stehe ich bereits wieder hier. Was soll ich ihm sagen? Dass ich meine Meinung geändert habe. Wieso? Er wird mich für eine Dramaqueen halten, ganz bestimmt.

„Julia?" Ich drehe mich um und blicke in Thomas Gesicht.

„Ich, äh."

Ach was, sagt man nicht: Ein Kuss sagt mehr als tausend Worte? Und damit stürme ich auf Thomas zu und küsse ihn. Thomas erwidert den Kuss, zum Glück. Dann lässt er kurz von mir ab, um die Tür aufzuschließen. Dann küssen wir uns weiter, mehr und immer mehr.

„Julia", keucht er. „Nicht, dass mir nicht gefällt, was wir hier tun. Aber was tun wir?"

„Es tut mir leid. Ich habe Blödsinn geredet und das musste ich schleunigst klarstellen."

„Danke", sagt er und küsst mich weiter. Die Tür fällt hinter uns ins Schloss und jetzt gibt es nur noch uns beide.

27.

Ich habe keine Ahnung, wann ich eingeschlafen bin. Neben mir liegt Thomas und schläft ganz ruhig. Gut so, nach der Nacht haben wir beide etwas Schlaf verdient.

Nach was für einer Nacht! Auf einmal gab es nichts mehr, was zwischen uns stand. Alles war völlig klar zwischen uns. Es gab keine Missverständnisse und kein Chef/Mitarbeiterin Verhältnis, nur einen Mann und eine Frau. Ob es so bleiben wird? Verdammt, jetzt grübele ich schon wieder, statt einfach den Moment zu genießen.

„Guten Morgen, Julia." Seine Worte umhüllen mich wie eine warme Decke.

„Guten Morgen, Thomas." Sein Name fühlt sich auch weniger merkwürdig auf meiner Zunge an, eher vertraut und sehr angenehm.

„Wie spät ist es?", fragt er verschlafen, robbt aber näher an mich ran und ich fühle seine warme Haut an mir. Sein Arm umschlingt mich und er küsst meinen Nacken. Dann knurrt völlig unromantisch mein Magen, denn das Abendessen ist ja gestern ausgefallen.

„Frühstück?", lächelt er. Ich nicke.

„Sollen wir zu Martha fahren?"

„Na klar, ist ohnehin gemütlicher dort." Seine Worte erstaunen mich, denn ich habe Thomas dann doch eher in die Schickimicki Richtung abgetan, dabei ist das Hotel gar nicht mal so exklusiv.

„Ich fühle mich sehr wohl dort." Er drückt mich kurz, bevor er im Badezimmer verschwindet. Blöd, jetzt muss er neben mir im Auto sitzen und ich habe nichts zum Waschen hier. Gruselig, aber nicht zu ändern.

Im Auto halte ich mich daher etwas fern von ihm. Zum Glück sind es nur zwanzig Minuten mit dem Auto und es herrscht wenig Verkehr, weil es gerade mal acht Uhr früh ist.

„Ich werde Martha fragen, was ihr Frühstück für eine Extraperson kostet."

„Sehr gut, ich hoffe, mein Vater gibt ihr etwas für das Abendessen."

„Dein Vater?"

„Ja, er isst wohl jeden Abend dort, zusammen mit deinem Vater."

„Also das habe ich nicht kommen sehen."

„Sind ja ähnlich alt die beiden", meint Thomas.

„Das stimmt, aber trotzdem ist es erstaunlich, dass sie sich binnen so kurzer Zeit so gut verstehen."

„Na ja, man muss sich ja nicht fünf Jahre Zeit damit lassen." Thomas Stimme klingt etwas verhalten bei diesen Worten.

„Wieso fünf Jahre?"

„Ach nichts, das war nur so dahingesagt. Wir sind da."

Mit diesen Worten steigt er aus, läuft ums Auto rum und öffnet mir die Tür. Natürlich schaffe ich es wieder nicht, galant auszusteigen, sondern plumpse förmlich in Thomas Arme, was auch nicht so schlecht ist.

„Oh", sagt er und drückt mich fest an sich.

„Da bin ich wohl in deine Arme gestolpert." Was für ein blöder Satz.

„Ja, zum Glück", sagt er und stellt mich auf. Dann nimmt er meine Hand und zieht mich rein.

„Äh, geh du schon mal vor, ich mache mich etwas frisch." Und ich muss mir dringend neue Klamotten kaufen, heute noch, stöhne ich innerlich und rase nach oben. Zu meinen schmutzigen Sachen lege ich das gelbe Blümchenkleid, schnappe mir ein sauberes T-Shirt und eine weiße Capri Jeans. Ein Wunder, dass ich überhaupt so viele Sachen mitgenommen habe, aber ich hatte mit einer sehr viel turbulenteren Fahrt gerechnet. Mit mindestens einmal liegenbleiben und in irgendeiner Kaschemme übernachten müssen. Zumindest das mit dem Wäschewaschen sollte ich heute noch erledigen, vielleicht gibt es einen

Waschsalon hier in der Nähe. Wo mein Vater wohl seine Sachen wäscht, ich muss ihn fragen.

Genau, darüber habe ich gar nicht nachgedacht. Mein Vater lebt ja schließlich jetzt hier, für immer. Befremdlicher Gedanke.

Etwas aufgefrischt laufe ich nach unten. Am Tisch sitzen Martha und Thomas.

„Guten Morgen, Julia", grüßt mich Martha. „Ihr seid die ersten heute Morgen."

„Und dass bei der weiten Anfahrt", sagt Thomas verschmitzt. Martha guckt argwöhnisch, geht aber nicht weiter darauf ein.

„Ihr seid doch heute Abend bei meinem Barbecue dabei?"

„Ja, sehr gerne. Du machst das jeden Freitag?", frage ich erstaunt, weil ich mir das sehr aufwändig vorstelle.

„Ja, mittlerweile ist es beinah so etwas wie eine Tradition und das hat sich rumgesprochen."

„Kommen auch Leute von außerhalb?", fragt Thomas erstaunt und spricht genau meine Frage aus, die mir auf den Lippen lag.

„Oh ja, man kann online einen Tisch reservieren. Nach dem Frühstück baue ich draußen alles auf", sagt sie heiter und verschwindet in Richtung Küche.

„Also damit habe ich jetzt nicht gerechnet", sage ich kopfschüttelnd. Natürlich hatte ich mich bereits gewundert, ob die paar Wohnungen überhaupt genug abwerfen, aber irgendwie scheint es zu funktionieren.

„Was machen wir bis dahin?", unterbricht Thomas meine Gedanken.

„Ich würde heute gerne in die Stadt, ich habe nicht so viele Sachen dabei. Und waschen muss ich auch."

„Kein Problem."

„Guten Morgen!", tönt es von der Tür und hereinspaziert kommt mein Vater mit einem Lächeln auf dem Gesicht.

„Guten Morgen, Herr Andacht", sagt Thomas förmlich und steht auf.

„Guten Morgen zusammen. Sag doch ruhig Anton zu mir, Thomas."

„Ok, Anton", grinst er und setzt sich wieder. Dann kommt auch schon Martha mit einer riesigen Pfanne voll Rührei herein, um daraufhin sofort wieder zu verschwinden und dann mit zwei großen Kannen wiederzukommen.

Auf dem Tisch liegt bereits frisches Weißbrot, Butter und Marmelade. Mehr nicht, ist aber völlig ausreichend.

„Möchte noch jemand Joghurt, Honig oder Obst?" Alle schütteln mit dem Kopf und nehmen sich Reihum von dem Rührei. Nach und nach kommen auch die anderen Gäste und es wird zunehmend lauter.

Heute habe ich endlich mal Gelegenheit, mit allen zusammen zu frühstücken. Am Mittwoch bin ich ja direkt mit Thomas losgezogen. Es wundert mich, dass sein Vater noch nicht hier ist.

„Wo ist denn dein Vater, Thomas?", fragt jetzt mein Vater.

„Keine Ahnung. Ich habe ihn eher hier vermutet. Er hat sich ein Fahrrad geliehen, also kann er selbst hierherfahren."

„Dein Vater fährt die Strecke mit dem Fahrrad, nicht schlecht", sage ich anerkennend. Der alte Herr Börger scheint noch ganz schön fit zu sein.

„Wo ist denn Bert?", fragt jetzt die alte Dame, die jung aussieht. Bert? Ach ja richtig, Herr Börger. Berthold passt ja noch irgendwie zu seinem Auftreten, aber Bert? Nie im Leben!

„Ich habe ihn heute auch noch nicht gesehen, Isa", sagt mein Vater und schnappt sich die Kanne mit Tee.

„Sie müssen Julia sein, richtig?", wendet sich jetzt besagte Isa an mich.

„Ja, genau. Es tut mir leid, dass ich mich bis jetzt noch nicht vorgestellt habe."

„Ach was. Also, ich bin Isa, kurz für Isabella und komme jedes Jahr hierher. Schon seit 20 Jahren, aber nach Kos erst seit fünf Jahren. Anfangs mit meinem Mann, jetzt halt allein."

„Und dein Mann?", frage ich vorsichtig.

„Hat einen anderen Weg eingeschlagen", erwidert sie kühl.

„Das tut mir leid."

„Mir nicht. Ich bin ohne ihn besser dran, ganz bestimmt. Zumindest bin ich irgendwann zu dieser Erkenntnis gekommen."

„Das ist auch besser so. Der Typ ist es nicht wert, dass du ihm hinterherheulst." Die Worte stammen von dem Herrn, den ich am Mittwoch bereits gesehen hatte und von dem ich nicht wusste, ob er zu der Mutter mit Kind gehört. Die beiden sehe ich allerdings nirgendwo hier, vielleicht sind sie wieder abgereist.

„Hallo, du musst Julia sein. Ich bin Günther." Damit reicht er mir seine Hand und setzt sich dann neben Isa.

„Hallo, ja. Äh." Wieso wissen die denn alle, wer ich bin?

„Dein Vater hat uns am Mittwoch beim Abendessen von dir erzählt", erklärt mir Günther grinsend. So, so.

„Guten Morgen!", ruft Herr Börger mit einem strahlenden Lächeln in die Runde. In der Kanzlei habe ich ihn noch nie so gesehen. Was ist das bloß mit diesem Ort oder liegt es an Martha?

„Guten Morgen, Bert!", rufen Günther, Isa und mein Vater im Chor zurück. Unglaublich, wie gut sich alle bereits zu kennen scheinen. Auch Thomas schaut überrascht zu seinem Vater. Über Günther erfahre ich im Laufe des Gesprächs, dass er ein theoretischer Ingenieur an der Uni war.

„Ich habe wenig in meinem Leben geschraubt, eher gerechnet und bewiesen", fasst er seine berufliche Laufbahn als Professor für Maschinenbau an der Universität zusammen. Er kommt auch seit Jahren nach Griechenland und hat dieses Jahr „wegen eines Geheimtipps" mal Kos ausprobiert. Faszinierend, wie bekannt Marthas Pension zu sein scheint.

Isa hat als Lehrerein gearbeitet, aber irgendwann gekündigt. Sie arbeitet jetzt im Consulting Bereich, Teilzeit und ist froh, dass sie irgendwann Martha kennengelernt hat.

„Mein Mann und ich haben uns vor zwanzig Jahren in Griechenland verliebt bzw. in die Inseln. Wir sind auf sämtlichen Inseln gewesen. Wir waren auch auf Kos und haben zufällig Martha kennengelernt, ein Glücksfall für mich. Kurze Zeit später hat sich Karl anderweitig orientiert und ich bin kurzentschlossen zu Martha gefahren. Sie hatte mir von ihrer Pension erzählt und seitdem komme ich nur noch nach Kos."

„Und du hast zum Glück damit aufgehört, ständig über deinen Ex zu sprechen", grinst Martha und setzt sich zu uns.

„Es wäre super, wenn ihr mir gleich alle etwas helfen könntet. Für das Grillen heute Abend habe ich zwei Leute, aber für das Hinstellen der Tische und Stühle könnte ich noch Hilfe brauchen."

„Aber natürlich, Martha!", rufen beinah alle sofort. Jeder scheint ganz vernarrt in sie zu sein. Vielleicht ist es nicht Kos, sondern doch

Martha, durchfährt es mich. Sie scheint den Menschen wirklich zu helfen mit ihrer einfühlsamen Art.

„Danke euch!" Prüfend schaut sie in die Runde, dann schnappt sie sich die leere Pfanne und geht in die Küche.

„Kommt ihr jedes Jahr wieder in Marthas Pension?", frage ich erstaunt.

„Ja", rufen alle und lachen sofort über ihr gelungenes Unisono.

„Ich würde auch am liebsten nur noch hier leben", verrät Günther, „aber meine Familie lebt in Leipzig und das würden sie mir nicht verzeihen, wenn ich hierbliebe. Meine Enkelkinder will ich dann doch aufwachsen sehen." Seine Frau ist vor sechs Jahren gestorben, erzählt er. Krebs, es war ein langsamer Abschied.

„Dadurch war ich zwar darauf gefasst, aber trotzdem war es schwierig, als sie dann wirklich nicht mehr da war."

Martha kommt wieder, in einem Eimer Obst, Joghurt, Honig, in der anderen Hand die schwere Pfanne, erneut gefüllt mit Rührei. Günther springt auf.

„Martha, gib mir das doch!" Schnell stellt er die dampfende Pfanne auf dem Tisch ab.

„Vielen Dank, Günther!", lächelt Martha. Dann setzt sie sich und frühstückt ganz selbstverständlich zusammen mit ihren Gästen. Niemandem scheint es etwas auszumachen, wieso auch. Ich sitze neben Thomas, aber wir unterhalten uns eher mit den anderen.

Ob wir wieder die Nacht zusammen verbringen werden? Ich würde schon wollen, aber sähe das nicht wieder wie Klammern aus? Ich wünschte, ich könnte seine Gedanken lesen.

28.

Marthas Pension oder sollte ich besser sagen Anwesen, erscheint mir immer riesiger, je mehr ich davon zu sehen bekomme. Von vorne erscheint die Pension eher klein und kompakt mit der weißen Fassade, den blauen Fensterrahmen und Balkonen und Palmen davor. Schon der Schuppen mit den Fahrrädern steht abseits und lässt nicht vermuten, dass er überhaupt dazugehört. Aber der riesige Garten, in dem heute das Barbecue stattfinden wird, liegt ein paar Meter weiter hinter einer mannshohen Hecke mit schmiedeeisernem Tor.

„Ich habe zwei unterschiedliche Grundstücke gekauft", verrät Martha, als wir ein kleines Stück die Straße runtergehen, sie das Tor aufschließt und uns zu einem kleinen Schuppen führt, aus dem wir die Tische und Bänke rausholen und auf der Wiese verteilen. Das Gras ist relativ hoch, die Büsche und Bäume beinah etwas verwildert. Es sieht einfach nur malerisch hier aus. Die hohen Hecken schirmen etwas ab und man sieht den hohen Zaun gar nicht, der eigentlich das Grundstück umringt. Ich habe das Gefühl, in einem geheimen Garten gelandet zu sein.

„Und deshalb liegt alles etwas auseinander. Natürlich wäre es auch möglich gewesen, hier noch etwas hinzubauen, aber nachdem ich das hier gesehen habe, habe ich es einfach so gelassen. Im Herbst bestelle ich einen Gärtner und ab und zu finde ich jemanden, der mir den Rasen mäht, ansonsten bleibt es einfach so, wie es ist. Die Idee zu dem

Barbecue kam von einem meiner Gäste vor zwei Jahren, weil man den Garten dazu so schön nutzen kann. Das kam so gut an, dass ich jetzt versuche, es einmal die Woche zu machen."

„Es ist unheimlich schön hier, Martha", sage ich inbrünstig und alle nicken.

Nach nur einer Stunde steht alles. Ein riesiger Grill ist bereits da. Ihn lässt Martha in den Sommermonaten bzw. bis zu den Herbstferien eigentlich immer stehen, verrät sie mir. Ab November baut sie ihn ab und verwahrt ihn ebenfalls im Schuppen, damit er nicht rostet.

„Wann sollen wir das Essen herübertragen?", fragt Isa. Die Leute scheinen Martha jeden Wunsch von den Augen ablesen zu wollen. Das Charisma, das sie ausstrahlt, ist aber auch unglaublich. Ich habe noch nie jemanden wie sie getroffen und kann mir lebhaft vorstellen, wie sie reihenweise Abteilungsleiter als Topmanagerin zum Heulen gebracht hat.

„Es ist ja noch früh und ich habe keine Kühlung hier", überlegt Martha. „Ich denke, das mache ich später mit meinen beiden Aushilfen."

„Musst du noch etwas vorbereiten?", frage ich, um nicht ganz untätig zu erscheinen. Martha lächelt.

„Nett, dass du fragst, Julia. Ich bereite meistens für zwei Grillabende vor und friere das Ganze dann ein. Gestern habe ich alles aus der Tiefkühltruhe genommen. Das frische Gemüse putze ich gleich erst. Ihr habt mir alle schon so viel geholfen. Haut ab und genießt euren Urlaub!" Alle lachen und verschwinden wie aufs Stichwort.

„Und was machen wir beide?" Eine warme Hand fasst nach meiner. Mein Herz klopft und gerne lasse ich mich von Thomas aus dem Garten führen.

„Bis zum Barbecue sind es ja noch ein paar Stunden. Wollen wir baden gehen?" Gemeinsam laufen wir den kleinen Weg bis zum Strand, fernab von der etwas breiteren Straße. Martha hat mir den Weg erklärt. Er führt durch einen kleinen Wald und fällt gar nicht auf, wenn man daran vorbeigeht, kürzt jedoch um mehrere 100 Meter ab und ist so viel schöner!

„Setz dich doch, Julia", sagt Thomas zu mir und sitzt bereits einfach im Sand.

„Hast du deine Badesachen dabei?" Erstaunt mustere ich ihn. Lachend zeigt er auf seine Shorts.

„Ich bade damit." Damit zieht er sein Hemd aus und ist auch schon fertig. Grinsend ziehe ich meine Sachen ebenfalls aus, denn natürlich habe ich einen Badeanzug darunter. Es scheint die Nähe zum Meer zu sein, dass man ständig das Bedürfnis hat, in Badesachen herumzulaufen.

Das Meer ist angenehm kühl. Obwohl es erst Mitte Mai ist, ist es bereits recht warm. Keine Ahnung, wie warm es ist, ich habe kein Gefühl für so etwas, aber auf alle Fälle fühlt sich das Meerwasser fantastisch an. Träge lassen wir uns treiben, dann rennen wir raus und lassen uns im warmen Sand nieder. Außer Atem beugt sich Thomas zu mir und küsst mich wild. Ich lasse es zu und gebe mich ganz hin. Alles um mich herum scheint verstummt, obwohl eigentlich viele Leute da sind. Aber auf einmal sind da nur noch Thomas und ich und ein rasender Puls.

Beschwingt laufen wir irgendwann später zur Pension zurück, unsere Kleidung haben wir nicht wieder angezogen, denn irgendwie sind wir voller Sand.

„Wir könnten Duschen", grinse ich und finde mich so schnell in dem winzigen Badezimmer wieder, dass ich keine Ahnung habe, wie ich dahin gekommen bin.

Als wir später frisch und wieder völlig sauber auf die Uhr sehen, erstarre ich vor Schreck.

„Es ist bereits 16 Uhr!"

„Ist das ein Problem?" Liebevoll zieht mich Thomas an sich heran. Es kommt mir mittlerweile völlig natürlich vor und schon längst habe ich den Gedanken daran verdrängt, ob ich nur ein Urlaubsflirt für ihn bin und ob er mich wieder 'Frau Andacht' nennen wird, sobald wir wieder im Büro sind.

„Eigentlich wollte ich noch einkaufen gehen, ich habe viel zu wenig Sachen mitgenommen."

„Stimmt, ich habe mich schon über deinen kleinen Koffer gewundert. Die Frauen, die ich kenne, hätten da noch nicht mal ihr Makeup reingekriegt."

„Ich trage kein Makeup."

„Gut so, ich mag dich viel lieber in Natur statt in Farbe." Ob das ein Kompliment sein soll?

„Äh, ok."

„Dann lass uns doch noch Einkaufen fahren. Das Barbecue geht doch den ganzen Abend, da braucht man nicht pünktlich zu sein." Diese Leichtigkeit in seiner Stimme, die ich nicht von ihm kenne, verblüfft mich.

„Ok." Schon wieder so eine einsilbige Antwort, aber irgendwie fällt mich einfach nichts amüsantes ein. Bestimmt findet er mich langweilig.

Glücklicherweise gibt es vor Kos Stadt sogar kostenlose Parkplätze, nicht weit vom Zentrum. Und zum Glück scheint Kos auch nicht das modische Mekka Griechenlands zu sein. Ein paar Shops gibt es, in denen preiswerte Strandkleider verkauft werden, alle zu sehr günstigen Preisen. Ich kaufe gleich fünf Stück. In einer kleinen Boutique finde ich ein sehr schickes rotes Kleid mit Dekolleté und probiere es kurzerhand an. Als ich aus der Umkleide herauskomme, blicke in sehr erstaunte Augen.

„Wow. Also. Äh."

„Wie findest du es?" Skeptisch schaue ich in den Spiegel. Der Anblick erscheint mir etwas fremd. Normalerweise trage ich eher schwarze und dunkelblaue Etuikleider. Das bunte Sommerkleid war im Ausverkauf, nur deshalb habe ich es mitgenommen. Ich sehe völlig fremd aus, so sexy. Mein Busen erscheint auch etwas größer und die Falten scheinen meine Kurven etwas zu betonen.

„Das Kleid steht dir, Julia", sagt Thomas nach einem deutlichen Räuspern. Ich laufe in die Kabine, ziehe es aus und bezahle es sofort, ohne nachzudenken.

„Jetzt ist es schon sieben Uhr abends und ich sterbe vor Hunger!", stöhne ich, als wir im Auto sitzen.

„Endlich! Ich hatte schon befürchtet, dass wir erst um zehn Uhr dort ankommen", grinst er und hält sich den nicht vorhandenen Bauch.

In meiner Wohnung hänge ich die neuen Kleider in den Schrank. Irgendwie bin ich erleichtert, dass er mich jetzt nicht zwei Wochen lang in nur vier verschiedenen Sachen sehen muss. Leider werde ich wahrscheinlich nach dieser Reise die Kleider nie wieder anziehen können. In Freiburg kann ich mir nicht vorstellen, in diesen bunten Strandkleidern herumzulaufen. Und wo ich dieses schicke rote Kleid anziehen werde, weiß ich auch noch nicht.

Ich könnte im nächsten Jahr wieder nach Kos fahren und meinen Vater besuchen, dann hätte ich zumindest eine Verwendung für meine Strandkleider. Ganz plötzlich macht sich der Gedanke in mir breit und erscheint mir erst absurd, dann aber völlig logisch. Schließlich gibt es weitaus schlechtere Orte, um jemanden zu besuchen.

„Komm jetzt, Julia. Hoffentlich gibt es noch etwas zu essen!", stöhnt Thomas.

„Aber es hat doch erst um sechs Uhr angefangen." Allerdings höre ich dabei meinen Magen knurren und ziehe mir ganz schnell meine neuen, sündhaft teuren Sandalen an, die ich mir vor dem Urlaub noch gekauft habe und weswegen ich kein so teures und leider auch kein gutes Navi gekauft habe.

Um halb acht sind wir endlich beim Barbecue. Es duftet schon von Weitem und es ist richtig voll. Marthas Barbecue am Freitag scheint ein Megaevent zu sein.

„Hallo! Da seid ihr ja endlich!", ruft plötzlich Herr Börger und kommt auf uns zugelaufen. Thomas Hand, die gerade noch in meiner lag, ist fort. Zurück bleibt eine vage Erinnerung seiner Wärme. Ich frage mich, was ich genau für ihn bin, etwa seine Geliebte? Doch da hat ihn Herr Börger auch schon zu dem riesigen Grill gezogen und ich sehe die beiden nicht mehr. Vielleicht spreche ich es an, später oder morgen, wieso er immer so abweisend wird, sobald sein Vater auftaucht. Oder ich belasse es dabei und nehme es einfach hin.

Trotzdem wird der Abend schön, ich unterhalte mich viel mit Isa, futtere jede Menge Fleischspieße und gegrilltes Gemüse, trotz des reichhaltigen Frühstücks bin ich wie ausgehungert. Thomas ist irgendwo, keine Ahnung, wo. Ich sehe die beiden den Rest des Abends nicht mehr und sie verabschieden sich auch nicht.

Irgendwann gegen zwei Uhr morgens wird es zunehmend leerer und ich sehe keinen von beiden.

29.

Am nächsten Tag rufe ich Thomas an. Wieso auch nicht, schließlich muss ich ja nicht immer darauf warten, dass er sich meldet. Aber er geht nicht ran. Ich habe keine Ahnung, ob ich ihm auf die Mailbox sprechen soll. Eigentlich kann er doch an meiner Nummer sehen, dass ich angerufen habe, deshalb lege ich einfach auf.

Er ruft nicht zurück und er kommt auch nicht zum Frühstück vorbei. Aber irgendwie schaffe ich es auch nicht, seinen Vater nach ihm zu fragen, der sich sichtlich wohlfühlt unter den Leuten, genau wie mein Vater. Die beiden quasseln um die Wette. Ich habe meinen Vater noch nie so viel auf einmal reden gehört.

Heute ist Samstag. Allmählich fühle ich mich völlig tiefenentspannt, wenn die Sache mit Thomas nicht wäre. Aber das ist ja eigentlich Blödsinn. Es ist so schön hier, das sollte ich mir nicht kaputt machen lassen von einer Beziehung, die vielleicht nie eine wird.

„Martha? Darf ich mir wieder ein Fahrrad ausleihen?"

„Natürlich, Julia. Wenn eins passt, schnapp es dir." Schmunzelnd laufe ich zum Schuppen. Vielleicht sollte ich mein Leben generell mehr danach ausrichten: Wenn es passt, schnapp es dir!

Allerdings weiß ich nicht, ob das auf Thomas zutrifft, denn ich befürchte, wir kommen aus völlig verschiedenen Welten. Er hat die ganze Welt gesehen und ich gerade mal Teile von Deutschland. Er hat an verschiedenen Unis studiert, ich habe mit Müh und Not meinen Realschulabschluss geschafft.

Und doch ist da diese Verbindung zwischen uns, die ich nicht leugnen will. Aber ich frage mich, ob das genug ist, schließlich muss man sich auch etwas zu sagen haben. Plötzlich klingelt mein Handy. Ich steige ab und setze mich an den Straßenrand. Es ist noch ziemlich leer um diese Uhrzeit.

„Hallo Julia, bist du etwa noch auf Kos?" Berti, um 12 Uhr mittags, sehr ungewöhnlich. Normalerweise erholt sie sich noch von irgendeinem Club und einem Typen um diese Uhrzeit.

„Ist alles ok, Berti?"

„Ich habe gestern ein Abfindungsgespräch aufgedrückt bekommen, einfach so!", brüllt sie und ich spüre ihre Wut.

„Wieso hattest du ein Abfindungsgespräch?" Irgendwie komme ich nicht ganz mit.

„Keine Ahnung. Ich habe gestern plötzlich den Termin zugeschickt bekommen. Ich wusste erst gar nicht, ob das ein Spam ist. Dann ist mein Chef zu mir gekommen und hat mich abgeholt. Der Betriebsrat war noch nicht mal dabei, das Ganze war eine solche Farce!"

„Und hast du das Angebot angenommen?" Ich kann mir Berti ohne ihren Job gar nicht vorstellen.

„Natürlich nicht! Aber sie haben schon gesagt, dass sie die Abteilung rigoros zusammenstreichen werden, um mit weniger Mitarbeitern auszukommen. Sie denken, dass ich nicht selbstständig genug arbeite, um eigenverantwortlich die Aufgaben zu übernehmen." Sie schnaubt, trotzdem höre ich das Schluchzen deutlich heraus.

„Aber wie kommen sie denn darauf?"

„Einfach so, Julia, einfach so! Meine letzte Beurteilung war nicht mehr ganz so toll, aber eben Auslegungssache und jetzt werfen sie mir vor, dass ich der neuen Struktur nicht gewachsen sein werde!"

„Und jetzt? Suchst du etwas Neues?" Ich wünschte, mir würden ein paar aufmunternde Worte einfallen oder wenigstens etwas Witziges, ironisches, aber da ist nichts in meinem Kopf außer Mitgefühl.

„Ich arbeite dort seitdem ich 23 bin, also seit meinem Studienabschluss! Nur, dass ich jetzt 33 bin und meine besten Jahre bereits hinter mir habe!"

„Meinst du? Versuch doch, dich weiter zu bewerben."

„Das werde ich versuchen, ganz sicher sogar! Hier will man mich ja nicht haben. Ist trotzdem frustrierend." Letzteres kommt ungewohnt leise und traurig rüber, nichts, was ich von Berti gewohnt bin.

„Das glaube ich dir. Ich wäre auch sauer. Vor allem, bei all den Überstunden, die du geschoben hast."

„Das war auch so ein Punkt! Die meinten, dass man daran sehen könnte, dass ich unstrukturiert arbeite, sonst würde ich das in der gegebenen Zeit schaffen!"

„Ganz schön fies!" Was sind denn das für Leute. Und was würde ich tun, wenn mein Chef mir plötzlich so etwas sagen würde. Ich habe keine Ahnung.

„Ich bin total sauer! Komm schnell wieder, dann betrinken wir uns oder reißen uns jemanden auf oder beides, wenn du willst!"

„Klingt nach einem guten Plan", sage ich leichthin und wir legen auf.

Mir tut es leid, was Berti gerade passiert, und ich hoffe, dass sie schnell einen neuen Job findet. Aber was ist eigentlich mit mir. Sollte ich mir vielleicht auch einen neuen Job suchen, wäre das nicht besser für uns? Und wieso stimme ich dann Berti in Puncto Typenaufreißen zu, wenn ich an uns denke.

Vielleicht, weil mir Thomas mehr als einmal suggeriert hat, dass es kein uns geben soll, sondern einfach nur ein lockeres Beisammensein mit eventuellen Vorzügen. Ich weiß nicht, ob ich das kann. Und ich weiß auch nicht, ob ich das will. Und wie soll ich auf der Arbeit damit umgehen? Anscheinend hat Thomas bereits hier, also im Urlaub, kein Interesse daran, wirklich mit mir zusammen zu sein, obwohl man das so gar nicht sagen kann. Ich meine, was erwarte ich denn? Dass er seinem Vater sofort von uns erzählt, dass wäre vielleicht wirklich ein wenig schnell!

Die Stunden, die wir miteinander verbracht haben, waren wirklich schön, vielleicht genügt vorerst.

Aber in mir drin weiß ich, dass ich mir etwas vormache und dass es mir nicht genügt. Dass ich mich niemals damit zufriedengeben kann, nur ganz lose mit jemandem zusammen zu sein.

30.

Den ganzen Tag fahre ich mit dem Fahrrad über die Insel und es ist wirklich herrlich. Von der Landschaft nehme ich gar nicht so viel wahr, denn meine Gedanken hören einfach nicht auf, permanent im Kreis zu fahren: Wie wird es mit Thomas weitergehen? Wie wird das mit uns auf der Arbeit laufen? Sollte ich mir vielleicht einen neuen Job suchen? Ist das nicht vielleicht übertrieben, wenn aus uns nichts wird? Wäre es dann nicht wirklich einfacher, wenn ich woanders arbeiten würde, wenn das nichts mit uns wird? Wie wird es weitergehen usw....

Spät nachmittags komme ich wieder bei der Pension an. Niemand ist zu sehen, wahrscheinlich halten alle noch Mittagschlaf. Keine schlechte Idee, aber erstmal muss ich dringend etwas essen. Ich suche nach Martha und finde sie auch prompt in der Küche, wo sie Gemüse wäscht.

„Hallo Julia! Möchtest du etwas essen?"

„Oh Martha, du bist ein Schatz! Ja, sehr gerne!"

„Hier, wasch mal den Salat und die Tomaten. Am besten, du wäschst schonmal mehr für heute Abend."

„Na klar, kein Problem." 5 Salatköpfe und etliche Tomaten, 3 Schlangengurken und 10 Paprika wasche ich in der riesigen Spüle. Danach schnippele ich erstmal eine kleine Portion in eine Schale, den Rest packe ich in einen riesigen Kühlschrank, Abendessen ist ja meistens nicht vor sieben Uhr. Plötzlich steigt ein köstlicher Duft auf. Ich werfe einen Blick rüber zu Martha und sehe kleine Calamari in einer Pfanne auf und ab hüpfen. Innerhalb von wenigen Minuten habe ich einen Salat und knusprige Tintenfischringe neben mir stehen.

„Oh Martha!", rufe ich begeistert. Schnell schnappe ich mir einen Teller, stelle ihn auf den Tisch und mache mich hungrig über das Essen her. Martha stellt noch Brot und Wasser auf den Tisch.

„Danke für das Essen! Entschuldige, dass ich einfach so reingeplatzt bin", nuschele ich zwischen zwei Bissen. Martha grinst.

„Ist doch kein Problem, das ist der Vorteil gegenüber einem Hotelbetrieb. Ich brauche nicht ganz so getaktet zu arbeiten."

„Aber wie kommt es, dass trotz des vielen guten Essens, dass du uns täglich auftischst, die Preise so günstig sind?"

„Ach was, ich tische euch ja nichts Besonderes auf. Die Calamari kriege ich öfter mal von den Fischern für den halben Preis, wenn sie sie bei den Hotels nicht mehr loswerden. Das Gemüse ist viel von hier, die Hotels brauchen ja eine viel größere Menge und bestellen das meiste ohnehin vom Festland. Ich habe recht viele Absprachen mit etlichen kleinen Höfen hier abgeschlossen."

„Aber wie bist du auf die Idee gekommen? Bist du eines Tages aufgestanden und nach Griechenland geflogen?" Ich kann mir das nicht vorstellen, dass man sein Leben einfach so umkrempelt.

„Fast", lacht Martha. „Möchtest du einen Kaffee trinken?" Ich nicke und Martha läuft in die Küche, um gleich darauf mit einer Kanne zurückzukommen. Einen Vollautomaten gibt es hier nicht, trotzdem schmeckt der Kaffee viel besser, wahrscheinlich, weil man weniger unter Stress steht und sich mehr auf den Geschmack konzentrieren kann. Martha setzt sich, gießt uns ein und nimmt einen kleinen Schluck aus ihrer Tasse.

„Während meines Burnouts hatte ich ausnahmsweise mal Zeit. Ich war in einer Reha und sah die ganzen gestressten Leute und ich habe mich gefragt, wieso ich es habe so weit kommen lassen. Selbst mein Herzinfarkt hat mich nicht kürzertreten lassen und die Leute um mich herum wirkten ganz genauso. Aber ich wollte das auf einmal nicht mehr. Nur hatte ich auch keine Idee, was ich sonst mit meinem Leben anstellen soll. Mein Mann und ich haben immer davon geträumt zu reisen, wenn wir in Rente sind."

„Was hat dein Mann gearbeitet?"

„Er war Lehrer für Philosophie, Musik, Literatur und Kunst."

„Wow, nichts davon liegt mir", sage ich beeindruckt.

„Mir auch nicht. Er war im wahrsten Sinne des Wortes mein Gegenpol, deshalb konnte ich ihm auch nicht beim Sterben zusehen. Ich schäme mich immer noch deshalb."

„Ich stelle mir das auch schwer vor. Obwohl bei meiner Mutter gerade das plötzliche uns so aus der Bahn geworfen hat. Vielleicht wäre es aber immer so gewesen, egal mit wieviel Vorlauf." Meine Brust wird enger, so wie immer, wenn ich an meine Mutter denke. Sie fehlt mir so sehr.

„Mag sein. Als mein Mann tot war, habe ich mehr gearbeitet als je zuvor. Der Herzinfarkt kam nur ein halbes Jahr später, aber er hat mich nicht aufgerüttelt."

„Und wie bist du dann hierhergekommen?" Ich verstehe das alles immer noch nicht.

„Ach, ich bin einfach von einem Tag zum anderen in ein Flugzeug gestiegen. So genau kann ich das, ehrlich gestanden, gar nicht mehr rekonstruieren. Ich war erst in Spanien, dann auf Cypern, dann in der Türkei. Von dort bin ich nach Kos gefahren und hiergeblieben. Ich habe bei den Bauern auf dem Feld gearbeitet. Es war gut, mit den Händen zu arbeiten, sich dreckig zu machen und abends so tief zu schlafen, dass keine Zeit mehr war für Albträume."

„Vielleicht hätte ich das auch tun sollen, leider war ich erst 15. Das erste halbe Jahr habe ich ständig geträumt, dass meine Mutter noch leben würde. Mein Albtraum bestand darin, aufzuwachen und festzustellen, dass sie nicht mehr da ist." Das habe ich noch nie jemandem erzählt. Wieso erzähle ich es jetzt? Es tut gut, darüber zu sprechen.

„Das tut mir leid, Julia. Dein Vater hat in den ersten Tagen ganz viel über euch geredet. Ich bin schon so neugierig darauf gewesen, dich kennenzulernen."

„Es ist ganz merkwürdig, mit meinem Vater zu reden. Es ist, als ob ein Knoten in ihm geplatzt ist."

„So eine Luftveränderung kann manchmal Wunder bewirken. Als ich den Gedanken an eine Pension hatte, ging alles wie von selbst, obwohl natürlich nicht alles glatt ging."

„Was denn zum Beispiel?" Ich stelle mir das sehr arbeitsintensiv vor, das wäre gar nichts für mich.

„Die griechischen Behörden mit meinem schlechten Griechisch zu überzeugen, das war schon eine Herausforderung. Es wurde einfacher, als ich einen deutschsprechenden Anwalt gefunden habe. Davor wurden viel Anträge einfach nicht bearbeitet, glaube ich."

„Hat es sehr lange gedauert? Was hast du bis dahin gemacht?" Hoffentlich findet sie meine Fragerei nicht nervig, denkt mal wieder mein unsicheres Ich.

„Weiter auf dem Feld gearbeitet. Auch heute noch ist die Gartenarbeit für mich das Beste und auch das Kochen. Wenn ich mit meinen Händen etwas tun kann, geht es mir am besten."

„Ich bin leider viel zu ungeschickt für so etwas und meine Kochkünste sind auch nicht sehr ausgeprägt." Irgendwie bin ich wohl in gar nichts gut.

„Bestimmt hast du andere Stärken, Julia."

„Keine Ahnung, alles langweilt mich immer so schnell. Ich habe ein paar VHS-Kurse besucht, habe versucht, Italienisch zu lernen, aber nichts davon hat mir wirklich Spaß gemacht."

„Ist doch nicht schlimm, man muss ja nicht immer etwas tun."

„Aber sollte man das nicht?", frage ich überrascht.

„Ach, was man alles sollte. Einfach mal was Doofes im Fernsehen gucken, danach kann man auch sehr entspannt sein."

„Das mache ich abends ganz häufig und hab dann immer ein schlechtes Gewissen, dass ich kein gutes Buch gelesen habe. Aber nach den ganzen Schriftsätzen kann ich mich abends nicht mehr konzentrieren."

„Wenn es für dich gut ist, sollte das doch ausreichen."

„Erzähl das mal Berti."

„Wer ist Berti?"

„Meine Freundin Bertina. Sie rennt dreimal in der Woche ins Fitnessstudio, lernt jedes Jahr eine neue Sprache und ist in einem Onlinebuchclub."

„Klingt ganz schön anstrengend. Was macht sie sonst?"

„Sie arbeitet in der Personalabteilung für eine riesige Firma. Allerdings hat sie jetzt ein Abfindungsgespräch aufgedrückt bekommen."

„Das tut mir leid, wahrscheinlich verdient sie zu viel und sie wollen eine Welle neuer junger Leute einstellen."

„Meinst du? Ihr haben sie gesagt, dass sie nicht in die neue Struktur passt."

„Sicher. Was sollen sie denn sonst sagen?"

„Die Wahrheit?"

„Und einen Prozess riskieren? Nein, diese Art von Maßnahmen sind überall dieselben. Mit meinen Coachinggesprächen sollte ich gezielt Leute dazu überreden, sich etwas Neues entsprechend ihren Fähigkeiten zu suchen. Mir kam das gar nicht verwerflich vor, schließlich sollte man doch etwas machen, was einen glücklich macht und das einem liegt."

„Wenn man die Chance dazu hat, sicher", sage ich trocken. „Mir gefällt zum Glück, was ich tue, aber in erster Linie muss ich Geld verdienen."

„Ja natürlich. Die wenigsten Leute hatten wirklich eine Wahl, aber ich wollte das nicht sehen, denn dann hätte ich mich und meine Stelle in Frage stellen müssen. Und wer tut das schon gerne."

Wir lachen beide. Ich habe mich noch nie so ehrlich und offen mit jemandem unterhalten und das, obwohl ich Martha erst so kurz kenne. Das letzte Mal habe ich mich vielleicht so mit meiner Mutter unterhalten, was zeigt, wie verschlossen ich zu sein scheine. Plötzlich klingelt mein Handy. Da ich den Ton festgelegt habe, weiß ich auch, wer anruft.

Ich zeige auf mein Handy, entschuldige mich bei Martha und gehe ran, während ich die Treppen zu meinem Zimmer raufgehe.

„Hallo Thomas. Alles ok bei dir?" Ich versuche, ruhig zu bleiben. Vielleicht hat er ja einen guten Grund, dass er sich erst jetzt meldet.

„Julia, es tut mir leid, aber ich bin wieder zu Hause. Es gab einen Notfall, für den ich dringend Sachen einreichen muss, sonst sitzen etliche Leute auf der Straße."

„Das tut mir leid." Welche Leute?

„Mir auch, Julia, besonders, weil wir uns gerade so viel nähergekommen sind." Mein Herz macht sofort einen Luftsprung. War ja klar, es scheint recht genügsam zu sein.

„Brauchst du mich? Soll ich am Montag reinkommen?"

„Ach was, ich kriege das irgendwie hin. Ich setze mich morgen dran. Verbring noch eine schöne Woche auf Kos, Julia. Wir sehen uns ja bald." Damit hat er auch schon aufgelegt.

Na gut, es gibt also wirklich eine gute Erklärung und er hat von uns gesprochen. Das ist doch schon mal etwas.

Allerdings hat er nicht davon gesprochen, wann wir uns wiedersehen, aber das ist jetzt bestimmt überinterpretiert. Trotzdem klingt ein merkwürdiger Ton dem Gespräch nach. Das Gespräch war sehr kurz. Ob er die Dringlichkeit vielleicht nur vorgeschoben hat? Ich weiß gar nichts von so einem Fall. Aber wieso sollte er so etwas erfinden. Vielleicht stimmt es auch oder vielleicht steckt etwas ganz anderes dahinter.

Abends beim Essen bin ich schweigsam, bis Herr Börger mich plötzlich anspricht.

„Frau Andacht. Ich weiß nicht, ob mein Sohn bereits mit Ihnen gesprochen hat, aber er musste zurück nach Freiburg. Wohl eine große Sache mit einem Miethai. Es hat ganz viele Räumungsklagen gegeben, nachdem völlig überzogene Betriebskostennachzahlungen gestellt worden waren. Mehrere Leute haben sich jetzt an Thomas gewendet, er konnte sie nicht hängenlassen. Nur, dass Sie Bescheid wissen, wieso er heute abgereist ist."

„Er hat mich vor zwei Stunden angerufen. Aber vielen Dank, dass Sie mir das sagen. Ich habe auch angeboten, am Montag wiederzukommen, aber er meinte, dass das nicht notwendig sei." Herr Börger nickt.

„Ja, ich habe auch angeboten, alles zu übernehmen, dann hätte er bleiben können, aber er meinte, dass das seine Arbeit sei. Nun ja, und damit hat er ja auch offiziell Recht." Ich versuche, nicht zu grinsen. Ich bin ja gespannt, ob der Senior-Börger jetzt weniger in der Kanzlei nach dem Rechten schaut. Aber irgendwie ist mir Herr Börger nach dieser langen Reise längst nicht mehr so unsympathisch wie zu Anfang. Er scheint einfach keine Hobbys neben seinem Beruf zu haben, was eher traurig ist.

„Ist ja schon irgendwie nett von Ihrem Sohn."

„Ja, irgendwie", seufzt er, grinst mich an und setzt sich neben Isa. Die ganze Truppe gefällt mir. Ich verstehe, wieso sich mein Vater hier so wohl fühlt, aber wird er im Winter nicht sehr einsam hier werden, wenn alle wieder abgereist sind. Aber das ist seine Sache, ermahne ich mich, das muss er selbst entscheiden.

„Julia, ich habe das von Thomas gehört", sagt plötzlich mein Vater. Ich habe gar nicht mitbekommen, dass er aufgestanden und zu mir gegangen ist und zucke zusammen.

„Ja, ein wichtiger Fall."

„Musst du auch schon fahren?" Seine Stimme soll, glaube ich, neutral klingen, hat aber trotzdem einen hörbar traurigen Unterton.

„Nein, ich fliege erst am Sonntag in einer Woche." Als ich in die Augen meines Vaters schaue, blitzt Erleichterung durch. Es ist ein neues Gefühl für mich, zu sehen, dass mein Vater Wert auf meine Anwesenheit legt. Was schade ist, wenn man bedenkt, dass er für immer hierbleiben will. Weit weg von mir.

„Dann ist es ja gut. Schön, dass du noch bleibst, Julia. Fliegst du von Athen aus?"

„Ich habe einen Flug von Kos nach Nürnberg gefunden."

„Dann bist du aber lange unterwegs."

„Ja, aber ich hatte keine Lust, wieder so lange mit der Fähre zu fahren."

„Das stimmt, ich dachte nur, dass es von Athen aus leichter ist."

„Wäre es vielleicht auch. Ich muss über Karlsruhe fahren und werde auch den ganzen Tag unterwegs sein. Aber dann habe ich zumindest vernünftig geschlafen. Der Flug startet erst gegen zehn Uhr."

„Musst du am Montag direkt arbeiten?"

„Ja, ist auch besser so. Es wird ein ziemlicher Stapel aufgelaufen sein."

„Und wie steht es mit Thomas?" Was soll die Frage?

„Äh, wie steht was?"

„Ich habe doch Augen im Kopf. Aber er ist dein Chef, hältst du das wirklich für gut?" Dieses Gespräch verwirrt mich. Natürlich bin ich froh, dass mein Vater und ich jetzt mehr miteinander reden. Ob mir die Inhalte gefallen, darüber bin ich mir aber noch nicht so sicher. Also, ob ich mein Liebesleben mit ihm bequatschen möchte. Ich musste darüber auch noch nie nachdenken, aber jetzt gerade, möchte ich das auch nicht.

„Die Frage tut mir leid, das geht mich schließlich nichts an", sagt er, ohne meine Antwort abzuwarten und setzt sich wieder neben Herrn Börger.

Klang er enttäuscht? Ich komme nicht mehr mit. Es ist die eine Sache, über uns zu sprechen, aber eine völlig andere, über mich zu sprechen bzw. wen ich gerade treffe.

Ich schaue auf die Uhr. Gleich ist es elf Uhr abends und ich bin wahnsinnig müde. Schließlich bin ich ja auch viele Stunden Fahrrad gefahren, es ist also durchaus akzeptabel, jetzt hundemüde zu sein.

31.

Das Flugzeug brummt, in meinen Ohren dröhnt es und mein Magen grummelt. Dann hebt das Flugzeug ab und ich entspanne mich etwas. Neugierig schaue ich mich um. Schließlich ist es das erste Mal, dass ich in einem Flugzeug sitze. Es ist eher klein, aber zum Glück nicht so voll. Es ist ja keine Ferienzeit und eine Pendlerstrecke wahrscheinlich auch eher nicht. Der Flug nach Nürnberg dauert nur ungefähr drei Stunden und die Zeit vergeht auch wie im Flug, im wahrsten Sinne des Wortes. Danach warten wir auf unser Gepäck, ich suche die U-Bahn und schaffe es, zügig zum Hauptbahnhof in Nürnberg zu kommen. Dann suche ich mich wieder irgendwie zurecht, bis ich das richtige Gleis finde. Der Zug nach Karlsruhe steht bereits fertig zur Abfahrt da und glücklicherweise finde ich zwei Waggons weiter sogar einen nicht reservierten Sitzplatz. Irgendwie war die Autofahrt weniger anstrengend, seufze ich innerlich. Auf der anderen Seite sehe ich natürlich eine Menge und ich war noch nie in Nürnberg oder auch Karlsruhe. Leider habe ich keine Zeit, mir die Städte näher anzusehen, vielleicht werde ich das in meinem nächsten Urlaub mal machen.

Als ich endlich im Zug nach Freiburg sitze, komme ich etwas zur Ruhe und denke an die letzten zwei Wochen.
Kos war schön. Mein Vater hat sich später tatsächlich noch bei mir entschuldigt und ich habe dann mit ihm über Thomas geredet. Es hat

sich gar nicht so schlimm für mich angefühlt, wie ich befürchtet habe. Es war vielleicht sogar recht hilfreich, mit meinem Vater darüber zu sprechen.

„Ich weiß, dass er mein Chef ist", hatte ich geantwortet.

„Na ja, vielleicht kriegt ihr es ja trotzdem hin. Ihr wärt doch nicht das erste Ehepaar, dass sich auf der Arbeit kennengelernt hat."

„War das bei euch auch öfter der Fall?" Mein Vater hatte genickt und dabei gegrinst.

„Du und Mama etwa?" Ich hatte bis dato gar nicht darüber nachgedacht, wo meine Eltern sich kennengelernt haben. Natürlich weiß ich, dass auch meine Mutter mal eine Ausbildung in einer Bank gemacht hat, aber sie hatte sofort bei der ersten Schwangerschaft aufgehört zu arbeiten. Doch leider hatte es nicht sollen sein. Allerdings bin ich auch froh darüber, dass ich ein Einzelkind bin, und ich wäre dann die Jüngere gewesen, wer weiß, ob das so lustig geworden wäre.

„Ihr habt beide dort gearbeitet?"

„Na ja, nicht dort, wo ich die letzten Jahre gearbeitet habe. Das war noch in der Filiale in Betzenhausen. Deine Mutter war eine der Azubis und mir unterstellt."

„Das wusste ich gar nicht!" Wieso wusste ich das nicht? „Wieso habt ihr mir das nie erzählt?"

„Ach, Julia, das war doch nicht so wichtig. Aber ich kann sehr gut nachvollziehen, dass das schwierig für euch ist. Deine Mutter und ich haben auch nicht so offen darüber gesprochen. Bei euch ist es sogar nur ein zwei Mann Betrieb. Deine Mutter war kurze Zeit später bereits wieder woanders, das war zum Glück nicht so problematisch. Trotzdem habe ich selbst beim nächsten Job nicht erwähnt, dass deine Mutter für dieselbe Bank arbeitet und sobald sie schwanger war, hat sie sofort gekündigt." Eigenartig, dass ich erst jetzt davon erfahren habe, aber es stimmt natürlich, was mein Vater sagt: Es war halt nicht so wichtig.

Wie es wohl am Montag zwischen uns sein wird, also zwischen Thomas und mir? Komisch oder so wie immer?

So wie immer kann es doch gar nicht sein, dafür ist zu viel passiert. Dafür sind wir uns zu nah gekommen. Und genau das wird wohl auch das Problem sein. Ich schiebe den Gedanken wieder fort. Das ist erst morgen, jetzt bin ich quasi noch im Urlaub.

Wir sind alle ganz viel Fahrrad gefahren, ich habe mich der Truppe um meinen Vater einfach angeschlossen, was niemanden gestört hat. Das Barbecue letzten Freitag war noch voller als davor das Mal, ein echter Geheimtipp offensichtlich auf Kos. So, wie auch Marthas Pension anscheinend, was aber an Martha liegt, da bin ich mir sicher. Alle haben bereits für das nächste Jahr gebucht. Von Mai bis Juli nächstes Jahr ist die Pension bereits ausgebucht und sowohl Isa als auch Günther werden im Herbst in diesem Jahr bereits wiederkommen.

Mein Vater ist geblieben, ich habe auch gar nicht versucht, es ihm auszureden. Wir beide haben viele Gespräche geführt und ich habe jetzt ein wenig mehr das Gefühl, etwas über ihn zu wissen. Kritisiert haben wir uns nicht, weder mein Leben noch sein Leben haben wir dabei in Frage gestellt. Wieso auch? Das ist privat.

Für Weihnachten habe ich ihn eingeladen. Natürlich haben wir immer Weihnachten zusammen verbracht, trotzdem war es mir wichtig, ihn direkt einzuladen und er war sichtlich froh darüber.

Was seine Wohnung betrifft, habe ich ihm allerdings klar und deutlich mitgeteilt, dass ich ihm gerne dabei helfe, dass er das aber allein machen muss. Das Einschreiben für die Kündigung zum 31. Januar werde ich natürlich abschicken. Es wäre viel zu teuer, das von Griechenland aus zu tun. Aber die Wohnung muss er selbst ausräumen, dazu kann er mich nicht einfach einspannen. Das ist vielleicht auch etwas, was Martha mir beigebracht hat: Einfach mal nein zu sagen.

Natürlich war mein Vater nicht begeistert, aber ich habe ihm klar gemacht, dass doch nur er weiß, was er mitnehmen will und dass ihm das niemand abnehmen kann.

Auch mit Berti habe ich viel telefoniert und irgendwie waren auch das auf einmal ganz andere Gespräche als sonst zwischen uns. Ich hatte das Gefühl, dass mir Berti mehr zugehört und mich weniger kritisiert hat. Ob das daran liegt, weil sie an der beinah Kündigung sieht, dass man halt nicht immer die Situation in der Hand hat? Sie schaut jetzt nach Stellen und natürlich habe ich ihr angeboten, ihre Bewerbung zu lesen, was sie dankend angenommen hat. Etwas, was für sie nicht selbstverständlich ist. Teilweise haben wir mit Al gemeinsam geskypt, Martha hat mir ihren Laptop dafür geliehen.

Unser erstes Gespräch war traurig und wir wussten auch erst gar nicht so recht, wie wir über den Computer miteinander reden sollten. Obwohl wir ja sonst viel telefonieren, war es trotzdem etwas anderes, sich zu sehen und zu dritt miteinander zu telefonieren. Es war einfach ungewohnt für uns alle. Doch dann hat Berti von ihrem aufgezwungenen Abfindungsgespräch erzählt und auf einmal war es ganz leicht. Am nächsten Tag haben wir direkt wieder geredet, was eigenartig war. Normalerweise sprechen wir vielleicht einmal die Woche miteinander, aber jetzt hatten wir uns anscheinend alle eine Menge zu sagen. Plötzlich hat auch Al erzählt, dass sein Job als Investmentbanker nicht wirklich gut läuft. Dabei ist mir plötzlich aufgefallen, wie ähnlich sich die beiden sind. Ich habe keine Ahnung, wieso mir das erst jetzt bei unseren Gesprächen bewusst geworden ist. Beide haben damals nach unserem Realschulabschluss ein kaufmännisches Fachabitur gemacht. Natürlich hätte ich das auch tun können. Ich weiß nicht, wieso ich es nicht einfach versucht habe. Danach haben beide BWL studiert und sind, seitdem sie 23 sind, bei den Firmen geblieben, wo sie nach dem Studium untergekommen sind.

Bei mir lief das leider nicht so glatt. Nach meiner Ausbildung hatte ich zwei befristete Verträge, der Job bei Thomas ist mein erster unbefristeter Vertrag nach der Ausbildung gewesen.

„Ja, bei mir in der Firma wird auch abgebaut. Die Wirtschaft ist, Dank der geringen Zinsen, recht risikolos geworden", hat Al erzählt und ich glaube, er hat selten so ehrlich über seine Arbeit gesprochen.

„Ich überlege, ob ich mich in anderen Kanzleien bewerbe", habe ich irgendwann eingeworfen.

„Ja, vielleicht ist das besser", haben mir auch beide zugestimmt. In den Skype-Gesprächen habe ich festgestellt, dass beide von ihrer Attitüde her total gleich ticken. Wenn wir zu dritt ausgegangen sind, waren die beiden zu sehr mit dem Aufreißen anderer Leute beschäftigt und auf Partys sind sie immer in Begleitung erschienen. Aber irgendwie sind die beiden als Paar beinah eine nette Vorstellung, wenn ich so darüber nachdenke.

„Würdet ihr vielleicht beide meine Bewerbung lesen?", hatte Berti gefragt und ich war wieder überrascht, wie freundlich sie dabei klang. Vielleicht hat ihr das Gespräch wirklich einen Dämpfer verpasst.

„Also, tut mir ja leid, dass du das Abfindungsgespräch aufgedrückt bekommen hast, aber ganz ehrlich B: Du bist viel netter seitdem", meinte Al dann auf einmal und wir haben beide hörbar die Luft angehalten. Ich, weil ich so überrascht war und weil ich genau dasselbe gedacht habe. Berti sicherlich auch, weil sie überrascht war, aber ganz bestimmt nicht damit gerechnet hat.

„Äh", hatte Berti nur gesagt. „Bin ich so schrecklich?"

„Na ja, manchmal bist du echt Bi-negativ", hatte Al erwidert und irgendwie hatte ich ab dem Zeitpunkt nur noch den beiden zugehört, weil das viel interessanter war. Sie haben sich gegenseitig ihre guten und schlechten Eigenschaften vorgeworfen und irgendwann haben wir alle nur noch lachen müssen, als Berti meinte, dass Al doch absolut der typische Macho sei, über den man im Fernsehen immer so viele Witze macht.

Die Fahrt mit dem Zug fängt an, mich einzuschläfern. Gestern war ich so furchtbar aufgeregt, dass ich mir irgendwann eine Milch mit Honig aus der Küche geholt habe, aber auch das hat nicht geholfen. Bestimmt werde ich heute Abend wie ein Stein ins Bett fallen.

Mit Thomas habe ich nicht wieder telefoniert, weil ich ihn nicht angerufen habe. Er hat sich auch nicht gemeldet und wahrscheinlich ist es besser so, fragt sich nur, für wen.

Der Abschied von meinem Vater war herzlich. Ich hoffe, er wird nicht einsam dort sein, schließlich werden bald neue Leute anreisen und ich habe ihn gefragt, ob ihm das nichts ausmachen würde.

„Julia", meinte er nur lächelnd. Überhaupt kann ich mich nicht daran erinnern, meinen Vater jemals so viel lächeln gesehen zu haben. „Ich bin froh, dass ich die Leute getroffen habe und freue mich auch schon auf den Herbst, wenn Isa und Günther wiederkommen, aber es macht mir absolut nichts aus, allein zu sein. Nicht mehr."

Erleichterung macht sich in mir breit, wenn ich daran denke, dass es meinem Vater gut geht. Doch ein merkwürdiges Gefühl nimmt Oberhand, wenn ich an morgen denke: Wie soll ich Thomas begegnen?

Dunkelheit und nasse Luft senken sich auf mich herab, als ich endlich in Freiburg auf dem Bahnhof stehe. Der Regen hat zum Glück aufgehört, aber alles ist nass und glänzt im trüben Dämmerlicht. Ob ich mir ein Taxi gönne? Ach was, der ganze Urlaub war schon teuer genug, auch wenn mein Vater das Zimmer gezahlt hat. Herr Börger hat sich übrigens ab heute auch bei Martha einquartiert, mein Appartement wurde ja frei. Nein, ich weiß nicht, wie lange er bleiben wird, ich habe ihn nicht gefragt. Natürlich haben wir uns bei den Ausflügen gesehen und auch unterhalten, aber ich glaube, er weiß selbst nicht, wie lange er bleiben möchte. Vielleicht schafft auch Herr Börger es, endlich sein altes Leben loszulassen und etwas Neues anzufangen.

Frau Börger würde ich ja gerne mal kennenlernen und ihre Sicht der Dinge hören. Mit wem sie jetzt wohl zusammen ist? Ein Künstler scheint mir ein völlig anderer Typ als Herr Börger zu sein. Wie kann man erst so jemanden lieben und dann jemand völlig anderes. Aber ich habe mich noch nicht oft genug verliebt, um da mitreden zu können. Habe ich mich überhaupt schon einmal verliebt oder waren das nicht immer nur Schwärmereien und Hormone? Aber bei Thomas ist es sicherlich etwas anderes. Meine Schwärmerei dauert doch schon so lange an, aber vielleicht auch nur deshalb, weil sie unerwidert war. Aber auch jetzt ist sie nicht abgekühlt, sie hat höchstens resigniert.

Natürlich hätte ich gerne gehabt, dass Thomas persönlich vorbeikommt und sich von mir verabschiedet. Welche Rolle spiele ich für ihn? Welche Rolle möchte ich für ihn spielen? Ich weiß es gar nicht.

Das Anhimmeln aus der Ferne war wesentlich einfacher. Da habe ich mir keine Gedanken darüber machen müssen, wie eine Beziehung mit meinem Chef wirklich aussehen könnte. Und anscheinend macht sich Thomas da auch keine Gedanken drüber. Vielleicht sollte ich das Ganze lockerer nehmen, mir bleibt doch immerhin Kos. Aber das habe ich ja bereits gedacht.

Als ich in der Straßenbahn sitze, auf die ich vierzig Minuten gewartet habe, schaue ich auf mein Handy. Keine Nachricht. Schließlich weiß mein Vater, dass ich unterwegs bin. Trotzdem schreibe ich schnell, dass ich jetzt in der Straßenbahn sitze. Einfach so, um mich bei ihm zu melden. Meine Freunde treffe ich wahrscheinlich morgen, vielleicht. Und Thomas? Aber ich schiebe diesen Gedanken beiseite.

Mit meinem kleinen Koffer hinter mir herziehend marschiere ich von der Bahnhaltestelle nach Hause. Es ist bereits nach elf Uhr abends und die schaflose Nacht macht sich immer deutlicher bei mir bemerkbar. Vor der Haustür steht jemand und kommt auf mich zu.

„Da bist du ja endlich, Julia!"

32.

Verblüfft sehe ich Thomas zu, wie er auf mich zuläuft. Dann zieht er mich in seine Arme. Ich bin zu verblüfft und lasse es zu. Mein Kopf trifft auf seine Schulter, meine Nase zieht einen frischen Geruch nach Aftershave und nassen Klamotten ein. Dann nimmt er mein Gesicht in seine Hände, ähnlich wie im Hafen von Piräus. Obwohl das erst zwei Wochen her ist, erscheint es mir bereits unendlich weit weg. Seine Lippen treffen auf meine. Doch dann, endlich, schaltet sich mein Verstand ein und ich schubse ihn weg. Was allerdings nicht so gut klappt, denn er ist viel größer als ich. Trotzdem nimmt er die Bewegung wahr und hebt den Kopf.

„Was ist los? Freust du dich nicht, mich zu sehen? Mein Vater hat mir gesagt, mit welchem Flug du zurückkommst. Mir war allerdings nicht klar, dass es so lange dauert, von Nürnberg hierherzufahren. Ich warte seit zwei Stunden auf dich." Widerwillig höre ich ihm zu. Da ist keine Entschuldigung in seinen Worten. Glaubt er denn, mit einem Kuss ist alles in Ordnung? Mir ist zwar nicht mehr kalt, sondern eher heiß und dass nicht nur wegen des Kusses, der wirklich vielversprechend war. Aber jemand muss hier mal Klartext reden oder es zumindest versuchen!

„Was willst du hier?" Meine atemlose Stimme verunsichert mich, macht mich aber auch gleichzeitig wütend und gibt mir Selbstvertrauen. Gut so, ich brauche persönlichen Rückenhalt. Verblüfft schaut mich

Thomas aus seinen gesprenkelten Augen an, die jetzt einfach nur dunkel aussehen.

„Du hast dich nicht mehr gemeldet. Die ganze Woche nicht!"

„Du hast dich auch nicht gemeldet", rechtfertigt er sich und klingt wie ein kleiner trotziger Junge.

„Ich bin auch nicht einfach so abgehauen", erinnere ich ihn. Ja klar ist es nett von ihm, mich hier zu überraschen. Und ja, ich hätte ihn auch anrufen können, aber wieso hätte ich ihm hinterlaufen sollen. Er ist schließlich ohne ein Auf Wiedersehen einfach gegangen.

„Und ich nenne mich auch nicht permanent Frau Andacht, wenn es brenzlig wird!" Wo wir gerade dabei sind, unsere Verhältnisse zu klären, sollte ich das wohl auch mal ansprechen. Meine aufgestaute Wut macht sich breit, mir war gar nicht klar, dass sie überhaupt da ist. Thomas setzt an, aber irgendwie lasse ich ihn gar nicht zu Wort kommen.

„Und wie genau stellst du dir das mit uns in der Kanzlei eigentlich vor? Soll ich mir besser einen neuen Job suchen?" Wer glaubt er, der er ist, so mit mir umgehen zu können! Und seit wann bin ich eigentlich so laut!

„Eigentlich habe ich gedacht, wir machen uns noch einen gemütlichen Abend. Und ich nenne dich doch gar nicht mehr Frau Andacht. Und könnten wir jetzt vielleicht reingehen? Die Nachbarn haben schon die Fenster geöffnet, um uns besser zuhören zu können." Damit hat er recht. Frau Mielke hängt förmlich aus einem sperrangelweit geöffneten Fenster und droht herauszufallen.

„Ok, gehen wir halt rein." Nachdem ich alles rausposaunt habe, ist meine Wut deutlich verblasst. Jetzt ist mir mein Auftritt beinah peinlich, was habe ich mir nur gedacht. Immerhin ist er doch vorbeigekommen und hat zwei Stunden auf mich gewartet.

Mit gemischten Gefühlen stapfe ich die Treppen rauf. Oben angekommen höre ich, wie Frau Mielke geräuschvoll die Eingangstür abschließt. Das ist jetzt blöd, denn dann muss ich mitkommen und Thomas rauslassen. Denn, sollte unser Gespräch weiter so laufen, wird er wohl kaum über Nacht bleiben. Ich weiß auch gar nicht, ob ich das will. Das Ganze ist bereits so langatmig, es wird langweilig. Allerdings spricht mein gurgelnder Bauch dagegen. Da ist überhaupt nichts langweilig zwischen uns!

Schnell schließe ich die Tür, schubse meinen Koffer beiseite und gehe ins Wohnzimmer.

„Also. Wie genau soll das zwischen uns weitergehen?" Dabei setze ich mich auf einen meiner unbequemen Stühle an meinen weißen Küchentisch. Der Tisch wirkt total deplatziert hier.

„Ich habe keine Ahnung. Ich weiß auch nicht, worüber du dich so aufregst. Auf Kos war doch alles in Ordnung, Julia." Thomas steht herum wie nicht abgeholt.

„Na ja, außer, dass du dich mit mir nicht in der Öffentlichkeit zeigen wolltest!" Ich stehe auf, dieser Höhenunterschied ist mir unangenehm. Schließlich überragt mich Thomas schon im Stehen um gut einen Kopf.

„Das ist doch Blödsinn. Wir waren doch ständig mit anderen unterwegs."

„Nein, waren wir nicht. Auf dem Barbecue bist du sofort mit deinem Vater losgezogen und am nächsten Tag warst du fort. Ohne irgendetwas zu sagen!"

„Das tut mir leid, das war doch keine Absicht, sondern einfach nur dringend. Ich konnte noch einen Flug kriegen und bin sofort abgereist. Hat mein Vater mit dir gesprochen?"

„Ja, er hat mir erzählt, dass es wichtig ist. Mehr konnte er mir nicht sagen, denn schließlich weiß er nichts von uns!" Und das ist ja genau das Problem, also, für mich zumindest.

„Man Julia, du hast es doch auch nicht gleich öffentlich gemacht, das mit uns, oder?" Was will er mir denn damit sagen?

„Was heißt denn öffentlich für dich. Ich habe mit Martha und mit meinem Vater über uns geredet."

„Aber wieso? Da gibt es doch gar nichts zu bereden."

„Ach ja? Weil da nichts ist?" Meine Wut steigt wieder hoch und kocht so vor sich hin. Wahrscheinlich kommt gleich Dampf aus meinen Ohren raus.

„Weil doch alles in Ordnung ist." Er blickt mir in die Augen. „Ich fand es wirklich schön. Und eigentlich würde ich auch gerne diese Diskussion beenden. Es ist spät, wir müssen beide morgen arbeiten. Wie wäre es, wenn wir morgen Abend zusammen essen gehen?" Als ich nicht antworte, schaut mich Thomas enttäuscht an und ich komme mir wie eine Furie vor. Wie eine blöde Furie, um genau zu sein.

„Bis morgen", antworte ich jedoch nur kühl.

Wie erstarrt sehe ich dabei zu, wie Thomas die Tür öffnet und die Treppen runtergeht. Bis ich ein Fluchen höre und einen Piepton von meinem Handy, das gerade eine Nachricht bekommen hat: Die Tür ist zu!

Dann endlich kommt Leben in mich und ich rase die Treppen runter. Zum Glück denke ich daran, den Schlüssel vom Brett zu nehmen und einzustecken. Dann renne ich die Treppen runter und auf Thomas zu, der mich auffängt, sonst wäre ich gegen ihn geprallt.

„Tut mir leid", flüstere ich und nehme mir, was ich will. Den Rest verschiebe ich auf Morgen.

33.

„Guten Morgen, Julia." Gutgelaunt kommt Thomas um halb neun ins Büro marschiert. Ja, er ist gestern Abend noch geblieben, aber nicht die ganze Nacht. Irgendwann ist er nach Hause gegangen, weil er ja keinen Anzug bei mir hat. Verständlich, also theoretisch.

„Guten Morgen, Thomas. Um zehn Uhr ist dein erster Termin."

„Danke. Machst du mir bitte einen Kaffee?" Ich nicke und er geht in sein Büro.

Ok, das war jetzt nicht überschwänglich, aber für die Arbeit durchaus angemessen. Mein Herz pocht allerdings ganz unangemessen. Vielleicht sollte ich mich doch besser bei jemand anderes bewerben, sonst kippe ich noch um. Dabei sollte mein Herz das doch gewohnt sein, aber irgendwie pocht es jetzt anders, erwartungsfroher und das ist anstrengend. Das Telefon klingelt.

„Julia, kommst du bitte in mein Büro." Ich seufze. Wieso ist er denn nicht rausgekommen.

„Was gibt es denn?"

„Ich wollte das nicht so im Flur bereden, falls jemand kommt. Ich muss für heute Abend leider absagen." Mein Herz bleibt im Flug stehen.

„Oh, natürlich."

„Nein, nein, ich möchte ja mit dir essen gehen, aber es hat sich für heute Abend etwas ergeben, etwas Berufliches." Seine Augen suchen meine, aber ich weiche seinem Blick aus. Ich will nicht, dass er meine Enttäuschung sieht.

„Etwas Berufliches?" Wieso etwas Berufliches, will er sich etwa verändern?

„Ich werde noch jemand Neues einstellen, weil ich versuchen möchte, mehr Fälle für Frankreich zu bekommen. Die Anwaltszulassung habe ich schon seit dem Ende meines Studiums, aber bisher wenig daraus gemacht. Die Dame heißt Veronique und ist heute zufällig in der Stadt. Sie wird den französischen Schriftverkehr für mich übernehmen."

„Äh und wieso machst du das Vorstellungsgespräch in einem Restaurant?" Genau, das ist das Merkwürdige daran, nicht, dass er unser Essen wegen ihr kurzfristig absagt.

„Das ist kein Vorstellungsgespräch, sie hat den Job doch bereits." Wie schön, dass ich das auch mal erfahre. Irgendwie bin ich irritiert.

„Wann fängt sie an?"

„Zum ersten Juni, also nächste Woche. Sie sucht eine Wohnung und konnte sich spontan heute eine ansehen. Deshalb habe ich ihr vorgeschlagen, sie heute Abend zu treffen. Ich habe damals bei ihrem Vater ein Praktikum gemacht. Ich kenne sie schon länger."

Ich warte darauf, dass noch etwas kommt. Beispielsweise könnte ich doch mitkommen, schließlich wird das doch meine Kollegin werden. Da sollte ich sie doch kennenlernen. Oder will er etwas von ihr?

„Unser Essen können wir doch verschieben. Wie wäre es mit morgen Abend?"

„Ich glaube, da habe ich keine Zeit", sage ich kurz angebunden.

„Wieso bist du denn jetzt sauer. Dazu besteht doch kein Grund!" Seine Stimme ist eine Spur lauter geworden. Bestimmt, weil er weiß, dass sein Verhalten blöd ist.

„Du hättest mir ja schon eher von meiner neuen Kollegin erzählen können."

„Kollegin, na ja, sie ist Juristin. Sie hat in Paris Jura studiert."

„Und wieso macht sie dann deinen Schriftkram?"

„Weil sie Berufserfahrung braucht. Ihr Studium ist noch nicht so lange her." Verdammt, sie ist auch noch jünger als ich.

„Ihr Vater hat vorgeschlagen, sie hier einzusetzen. Ich fand die Idee sehr gut. Eventuell wird es ohnehin schwierig für mich werden, eine französische Anwaltsassistentin zu finden, die auch deutsch spricht."

„Dann viel Spaß heute Abend", sage ich möglichst kurz.

Und damit gehe ich an meinen Schreibtisch zurück. Eine Französin und auch noch Rechtsanwältin. Meine Minderwertigkeitskomplexe kennen wirklich keine Grenze!

Hastig schreibe ich an Berti, was ich normalerweise nur in meine Pause tue. Aber heute ist es ein Notfall.

Treffen! Heute! Dringend!

Zurück kommt sofort:

Klar! Bei mir! Mit Al!

Von mir aus, denke ich resigniert. Vielleicht kann er mir Tipps geben. Allerdings weiß ich gar nicht, welche ich haben will.

Den übrigen Arbeitstag verbringen wir nur mit den nötigsten Worten und ich mache früh Feierabend.

„Hallo Berti. Toll, dass du spontan Zeit hast." Ich komme einfach reinspaziert, schließlich war ich schon oft hier und habe sogar beim Umzug geholfen, als Berti vor zehn Jahren bei ihren Eltern ausgezogen ist.

„Hi Jay!", ruft Al mir entgegen und fläzt sich auf Bertis Sofa, was eigentlich normal ist, aber heute irgendwie anders wirkt. Doch ich kann einfach nicht sagen, was genau anders heute ist.

„Mein Chef stellt jetzt eine Französin ein", platze ich raus." Al pfeift durch die Zähne.

„Oh, la, la, ist sie heiß?" Berti und ich taxieren ihn mit bösen Blicken, die er ignoriert, wie immer.

„Wieso stellt er wen Neues ein?"

Berti stellt mir ein Glas Wasser hin, das ich sofort austrinke. Mein Mund ist ganz trocken nach der halbstündigen Bahnfahrt hierher.

„Er will jetzt auch französische Fälle übernehmen und sie soll seinen Schriftkram machen."

„Also dein Job auf Französisch", sagt Al anzüglich.

„Sie ist Juristin."

„Oh Mist!" Das kommt jetzt von beiden gleichzeitig und gibt mir ein schlechtes Gefühl in Stereo.

„Ihr meint auch, dass das nicht so gut ist?", frage ich vorsichtig.

„Nicht so gut? Oh bitte, das ist der Todesstoß für eure Beziehung!", ruft Berti. Ok, jetzt ist es offiziell schlecht.

„Ja, und natürlich für deinen Job, Jay", wirft Al ein.

„Das glaube ich jetzt auch nicht, Al", widerspricht Berti. „Selbst, wenn sie sich an ihn ranschmeißen sollte, brauchen sie dann immer noch eine Tippse." Äh, Danke, Berti?

„Dann sollte ich also nicht kündigen?" Irgendwie weiß ich nicht weiter.

„Ich dachte, es geht um Thomas und dich, nicht darum, ob du deinen Job behältst", sagt Berti mit einem Stirnrunzeln.

„Wohl eher beides", nimmt Al den Faden auf und ich fühle mich ähnlich wie bei unserem letzten Skype-Meeting. Wann genau ist das eigentlich passiert, dass die beiden wie eine Person reden. Das ist unheimlich! „Schließlich will sie sich die beiden bestimmt nicht beim Turteln angucken müssen."

„Aber es ist doch noch gar nicht raus, ob die beiden was miteinander haben!", werfe ich ein.

Eigentlich hatte ich mich nur in Ruhe über meine etwaigen Befürchtungen unterhalten wollen. Aber jetzt brauche ich das anscheinend nicht mehr zu tun, denn offensichtlich ist alles bereits real laut der beiden.

„Ich dachte, die beiden gehen heute gemütlich essen." Berti blickt mich an und plötzlich fällt mir auf, dass ihre Hand in Als Hand liegt. Moment mal!

„Haltet ihr etwa Händchen?" Ihre Hände fahren auseinander. Schuldbewusst blicken mich ein Paar himmelblaue und ein Paar dunkelbraune Augen an.

„Ähm", macht Berti, was für sie so viel wie wirklich sprachlos bedeutet.

„Also", macht Al, der eigentlich auch nie um eine Antwort verlegen ist. Die beiden wirken wie Teenager, die man im Gebüsch erwischt hat.

„Wann wolltet ihr es mir erzählen?" Streng schaue ich die beiden an.

„Ist alles noch so neu", nuschelt Berti.

„Ja, wer weiß, ob es hält."

„Was!", ruft Berti. „Bist du dir etwa nicht sicher?"

„Äh, doch, natürlich, Berti. Aber das mit uns geht doch gerade mal seit ein paar Tagen."

„Genau und deshalb redet man einfach nicht darüber und nennt einen bei jeder Gelegenheit Frau Andacht!", rufe ich verzweifelt. Upps, ich glaube, ich habe den Faden verloren. Berti knirscht mit den Zähnen.

„Ja genau!", ruft sie und strafend schauen wir Al an.

„Weiber!", knurrt er und geht einfach. Feigling!

„Männer!", knurrt Berti und holt eine Flasche Prosecco aus dem Kühlschrank. Berti hat immer Prosecco da, denn schließlich gibt es immer Gründe, welchen zu trinken, findet sie.

„Die braucht wirklich niemand!", rufe ich und wir stoßen an. Die Gläser klirren, das Zeug prickelt angenehm auf meiner Zunge.

„Und wann ist das zwischen dir und Al passiert?" Berti wird rot, dass ich das noch erleben darf.

„Nach wir gesprochen hatten, ist er bei mir aufgetaucht und dann…"

„…gings rund!", quietsche ich. Der Prosecco haut wohl ganz schön rein.

„Oh ja", gurrt Berti inbrünstig. „Ich wusste gar nicht, dass er es so draufhat." Ich will mir das gar nicht vorstellen, A und B zusammen, würg.

„Und was meinst du, was ich mit Thomas machen soll?"

„Vögel ihn einfach, dann wird das schon." Na toll, etwas mehr Tipps hatte ich mir schon erwartet. Aber ein Blick in Bertis wütendes Gesicht zeigt mir, dass da heute nichts brauchbares mehr kommen wird.

„Ich gehe dann mal jetzt." Enttäuscht verlasse ich Bertis Appartement.

Es ist zehn Uhr abends. Bestimmt sind Thomas und seine Französin jetzt bei ihm zu Hause und trinken etwas. Auch das will ich mir nicht vorstellen und renne beinah vor ein Auto, als ich zur Bahn flitzen will.

Vielleicht wandere ich auch aus. Aber nicht nach Kos, obwohl es da sehr schön ist. Allerdings ist die Insel nicht groß genug für meinen Vater und mich. Ein wenig Abstand sollte schon sein, obwohl sich unser Verhältnis sehr gebessert hat, denn immerhin haben wir jetzt eins.

34.

„Guten Morgen, Julia."
„Guten Morgen, Thomas." Stille. Thomas räuspert sich und geht in sein Büro. Kurze Zeit später bringe ich ihm einen Kaffee.
„Hier sind drei Briefe. Vormittags stehen keine Termine an, dafür ist der Nachmittag voll mit Terminen bei Gericht", informiere ich ihn.
„Danke Julia. Hast du immer noch keine Zeit heute Abend?"
„Ja vielleicht", antworte ich kurz angebunden und gehe an meinen Schreibtisch.

Wo genau wird die Dame eigentlich sitzen. So richtig viel Platz ist hier nicht mehr. Herr Börger hat mich ja meistens bei meiner Arbeit an meinem Rechner „unterstützt" und sich dafür einen Besucherstuhl geschnappt und sich neben mich gesetzt. Ansonsten saß er bei Thomas rum.

Irgendwie fühlt sich die Sache mit Thomas bereits so festgefahren an, dabei hat sie noch gar nicht richtig begonnen. Für ihn zu arbeiten ist sicherlich nicht hilfreich für unsere Beziehung und eine junge studierte Französin demnächst hier rumwackeln zu haben, wird für mich ebenfalls nicht hilfreich sein. Ich brauche einen neuen Job!

Abends beratschlage ich mich wieder mit Berti. Sie hat mich angerufen und ich habe meinen Ärger über sie runtergeschluckt. Heute ist sie irgendwie handzahm, was so gar nicht zu ihr passt und mich irritiert.

Diesmal treffen wir uns bei mir. Al hat ein Meeting und abgesagt, als ich ihn gefragt habe. Er und Berti haben nicht wieder geredet. Das hat sie direkt beim Reinkommen erzählt.

„Hast du schon Bewerbungen geschrieben, Berti?" Themenwechsel, ich habe keine Lust, über Beziehungen zu reden.

„Ja, zwei. Ich überlege, ob ich mich deutschlandweit bewerbe, um meine Chancen zu erhöhen."

„Gute Idee. Vielleicht sollte ich das auch machen." Ich habe aber bis jetzt noch nie darüber nachgedacht. Und ich kann mir auch gar nicht vorstellen, woanders als in Freiburg zu leben. Wobei ich mir auch nie habe vorstellen können, mal mit dem Auto nach Kos zu fahren.

„Aber dann müsstet ihr eine Fernbeziehung führen", gibt Berti richtigerweise zu bedenken.

„Du und Al doch auch."

„Ach, das mit Al und mir. Das ist doch nur was Lockeres für zwischendurch." Die Kante in ihrer Tonlage entgeht mir nicht, aber ich gehe nicht weiter darauf ein. Berti ist sonst ein sehr offener Typ. Genau deshalb wundert mich ihr Verhalten so. Allerdings handelt es sich hier auch um Al, jemanden, den wir beide schon sehr lange kennen. Da ist das vielleicht schwieriger, mit mir darüber zu sprechen. Und ich will da auch gar nicht drüber sprechen.

„Ich habe übrigens eine Stelle gefunden, auf die ich mich bewerben will. Sie ist in Freiburg. Eine riesige Kanzlei. Das wäre wirklich besser, dann müsste ich nicht mehr ausschließlich für eine Person arbeiten."

„Sehr gut, Julia. Gib mir ruhig deine Bewerbung zum Lesen, wenn sie fertig ist. Im Internet gibt es übrigens ganz viele Tipps dazu. Wenn du da erst mal weg bist, wird es bestimmt leichter für euch werden."

„Das hoffe ich. Er wollte heute mit mir essen gehen, aber ich habe abgelehnt. Irgendwie ist alles so krampfig." Berti nickt.

„Auf Kos war es wohl einfacher mit euch."

„Ja, da gab es nur ihn und mich."

„Na ja, in der Kanzlei ist das doch auch so."

„Bald nicht mehr", erinnere ich sie düster.

„Ja, aber jetzt läuft es ja auch nicht rund. Al hat sich gar nicht mehr gemeldet." Und schon sind wir wieder bei diesem Thema. Moment mal. Berti klingt doch nicht etwa weinerlich. Das passt einfach nicht zu ihr.

„Ist doch noch keine 24 Stunden her", versuche ich sie zu beruhigen.

„Er hätte ruhig später wiederkommen können." Ist das etwa eine Träne in Bertis Auge?

„Äh Berti. Kann es vielleicht sein, dass da mehr zwischen euch beiden ist?" Für jemanden wie mich ist das sehr direkt und indiskret, aber schließlich geht es hier um meine wichtigsten Freunde!

„Ach was, wir wollen doch beide nur Spaß", sagt sie mit dünner Stimme. „Ich gehe dann mal, ich muss morgen früh raus. Die Arbeit ist völlig unerträglich geworden. Der Chef macht sich ständig über meine Arbeit lustig und niemand redet mehr mit mir, weil alle Angst haben, dass sie dann auch Schwierigkeiten bekommen."

„Aber wieso du?" Das habe ich mich schon die ganze Zeit gefragt. Wieso hat es Berti überhaupt getroffen.

„Ich habe keine Ahnung. Sie wollen einfach Stellen abbauen. In den anderen Abteilungen ist es teilweise noch schlimmer. Da werden die Leute pausenlos angeschrien oder brüllen sich gegenseitig an. Manchmal höre ich die Streitereien, wenn ich in der Küche bin."

„Das klingt ja ganz übel. Geht es der Firma so schlecht?"

„Ich glaube nicht, aber so genau weiß ich das nicht. Ich habe mich jetzt im öffentlichen Dienst beworben, da sind die Jobs vielleicht etwas sicherer."

„Heißt aber nicht, dass die Leute netter sind", gebe ich zu bedenken.

„Nee, sicherlich nicht. Aber im besten Fall ist der Stellenabbau dann kein weiteres Problem für das Arbeitsklima."

„Ich drücke dir die Daumen, dass es klappt. Ich setze mich jetzt an meine Bewerbung. Die Kanzlei macht ebenfalls Immobilienrecht und besteht aus neun Rechtsanwälten mit etlichen Assistentinnen. Die Arbeit wäre weniger einsam."

„Ist aber eventuell auch mit mehr Reibereien verbunden", meint Berti.

„Irgendwas ist ja immer", sagen wir gleichzeitig und lachen.

Sobald Berti aus der Tür ist, greife ich zum Telefon und rufe Al an.

„Ruf Berti an und hör auf, dich wie ein Arsch zu benehmen!", schnauze ich ihn zur Begrüßung an und ernte Schweigen. Nun ja, meine forsche Art ist auch nichts, was Al bekannt vorkommen dürfte, ich kenne mich selbst ja auch nicht so. Aber ich finde, die beiden müssen das hinbekommen, egal, ob es in einer Beziehung oder einer Trennung endet. Ich will mich schließlich nicht am Ende für jemanden entscheiden müssen.

„Äh, Julia? Bist du das?"

„Ja, die bin ich."

„Hat Berti etwas zu dir gesagt?"

„Das musste sie gar nicht. Liebst du sie?"

„Ja." Verdammt, es ist viel schlimmer als ich dachte. Und auch so viel einfacher, beim zweiten Hinschauen.

„Ok. Dann besorg dir jetzt ein paar Blumen und fahr sofort zu ihr!" Wow, dieser Befehlston, wann habe ich mir den eigentlich angewöhnt. Ob das an Kos liegt? Oder an Martha? Ja, wahrscheinlich Letzteres gepaart mit Erstem.

„Julia, es ist acht Uhr abends. Die Blumenläden haben längst geschlossen." Sein arroganter Tonfall lässt mich zur Höchstform auflaufen.

„Dann fahr zur nächsten Tankstelle! Und wenn du nichts bekommst, dann fall auf die Knie! Ende der Durchsage!" Damit lege ich dann mal auf, einfach so und ohne tschüss zu sagen.

Als nächstes setze ich meine Energie im Schreiben meiner Bewerbung um. Morgen muss ich dringend in die Stadt, um anständige Bewerbungsfotos machen zu lassen.

Danach kann ich kaum einschlafen, so aufgedreht bin ich. Und da wäre auch immer noch die Frage, wo Thomas und ich eigentlich stehen. Was für ein langatmiges Thema!

35.

„Also, ich habe für heute Abend einen Tisch reserviert", informiert mich Thomas am nächsten Morgen und direkt, nachdem er Guten Morgen gesagt hat.

„Wieso? Stellst du noch weitere Französinnen ein?" Thomas sieht mich irritiert an.

„Äh nein, ich dachte, wie gehen heute Abend zusammen essen."

„Wieso dachtest du das? Waren wir für heute verabredet?"

„Na ja, du meintest doch gestern..."

„Ich meinte gestern, dass ich vielleicht Zeit habe, aber das bezog sich auf gestern. Über heute haben wir noch gar nicht gesprochen." Tja, es war schwierig, die Bitch in mich hineinzubekommen und jetzt kriege ich sie anscheinend nicht mehr aus mir heraus. Natürlich weiß ich, dass ich mit meinem Chef respektvoller reden sollte, aber das hier ist schließlich privat. Thomas schaut mich verständlicherweise verwirrt an und ich frage mich, was er gerade denkt. Glaubt er etwa, dass ich einfach springe, wenn er es für richtig hält?

„Thomas! Frag mich doch gefälligst vorher, wenn du mit mir ausgehen willst!"

„Ok, willst du heute mit mir ausgehen, Julia?" Dabei grinst er so unverschämt süß.

„Ok." Will ich ja schließlich auch und jetzt hat er mich direkt gefragt, das muss reichen. Mein Herz wummert bestätigend dazu.

„Ok", wiederholt er und lächelt mich an. Seine braunen Sprenkel in den Augen funkeln regelrecht. „Bis heute Abend."

Seine dunkle Stimme klingt in mir nach, noch lange, nachdem er zu seinem Gerichtstermin gegangen ist.

Mit zitternden Beinen setze ich mich und versuche, mich irgendwie auf meine Arbeit zu konzentrieren, was nicht funktioniert. Irgendwann tippe ich schnell eine kurze Nachricht an Berti:

Wie geht`s?

Das ist unverfänglich, denn schließlich soll sie nichts von meinem Tritt, den ich Al verpasst habe, wissen. Al ist bestimmt viel zu stolz, um ihr davon zu erzählen. Davon abgesehen ist ohnehin die Frage, ob er meinen Rat beherzigt hat.

Berti schreibt nicht zurück. Wahrscheinlich will sie keine Angriffspunkte auf der Arbeit liefern. Was für ein merkwürdiger Laden. Ich frage mich schon, was ihnen das Mobben bringt, aber ich habe halt nie für so große Firmen gearbeitet. Nach meiner Ausbildung habe ich ein Jahr Schwangerschaftsvertretung in einer Kanzlei für Scheidungen gemacht. Dann hat sich das Anwaltsehepaar scheiden lassen und die Kanzlei wurde aufgelöst. Ich glaube, es lag an der Schwangerschaft der Assistentin, die ich vertreten habe und dass die Schwangerschaft wohl mit einem der beiden Ehepartner zu tun hatte. Danach war ich in einer Kanzlei für Arbeitsrecht, da war es nicht schlecht, mein Vertrag wurde sogar verlängert. Aber nach zwei Jahren natürlich nicht wieder, denn sonst hätten sie mich fest anstellen müssen.

Al und Berti hatten nach ihrem BWL-Studium mehr Glück. Sie wurden sofort festangestellt und natürlich meinten sie, dass ich doch immer noch das mit dem Fachabitur versuchen sollte, aber dazu hat mir, besonders nach den ganzen befristeten Stellen, erst recht das Selbstbewusstsein gefehlt.

Um vier Uhr nachmittags fahre ich nach der Arbeit direkt weiter in die Stadt und lasse Bewerbungsfotos machen. Zu Hause füge ich sie ein, finde noch eine weitere Stelle und schicke beide Bewerbungen direkt ab, ohne sie Berti zu zeigen. Darüber denke ich leider erst nach dem Abschicken nach.

Dann fällt mir siedeheiß auf, dass es bereits sieben Uhr ist! Prompt klingelt es an der Tür.

Gut, dass Thomas angeboten hat, mich abzuholen, ich wäre sonst zu spät gekommen.

Rasch werfe ich einen Blick in den Spiegel. Zum Glück trage ich noch mein Bewerbungsfoto Outfit; eine Jeans mit einem beigefarbenen Blazer (schließlich sieht man mich ja nur obenrum). Nur meine Haare verraten, dass ich die letzten Stunden gegrübelt habe. Eine Haarbürste wird das Ganze auch nicht mehr retten können, also versuche ich es erst gar nicht, sondern werfe mir meinen Regenmantel über und rase runter. Den Schlüssel im Anschlag, schließe ich auf und reiße die Tür auf. Thomas steht davor und blickt mich erwartungsfroh an.

„Hallo Julia." Wie gut er in seinem dunkelblauen Anzug aussieht!

„Danke, dass du mich abholst." Soll ich ihm sagen, dass ich mich bewerbe? Käme bei unserem Date sicherlich nicht so gut.

Gemeinsam laufen wir zu seinem Wagen, der im Halteverbot mit Warnblinklicht steht.

Das ist das erste Mal, dass ich in Thomas Wagen mitfahre und ich muss ehrlich sagen: Es ist auch nur ein Auto wie jedes andere. Das Auto meines Vaters hat immerhin Persönlichkeit, aber dieses Auto riecht noch nicht mal nach Auto, sondern einfach nur neutral. Das ist merkwürdig und irritierend.

„Auf uns", prostet mir Thomas mit seinem Wasserglas zu. Wir sitzen in einem italienischen Restaurant, das mir irgendwie ein wenig zu übertrieben ist, vor allem wegen der gesalzenen Preise. Der riesige tiefe Teller mit meinen Spaghetti sieht dann auch entsprechend aufgeräumt aus. Ungefähr drei Gabeln voll Nudeln garniert mit Petersilie liegen in der tiefen Kuhle etwas verloren herum.

„Wie gefällt es dir hier?" Seine Saltimbocca sieht nicht schlecht aus, vielleicht hätte ich das auch nehmen sollen. Zumindest ist der Teller, dank Beilagen, wesentlich besser gefüllt als meiner.

„Ist ganz ok", sage ich und fange an, eine kleine Gabel voll Nudeln zu essen, obwohl ich mir am liebsten alles auf einmal in den Mund schieben möchte. Ich habe einen riesigen Hunger. Mein letztes Essen war mittags und seitdem war ich so mit meiner Bewerbung beschäftigt, dass ich nicht mehr ans Essen gedacht habe. Leider sind meine Nudeln trotzdem sehr schnell aufgegessen, mein Magen knurrt.

„Du bist so still." Thomas mustert mich direkt und ich werde verlegen.

„Nein, nein alles ok. Ich hatte Hunger."

„Oh, das tut mir leid. Ich hoffe, du bist satt geworden. Veronique hat es sehr gut am Montag hier gefallen." Oh, natürlich und bei ihren zierlichen Hüften ist sie bestimmt von den Kinderportionen satt geworden. Zumindest stelle ich sie mir zierlich vor, mit wenig Hunger.

„Wo wird sie denn in der Kanzlei sitzen?" Eigentlich will ich gar nicht über die Arbeit sprechen, mir fällt nur gerade kein anderes Thema ein. Komisch, auf Kos hatten wir keine Schwierigkeiten, uns zu unterhalten. Die Leichtigkeit zwischen uns scheint völlig verflogen, vielleicht ist sie dortgeblieben.

„Wie. Wo?"

„Na, wir haben doch nur zwei Schreibtische und auch keinen extra Raum."

„Ach so. Sie wird in meinem Büro arbeiten. Eventuell können wir bei dir noch einen Schreibtisch aufstellen, aber das hat Zeit. Erstmal können wir uns gegenseitig unterstützen. Ich habe bereits zwei deutsche Klienten, die in Deutschland und in Frankreich Hotels und Wohnprojekte haben. Durch Veronique können jetzt auch die französischen Verträge durch uns geregelt werden und die Kanzlei wird hoffentlich auch in Frankreich bekannt." Sein Enthusiasmus in allen Ehren, aber mich packt dann doch die Panik, als ich das höre.

„Hast du noch weitere Zulassungen als Anwalt?"

„Ich hatte noch über die spanische Zulassung nachgedacht, aber erstmal habe ich die deutsche und die französische Zulassung als Anwalt. Ich habe schon lange über diesen Schritt nachgedacht, um der Kanzlei meinen eigenen Stempel aufzudrücken. Als mir Veroniques Vater erzählt hat, dass seine Tochter auch an Deutschland interessiert ist, brauchte ich dadurch erstmal keine französischsprachige Assistentin zu suchen."

„Ich hoffe, du willst das nicht, um deinem Vater zu imponieren." Oh nein, ich befürchte, ich habe das laut gesagt. Thomas räuspert sich.

„Wie geht es eigentlich deinem Vater, Julia?" Themenwechsel, na gut.

„Ich glaube, es geht ihm ganz gut. Und deinem?"

„Er genießt es, dass immer Leute um ihn herum sind."

„Das glaube ich. Er wirkte so einsam anfangs."

„Das kann schon sein."

„Hast du eigentlich viel Kontakt zu deiner Mutter?"

„Wir telefonieren viel. Sie und ihr Freund sind oft unterwegs, deshalb sehe ich sie kaum."

„Und dein Bruder? Wieso steht ihr euch nicht so nah?"

„Weil mein Vater uns zu sehr gegeneinander ausgespielt hat." Verbitterung klingt in seiner Stimme nach und seine Augen bekommen einen harten Ausdruck.

„Das tut mir leid. Ich dachte immer, Zwillinge stünden sich so nah."

„Wir nicht. Wir waren wohl zu sehr damit beschäftigt, es meinem Vater recht zu machen."

„Und ist das jetzt immer noch so?"

„Ach, wir haben uns einfach daran gewöhnt, denke ich."

„Ich finde das schade. Nicht, dass ich unbedingt Geschwister bräuchte, aber wenn sie schon mal da sind." Thomas lacht.

„Das stimmt. Wenn sie schon mal da sind. Wollen wir noch woanders hingehen? Vielleicht irgendwohin mit großen Portionen Nachtisch?" Ich merke, dass mir die Hitze in die Wangen steigt.

„Sehe ich so hungrig aus?"

„Das nicht gerade. Aber ich habe noch ziemlichen Hunger. Wahrscheinlich habe ich am Montag nicht darauf geachtet, weil wir uns so viel über die Arbeit unterhalten haben, aber heute war es doch recht übersichtlich. Eisdiele?"

Ich nicke und er steht auf und ruft jemanden wegen der Rechnung. Zehn Minuten später sind wir in der Eisdiele, halten Händchen und futtern. Liebe geht eben doch durch den Magen.

36.

Von Al und Berti höre ich in den nächsten Tagen nichts, obwohl ich zweimal versuche, sie anzurufen und ihnen Nachrichten texte.

Aber auch mein Leben ist erfüllt, selbstverständlich. Bei der einen Stelle bekomme ich eine Eingangsbestätigung, bei der anderen sofort eine Absage. Leider sehe ich erstmal keine weiteren Stellen, auf die ich mich bewerben könnte.

Am Freitag reicht es mir dann und ich fahre kurzerhand zu Al, aber er ist nicht da. Dann fahre ich zu Berti und bin bereits völlig fertig von der Fahrerei, weil beide in unterschiedlichen Stadtteilen wohnen. Mittlerweile ist es schon acht Uhr abends. Ich schaue nach oben in den 3. Stock und sehe kein Licht. Ich klingele trotzdem. Was ist denn mit Berti los, es ist doch sonst nicht ihre Art, mir nicht zurückzuschreiben. Ich klingele wieder.

Als die Tür aufgedrückt wird, bin ich so erstaunt, dass ich sie erst im letzten Moment aufdrücke. Dann laufe ich gemächlich die Treppen rauf, bin ja schließlich lange genug unterwegs, um jetzt langsam machen zu dürfen.

„Julia?" Berti schaut mich erstaunt an. Und vielleicht auch etwas schuldbewusst, könnte aber auch nur der Wunsch sein, der da aus mir spricht.

„Ich habe mir Sorgen gemacht. Du hast dich gar nicht mehr gemeldet", keuche ich, obwohl ich langsam die Treppen hochgestiegen bin. Vielleicht sollte ich auch mal in ein Fitnessstudio gehen.

„Tut mir leid, ich hatte so viel zu tun."

„Darf ich trotzdem reinkommen?", frage ich verwirrt, denn Berti steht wie eine Festung in ihrer Tür.

„Das ist gerade schlecht…"

„Wo bleibst du denn, mein kleines Bi-Hörnchen?", säuselt eine Stimme. Die Stimme kommt mir bekannt vor, nur die Worte passen nicht dazu.

„Al?!", frage ich entgeistert und tatsächlich schiebt sich Al, nur mit einem Handtuch bekleidet um die Hüften an Berti ran. Berti trägt zumindest einen Bademantel. Seine haarige Brust hat etwas gänzlich Unattraktives, brr.

„Hi Jay. Gibt`s was wichtiges?"

„Ich habe mir Sorgen gemacht, aber das war anscheinend unbegründet", knirsche ich und gehe wieder.

Natürlich gönne ich meinen Freunden, dass sie sich anscheinend doch für eine Beziehung miteinander entschieden haben, aber hätte das nicht etwas weniger intensiv ausfallen können? Seit Mittwoch haben sie sich nicht gemeldet. Das ist doch unhöflich, zumal ich doch anscheinend dazu beigetragen habe, dass sie es jetzt doch miteinander versuchen.

Zu Hause weiß ich gar nichts mit mir anzufangen. Auf ein Buch müsste ich mich zu sehr konzentrieren. Vielleicht schalte ich eine Annonce:

Neue Freunde gesucht. Bitte ohne Beziehungen oder auch nur irgendwelchen Ambitionen dazu.

Was mich dann allerdings sofort zu meinen eigenen Ambitionen führt und mir direkt ein schlechtes Gewissen verpasst. Mit Thomas ist es die letzten Tage angenehm verlaufen. Und trotzdem habe ich die Zeit gefunden, meinen Freunden zu schreiben. Ich habe versucht, sie anzurufen und bin heute sogar hingefahren, ungebeten, zugegeben.

Seufzend koche ich mir einen Tee und surfe im Internet.

Plötzlich springt mein Skype an. Ich klicke darauf und es erscheinen Berti und Al, angezogen, zum Glück.

„Es tut uns leid!", sagen sie synchron und dann müssen wir alle lachen.

„Mir auch. Ich bin einfach so vorbeigekommen. Aber keiner von euch hat sich bei mir gemeldet."

„Tut mir leid, aber nachdem Al am Dienstag vorbeigekommen ist, waren wir so beschäftigt mit Arbeiten, Bewerbungen schreiben und anderem…"

„Das brauche ich jetzt nicht zu wissen. Aber wie jetzt, Bewerbungen?" Da hatten sie auch noch Zeit für?

„Ich habe bis jetzt eine Absage und eine Bestätigung bekommen und mehr Stellen habe ich erstmal nicht gefunden", informiere ich die beiden ungefragt, einfach, weil ich mitteilungsbedürftig bin.

„Al will sich auch umorientieren. Vielleicht gründen wir gemeinsam ein Start-up, aber ich bin mir noch nicht so sicher, ob ich überhaupt selbstständig sein will. Und vorerst habe ich meinen Job noch."

„Was für ein Start-up?" Ich kann mir gar nicht vorstellen, was die beiden machen würden.

„Ach, wie gesagt, das ist noch nicht spruchreif. Aber wenn, dann in Richtung Consulting."

„Beratung oder vielleicht gründen wir auch eine Zeitarbeitsfirma", schaltet sich jetzt Al ein.

„Ich bin gespannt, was ihr machen werdet. Und ich bin gespannt auf diese Veronique", versuche ich das Thema wieder in meine Richtung zu lenken.

„Ich drücke dir die Daumen für deine Bewerbungen", sagt Berti ernst und Al nickt in die Kamera.

„Ja, bestimmt verfolgt die noch ganz andere Absichten. Sei auf der Hut!", rufen wieder beide zusammen, lachen und beenden das Gespräch.

Uff, mein Leben ist irgendwie anders geworden. Vielleicht jetzt nicht schlecht, aber gut stelle ich mir auch anders vor. Und vielleicht reagiere ich ja auch völlig über. Schließlich kann Veronique auch eine nette fröhliche Frau sein, die einfach nur Berufserfahrung sammeln will und dann zu ihrem Papa nach Paris zurückkehrt und dort die Kanzlei übernimmt. Stimmt, die Möglichkeit hat sie doch, was soll sie denn mit einem deutschen Anwalt. Aber mein Bauch grummelt. Etwas wird anders werden, zumindest befürchte ich das.

37.

„Guten Morgen. Veronique Marchand."

Es ist halb neun und vor mir steht eine kleine drahtige dunkelhaarige Frau, in einem todschicken dunkelblauen Etuikleid und dazu passendem Blazer. Ihre Highheels sind meterhoch. Ich komme bereits beim Anblick dieser Absatze ins Stolpern.

„Guten Morgen. Haben Sie einen Termin mit Herrn Börger?" Ich suche im Kalender, finde aber keine Frau Marchand. Dann klingelt es bei mir. Natürlich! Es muss sich um die Veronique handeln, nur hat Thomas mir nie ihren vollen Namen genannt.

„Ach, verzeihen Sie bitte. Ich bin Julia Andacht. Herr Börger müsste gleich hier sein. Möchten Sie einen Kaffee trinken? Die Garderobe befindet sich hinter Ihnen. Herr Börger hat bereits einen Schreibtisch in seinem Büro für Sie aufstellen lassen, bitte folgen Sie mir."

Ruhig folgt mir die Frau, nachdem sie mir ihren Mantel in die Hand gedrückt hat und den ich reflexartig sofort aufhängt habe und mich hinterher schrecklich darüber ärgere. Ich bin hier doch nicht die Garderobenfrau!

„Hier ist der Schreibtisch, der Kaffeeautomat steht um die Ecke, neben der Garderobe."

„Bitte einen Kaffee, schwarz", bestellt sie bei mir.

„Natürlich", nicke ich. Aus der Kaffeenummer werde ich wohl nicht rauskommen, befürchte ich. Ich kann ja schlecht Thomas einen Kaffee machen und ihr keinen. Aber zumindest muss sie ihren Mantel selbst aufhängen, also, beim nächsten Mal.

„Guten Morgen, Vero! Du bist ja schon da! Entschuldige bitte, dass ich dich habe warten lassen." Ich habe gar nicht gehört, dass Thomas mittlerweile im Büro ist. Aber da steht er, in einem dunkelblauen Anzug. Die beiden sehen aus, als ob sie gleich ausgehen, in die Oper oder in ein piekfeines Restaurant. In mir zieht sich alles zusammen, während ich mir underdressed in meiner weißen Billigbluse ohne Jackett vorkomme.

„Ah, ich wusste nicht, wie lange ich brauchen werde, deshalb bin ich so früh, Thomas. Eure Metro scheint sehr unzuverlässig zu sein." Ihr Deutsch ist auch noch beinah akzentfrei. Ich kann sie jetzt schon nicht ausstehen.

„Na, nach eurer kann man auch nicht gerade die Uhrzeit stellen", lacht Thomas, tritt auf sie zu und dann begrüßen sie sich auch noch mit Küsschen auf die Wangen! Mich hat er noch nicht einmal gegrüßt, wobei ich von Veronique auch kein Küsschen bräuchte.

„Frau Andacht, bitte bringen Sie uns doch einen Kaffee. Trinkst du Kaffee, Vero? Das letzte Mal, als ich dich gesehen habe, warst du gerade mal 14 oder so."

„Das ist lange her. Ja, ich trinke Kaffee, schwarz, bitte", wiederholt sie ihre Bestellung von gerade und ich gehe betont langsam zur Kaffeemaschine, um innerlich abzurauchen.

Na, ganz toll. Meine schlimmsten Erwartungen scheinen sich zu erfüllen. Nicht nur, dass sie super schlank und super schick gekleidet ist. Nein, natürlich hat sie Jura studiert und er begrüßt sie mit Küsschen, während ich wieder mal Frau Andacht bin. Das wird nichts mit uns beiden, absolut nichts!

Zähneknirschend bringe ich den beiden ihren Kaffee, aber sie nehmen mich kaum wahr, sondern schwafeln über Paris. Veronique hat sich ganz nah neben Thomas gesetzt, was ihn nicht zu stören scheint. Ihre Körpersprache spricht Bände, seine auch. Ich bin hier wohl überflüssig.

Traurig setze ich mich an meinen Schreibtisch und höre die beiden leise zusammen lachen. Ich brauche dringend einen neuen Job. Allerdings habe ich Thomas hier besser im Auge, aber das scheint ja auch nichts zu nützen, denn er hat sich wohl längst entschieden; für die Brünette mit den dürren Beinen und dem Pariser Chic.

Mechanisch arbeite ich die Briefe, die reinkommen ab. Thomas tituliert mich heute nur als Frau Andacht und Veronique legt mir wenige Stunden später ein paar Dokumente zum Kopieren auf den Tisch.

„Bitte kopieren." Damit geht sie wieder.

Um halb fünf mache ich mich fertig und ziehe meinen Regenmantel an, obwohl es schon unnatürlich warm für Juni ist. Vielleicht sollte ich besser mit einem Regenschirm durch den Sommer gehen statt mit einem Mantel, das ist weniger aufwärmend. Als ich auf die Straßenbahn warte, klingelt plötzlich mein Handy.

„Guten Tag, spreche ich mit Frau Andacht?"

„Wer ist denn da?", frage ich irritiert, denn die Stimme kenne ich überhaupt nicht und die Nummer sagt mir auch nichts.

„Ich rufe wegen Ihrer Bewerbung bei der Kanzlei Haber & Haber an und möchte Sie gerne wegen eines Interviews einladen. Wäre Ihnen nächste Woche Dienstag um 15 Uhr recht?" Mein Herz stolpert. Das ist meine Chance!

„Ja, das passt mir sehr gut. Vielen herzlichen Dank für Ihre Einladung."

„Ich danke Ihnen. Bis nächste Woche!"

Mein Bauch sprudelt, mein Herz hüpft. Sofort bin ich aufgeregt und spüre das Verlangen, mir etwas Schönes zu kaufen, irgendetwas, Schuhe vielleicht. Oder ich leiste mir einen neuen Anzug. Euphorisch laufe ich auf die andere Seite der Bahn, um in die Stadt zu fahren.

Nur zwei Stunden später laufe ich zu Hause glücklich in meinem neuen dunkelblauen Anzug herum und fühle mich direkt ein Stückweit erfolgreicher. Vielleicht wissen die Anwälte mich dort mehr zu schätzen, also, wenn ich den Job bekomme. Hoffentlich bekomme ihn. Thomas wird schon sehen, was er davon hat. Ich könnte ihn jetzt anrufen. Stimmt, offiziell haben wir doch etwas am Laufen, ich darf ihn also anrufen.

„Hallo Thomas."

„Julia? Das ist gerade schlecht. Kann ich dich später anrufen?" Ich nicke und er legt auf, obwohl er mein Nicken wohl schlecht hat sehen können, so durch den Hörer.

Doofmensch, denke ich sauer, dann fange ich an zu heulen.

38.

„Schieß ihn ab!", sagt Al. Er verbringt definitiv zu viel Zeit mit Berti, er klingt schon so wie sie.

„Hey, das ist mein Spruch", meckert Berti sofort.

Wir sitzen in einem Café, nachmittags an einem Samstag. Ich glaube, daran merkt man wirklich, dass man alt wird, wenn man sich für Samstagnachmittag verabredet, weil man abends zu müde für die Disco ist. Wo sind wir nur alle hingekommen!

Allerdings liebe ich Schwarzwälder Kirschtorte und frage mich, wann und wo Leute unseren Alters Kuchen essen, wenn sie ihn nicht selbst backen wollen. Um uns herum sitzen irgendwie nur Senioren. Wahrscheinlich kaufen Leute ab dreißig ihren Kuchen beim Bäcker und laden die Leute dann zu sich nach Hause ein, aber darauf hatte von uns niemand Lust. Wieso denn die Torte bis nach Hause schleppen und dann auch noch den Abwasch machen müssen?

„Habt ihr denn wieder geredet?", fragt Berti.

„Ich habe ihn am Dienstag angerufen und warte bis heute auf seinen Rückruf." Die Blicke meiner Freunde machen mich rasend.

„Guckt nicht so mitleidig!", zische ich leise, nehme einen tiefen Zug von meinem Latte Macchiato und verbrenne mir prompt den Mund. Mit Bier wäre das einfacher gewesen und hätte auch nicht so altbacken gewirkt.

„Ich brauche ihn nicht abzuschießen. Das hat er wohl schon übernommen. Und ist er jetzt mit seiner französischen Küsschen-Vero unterwegs. Ich bin einfach nur ihre Kaffeeserviererin und Kopiermaschine!"

„Was muss sie denn so dringend kopieren. Ist das überhaupt erlaubt?", fragt Berti schneidend. Auch Al schaut mich zur Abwechslung mal sehr aufmerksam an, sonst ist er ausschließlich mit Berti beschäftigt. Muss Liebe schön sein!

„Ich nehme an, dass sie teilweise parallel an den Akten arbeiten und Veronique deshalb die Kopien haben will. Und auch, weil sie sie nach Hause mitnimmt." Ich breche ab, denn mir kommt ein Verdacht, der unglaublich ist.

„Oder sie braucht sie für jemand anderes", spricht Berti leise meine Befürchtungen aus.

„Aber erstmal ist es doch ok. Sie ist neu und wer sollte denn ein Interesse an den Informationen haben?", frage ich und versuche mich selbst damit zu beruhigen.

„Du meinst, außer dem Internet und anderen Firmen?", fragt Al mit spöttischem Unterton.

„Ich kenne sie ja kaum und außer, dass sie sich offensichtlich mit Erfolg an Thomas ranschmeißt, kann ich ihr bis jetzt ja auch nichts vorwerfen."

„Mit Erfolg? Sind die beiden schon zusammen?" Berti runzelt die Stirn, was ich aber nur erahnen kann, Dank Botox.

„Ach, sie schmeißt sich total ran", stöhne ich. „Aber er will das anscheinend auch so, denn sie arbeitet ja direkt neben ihm in seinem Büro, Stuhl an Stuhl. Und mit mir redet er nur noch das Nötigste und nennt Frau Andacht."

„Das klingt wirklich übel. Sei auf der Hut!", ermahnt mich Berti wieder. „Wer weiß, was diese kleine französische Schlange noch aushekt. Ist ihr Vater nicht auch Anwalt?"

„Ja. Thomas hat damals dort ein Praktikum während seines Studiums gemacht. Er meinte, dass Veronique hier ist, um Erfahrungen zu sammeln."

„Und vielleicht auch ein wenig, um die Lage abzuchecken", folgert jetzt Al.

„Welche Lage denn?", frage ich verwirrt. Beide schlagen sich synchron an die Stirn, das ist wirklich lästig.

„Wahrscheinlich haben sie Interesse an der Kanzlei oder an Thomas oder an beidem!", ruft Berti und klatscht mit Al ab, weil er anscheinend dasselbe hatte sagen wollen. Unheimlich. Unheimlich nervig!

„Hoffentlich wird etwas aus meinem Bewerbungsgespräch", stöhne ich.

„Du hast ein Bewerbungsgespräch?" Das kam jetzt wieder unisono und diesmal ist es den beiden auch offensichtlich peinlich, denn sie ziehen sich jeder auf ihren Stuhl zurück und schauen nur mich an. Was jetzt auch nicht besser ist. Obwohl, eigentlich doch, wo es doch endlich etwas Gutes ist, worüber wir hier reden.

„Ja", strahle ich. „Eine riesengroße Kanzlei mit ganz vielen Mitarbeitern. Ich bin schon total aufgeregt und habe mir neue Klamotten zugelegt."

„Das Outfit steht also schon mal. Hast du dich vorbereitet?", fragt Berti.

„Wieso? Was soll ich denn da vorbereiten?"

„Was hat Herr Börger dich denn so gefragt, damals?", fragt Al.

„Ach, nur ein wenig zu meinem Lebenslauf und wann ich anfangen kann. Das brauche ich doch nicht vorzubereiten, ich kenne mein Leben."

„Ts, ts, ts", sagt Al mitleidig.

„Ja, für den Einmannbetrieb hat das vielleicht gereicht. Überleg mal, wie viele Bewerber diese Kanzlei hat. Vielleicht musst du noch weitere Interviews machen, bis sie sich entscheiden", sagt Berti eifrig. „Ich komme morgen vorbei, dann bereite ich dich vor."

„Äh ok. Danke, Berti?" Das klingt nach einem Haufen Arbeit.

„Keine Ursache. Mache ich doch gerne für dich. Al, wir müssen los. Wir müssen noch zwei Businesspläne ausarbeiten."

„Ja, das müssen wir", sagt Al schnell und winkt jemanden herbei. Nachdem er gezahlt hat, bleibe ich zurück.

Und so fühlt es sich auch irgendwie an, als ob ich zurückbleibe.

Verdammt, jetzt fängt wieder dieses Selbstmitleid an. Und ich kann mir doch nicht schon wieder Schuhe kaufen, mein Schrank ist voll. Also könnte ich erstmal einen neuen Schrank kaufen, kichert meine innere Stimme. Dann geht mein Handy.

„Hallo Julia. Entschuldige, dass ich mich erst jetzt bei dir melde. Essen um halb acht bei mir? Ich koche." Mein Herz hüpft. Aber eigentlich sollte ich ihn zappeln lassen, eigentlich.

„Ich bin gleich da", sage ich nur und strahle vor mich hin. Schließlich will er für mich kochen, das ist doch schon mal etwas! Vielleicht brauche ich doch noch neue Schuhe, in meinem Bettkasten ist bestimmt noch etwas frei!

Nein, ich gehe keine Schuhe kaufen, sondern nehme sofort die nächste Bahn nach Hause, um mich fertig zu machen. Schließlich habe ich nur noch drei Stunden Zeit, um so ein Schönheitsprogramm durchzuziehen, wie sie es im Fernsehen immer zeigen.

Nach zweieinhalb Stunden sitze ich fix und fertig und enthaart in einer blauen Jeans und einer weißen Bluse an meinem Küchentisch. Nicht, dass ich nicht dutzendweise andere Sachen anprobiert hätte. Beispielsweise das sexy rote Kleid, das ich mir auf Kos gekauft habe, aber irgendwie fühle ich mich in blauweiß dann doch am wohlsten und irgendwie will ich ja auch nicht so aufgerüscht bei Thomas zu Hause auflaufen.

Mit der Bahn brauche ich zwar nur zwanzig Minuten, trotzdem sieht dieser Teil des Stadtteils, in dem Thomas lebt, bereits anders aus als der Nordteil, in dem ich wohne. Renovierte Altbauten ragen empor, selbst die Straße ist sauberer und umsäumt von vielen grünen Büschen.

Es ist recht warm. Zum Glück habe ich diesmal meinen Regenschirm mitgenommen und keinen Regenmantel angezogen. Schließlich will ich nicht völlig verschwitzt bei Thomas ankommen.

Und eigentlich bin ich auch zu dem Schluss gekommen, dass es doch recht dämlich ist, ständig im Mantel rumzurennen. Was kann mir denn schlimmstenfalls passieren? Dass ich nass werde. Mehr nicht. Und ich bin ja schließlich nicht aus Zucker!

Ich klingele. Beinah sofort ertönt der Türsummer und ich steige die schmalen Treppen nach oben. So schön und gepflegt der Altbau auch aussieht, ein Aufzug wäre schon angenehmer. Nach zwei Stockwerken bin ich völlig aus der Puste.

Dann bin ich da. In der Tür steht Veronique und strahlt mich an. Meine Eingeweide erstarren zu Eis.

„Hallo Julia. Ich darf Sie doch Julia nennen? Schön, dass du es so spontan einrichten konntest!", flötet sie.

Was! Macht! Diese! Person! Hier!

Eigentlich will ich auf dem Absatz kehrt machen, aber das sähe doch sehr albern aus. Das kann ich nicht bringen, auch wenn mein Fluchtinstinkt aktiviert ist und meine innere Stimme ruft: Hau besser ab!

„Hallo Veronique."

Zu mehr bin ich nicht fähig, sondern schleiche hinter ihr her in die Wohnung, in der sie sich bestens auszukennen scheint. Wir laufen durch einen breiten, beleuchteten Flur mit einem cremeweißen Teppich. Dabei halte ich mich an meinem Schirm fest. Vielleicht brauche ich den noch, um zuzuschlagen oder um damit aus dem Fenster zu segeln.

In der Küche steht Thomas. Um ihn herum blitzt und strahlt alles vor Edelstahl, selbst die mahagonifarbige Kochinsel wirkt wie poliert.

„Hallo Julia." Wieso sind wir eigentlich jetzt wieder bei Julia, im Büro hat er mich doch die ganze Zeit Frau Andacht genannt. Oder will er es jetzt vielleicht doch offiziell machen? Ja und deshalb hat er auch Veronique eingeladen! Um ihr zu sagen, dass wir ein Paar sind. Und dass ich nicht für die Kopien zuständig bin!

„Hallo Thomas. Danke für die Einladung."

„Das war Veroniques Idee. Sie meinte, das wäre gut, um sich besser kennenzulernen." Gut, ok. Und um mitzuteilen, dass wir mehr als nur ein Arbeitsverhältnis miteinander haben!

„Und um zum Du überzugehen", lächelt Veronique und tritt ganz nah an Thomas heran. In der Hand hält sie eine Platte mit irgendwas, die sie mir jetzt hinhält.

„Bitte Julia, schon mal ein Amuse-Bouche."

Ich habe keine Ahnung, was das sein soll, greife aber trotzdem zu und beiße rein. Es schmeckt salzig und fischig und ich will es sofort wieder ausspucken, am besten in Richtung Veronique.

„Vero meinte, es sei doch nett, auch mal privat etwas Zeit miteinander zu verbringen. Sie hat mir beim Kochen geholfen", grinst er. Und wann will er sie jetzt endlich über uns informieren? Angewidert versuche ich, das nach Fisch schmeckende Brot runterzuschlucken.

„Das schmeckt interessant", sage ich vorsichtig.

„Das sind Anchovis", informiert mich Veronique und holt eine Flasche Wein und drei Weingläser aus dem Schrank.

„Möchtest du ein Glas Weißwein trinken, Julia?" Ich nicke, obwohl mir gerade etwas Farbloses mit mehr Umdrehungen lieber wäre.

Als Vorspeise gibt es dann Aubergine, überbacken. Kleine runde Taler, aber mein Probierwunsch ist für heute gedeckt.

„Tut mir leid, aber ich bin allergisch auf Aubergine." Thomas mustert mich erstaunt.

„Wirklich?"

„Wirklich", entgegne ich kühl. Schließlich könnte ich ja tatsächlich allergisch darauf sein, was ich nicht weiß, denn ich habe noch nie Aubergine gegessen.

„Wie lange lebst du schon in Freiburg, Julia?", fragt Veronique, die sich eine Scheibe auftut und mit Messer und Gabel winzige Häppchen abschneidet. Thomas schnappt sich drei Scheiben und stopft sie sich nacheinander in den Mund. Dann beginnt er, mit Baguette herumzukrümeln. Immerhin sitzen die beiden heute nicht nebeneinander. Thomas sitzt am Kopf der Kücheninsel, Veronique und ich sitzen uns gegenüber. Ich nippe an meinem Weißwein. Irgendwie wird mir klar, wieso ich so kurzfristig eingeladen wurde. Wahrscheinlich hat Veronique gedacht, dass ich ohnehin nicht kommen würde und dann wäre es bestimmt ein netter Abend für die beiden geworden. Mir wird schlecht.

„Ich bin hier aufgewachsen. Stammst du aus Paris, Veronique?"

„Ja, und mein Vater befand, dass es Zeit für mich wird, das Nest zu verlassen", kichert sie, als ob sie einen Scherz gemacht hätte.

„Haben Sie noch Geschwister?" Irgendwie wechsle ich wieder zum Sie, das ist mir lieber. Eine Schlange duzt man nicht, man hält Distanz zu ihr.

„Einen älteren Bruder. Er ist das schwarze Schaf der Familie. Er hat doch tatsächlich Medizin studiert, mein Vater war am Boden zerstört!" Sie unterstreicht das damit, in dem sie ein weiteres, winziges Stück ihrer Aubergine absäbelt, es sich geziert in den Mund steckt und darauf herumkaut.

„Mein Vater hätte wahrscheinlich auch so reagiert", grinst Thomas und fängt an, die erste Lage Teller abzuräumen. Dann holt er ein Roastbeef aus dem Ofen. Es duftet fantastisch.

„Das sieht toll aus", lobe ich.

„Danke", lächelt Thomas. „Das ist ein altes Familienrezept. Wir wollten etwas deutsch-französisches kochen."

„Ja, eine deutsch-französische Liaison, sozusagen", kichert Veronique und holt eine neue Flasche Wein. Mein Magen rebelliert.

„Hier ist ein Rotwein oder möchtest du beim Weißwein bleiben, Julia?"

„Ich nehme gerne ein Glas Rotwein", antworte ich mechanisch. Ich zähle die Sekunden, bis ich mich verabschieden kann. Obwohl...

Eigentlich könnte ich doch auch warten, bis sich Veronique verabschiedet und dann Thomas zur Rede stellen, was er sich überhaupt bei dieser Konstellation gedacht hat. Und ob er Veroniques Annäherungsversuche gar nicht bemerkt oder ob er das so will. Falls nicht, könnten wir uns mal wieder annähern, das wäre wirklich schön.

„Es schmeckt ganz wunderbar, Thomas", säuselt sie, obwohl sie wieder nur ein kleines Fitzelchen gegessen hat. Ich habe Hunger und lasse mir von Thomas ein ordentliches rosafarbenes Stück Fleisch mit Kartoffeln, Gemüse und dunkler Bratensauce aufladen. Wenn ich lange bleiben will, kann ich das auf gar keinen Fall mit leerem Magen tun.

„Ja, es schmeckt toll", sage ich und blicke Thomas an. Er blickt mir direkt in die Augen und lächelt. Veronique räuspert sich und schon ist sein Blick wieder abgelenkt.

„Ich hoffe, ihr lasst Platz für die Creme Brûlée." Die hat sie auch gemacht, würg. Ich bin kein Freund der französischen Küche, auch wenn Frankreich nicht weit ist und vielleicht auch die Freiburger Küche irgendwann mal geprägt hat. Womit ich aber keine Erfahrung habe, denn wir sind selten essen gegangen und meine Mutter hat einfach normal gekocht, ohne viel Chichi.

„Nach dem Rezept deiner Großmutter? Die habe ich damals einmal gegessen. Wie geht es ihr?" Er hat gar nicht gesagt, dass sie ihm geschmeckt hat, stelle ich amüsiert fest.

„Sie erfreut sich bester Gesundheit und hat nach dir gefragt, als ich sie nach ihrem Rezept gefragt habe."

„Das freut mich. Aber ich bin leider satt."

„Das macht doch nichts, Thomas. Wir können sie ja morgen essen." Thomas runzelt die Stirn.

„Morgen?"

„Ja, wenn es dir nichts ausmacht, würde ich gerne morgen mit dir diesen einen Fall durchsprechen. Die abgelehnte Baugenehmigung, da kann ich noch so viel lernen."

„Natürlich, das ist kein Problem, Vero. Allerdings werde ich erstmal bei meiner Mutter sein." Veronique nickt eifrig, wirkt aber doch enttäuscht. Sehr gut. Heißt allerdings nicht, dass er mich sehen möchte. Diese Dreiecksgeschichte ist wirklich ätzend. Ob Thomas das wohl genießt oder fällt ihm diese Baggertour von Veronique wirklich einfach nicht auf. So ignorant kann doch selbst ein Mann nicht sein!

Die Stunden vergehen, irgendwann ist es Mitternacht. Veronique und ich halten die Stellung und lauern anscheinend darauf, wer als erstes gehen wird. Ich bin hundemüde.

„Ja, also. Das war wirklich nett von euch, dass ihr vorbeigekommen seid", sagt Thomas, nachdem er den Rest der zweiten Flasche Rotwein auf unsere Gläser verteilt hat. „Aber ich für meinen Teil bin müde und ich muss in wenigen Stunden zum Brunch bei meiner Mutter sein." Der Rausschmiss ist deutlich und langsam fange ich an, aufzustehen. Auch Veronique erhebt sich wie in Zeitlupe.

„Hattet ihr eine Jacke dabei?", fragt Thomas und blickt auf die Garderobe, an der wir mittlerweile angelangt sind. Das Licht in der Diele wirkt so grell auf mich. Das in der Küche war wesentlich angenehmer und ich blinzele in Richtung Thomas.

„Nein, ich hatte nur einen Schirm, den ich irgendwo hingestellt habe."

„Ich hatte eine Strickjacke", sagt Veronique und blickt sich um und sucht wahrscheinlich eher meinen Regenschirm, damit ich endlich gehe. Thomas reicht ihr ein dünnes weißes Jäckchen. Sie trägt ein schwarzes Etuikleid, dass ihre zierliche Figur bestens zur Schau trägt.

„Danke für die Hilfe beim Kochen, Vero. Gute Nacht."

Veronique verlässt maulend das Schlachtfeld. Thomas und ich stehen in der Diele an der Wohnungstür und hören, wie Veronique die Treppen runtersteigt. Thomas schließt sachte die Tür, dreht sich um zu mir und sagt:

„Endlich!"

Und dann küsst er mich stürmisch, mit allem Drum und Dran!

39.

Was für ein wundervoller Traum, denke ich, als ich ganz langsam wach werde. Ich bin umhüllt von einer warmen Bettdecke, die Sonne scheint warm ins Zimmer.

„Guten Morgen, Julia", flüstert Thomas neben mir mit verschlafener Stimme und schmiegt sich an mich.

„Guten Morgen", flüstere ich zurück. Dieses Kuscheln, also damit könnte ich wirklich jeden Morgen als erstes starten. Aber das sage ich lieber nicht. Er soll ja nicht denken, dass ich hier einziehen will. Aber solche Nächte könnte ich wirklich häufiger vertragen.

Er steht auf, ohne Klamotten, was ihm wirklich gutsteht und geht ins Bad. Ich bleibe noch ein wenig liegen und genieße unsere gemeinsame Wärme im Bett. Ich fühle mich unglaublich entspannt.

„Das Bad ist frei", informiert er mich. Bin ich wieder eingeschlafen? Bereits fertig angezogen steht Thomas vor mir.

„Wieso bist du schon angezogen?", maule ich ihn an. Er grinst.

„Na ja, ich habe doch erwähnt, dass ich heute noch zum Brunch zu meiner Mutter muss." Ach ja, da war ja noch etwas.

„Entschuldige, ich mache mich sofort fertig."

„Keine Eile, es ist doch nur ein Brunch."

Ich nehme meine im Zimmer verstreuten Sachen, werde blöderweise leicht rot dabei, obwohl wir uns wirklich für nichts schämen müssen, schon gar nicht Thomas und husche ins Bad. Leider habe ich natürlich nichts zum Wechseln oder Waschen dabei, also gehe ich mir nur rasch durchs Gesicht und spüle mir den Mund aus, was mich wieder an diesen furchtbaren Fisch erinnert. Ich bin wirklich absolut kein Freund der Franzosen und schon gar nicht von deren Küche.

Zum Glück hatte ich gestern eine Jeans angezogen, denn die wirkt heute kein bisschen zerknittert. Meine weiße Bluse allerdings sieht jetzt natürlich nicht mehr so toll aus, so mehrere Stunden getragen und dann auf dem Boden gelegen. Egal.

„Soll ich dich nach Hause bringen, Julia?"

„Nein, nein, ich nehme die Bahn." Wieso lehne ich denn ab, dann würden wir noch mehr Zeit miteinander verbringen können.

„Schade, dann könnten wir noch etwas Zeit miteinander verbringen. Ich habe dich nämlich vermisst. Aber es war so unheimlich viel mit den neuen französischen Fällen zu tun. Eigentlich hatte ich dich gestern allein treffen wollen, aber dann kam Veronique mit der Idee an und ich wollte ihr nicht sofort auf die Nase binden, dass ich dich allein treffen will."

„Na ja, du hättest auch einen Termin vorschieben können." Natürlich meckere ich ein bisschen, auch wenn ich ihm sein kühles Verhalten längst verziehen habe. Aber das braucht er ja nicht zu wissen.

„Das stimmt, aber sie wohnt im Haus gegenüber und vielleicht hätte sie gesehen, dass du vorbeikommst. Ich weiß, unwahrscheinlich, aber trotzdem wollte ich sie nicht anlügen."

„Schon ok", sage ich, denn, hey, ich kann es mir leisten, großzügig zu sein. Schließlich habe ich gewonnen!

Wobei das irgendwie doof klingt. Ich bin einfach nur erleichtert, dass Thomas offensichtlich immer noch an mir interessiert ist und nicht an der zierlichen, französischen Verona.

Langsam fange ich an, mit ihm die relativ steilen Treppen runterzulaufen. Da ist mir mein hässlicher Neubau doch lieber.

„Möchtest du vielleicht…", beginnt er.

„Was?", frage ich neugierig. Mittlerweile stehen wir draußen, sein Auto sehe ich allerdings weit und breit nicht.

„Du könntest mitkommen." Er blickt mich an mit diesen Augen. Diese Augen können so ziemlich alles von mir verlangen und ich würde ihnen alles geben, alles, nur nicht…

„Was?" Zu seiner Mutter! Er will, dass ich mitkomme. Zu seiner Mutter!

„Es tut mir leid", sagt er und sieht total zerknirscht aus. „Ich will nicht, dass du gehst, deshalb würde ich dich gerne mitnehmen. Und meinen Vater kennst du schließlich schon, also so merkwürdig ist das doch dann gar nicht, wenn du jetzt meine Mutter kennenlernst." Dabei kratzt er sich verlegen am Kopf. Ich habe ihn selten so schüchtern erlebt, noch nie, um ehrlich zu sein, denn als Anwalt kann er sich das gar nicht leisten, schüchtern rüberzukommen. Steht ihm irgendwie gut, das Schüchterne. Er wirkt so verletzlich dabei. Und jetzt grinst er auch noch sein jungenhaftes Grinsen, ich bin verloren.

„Ok, aber unter zwei Bedingungen. Können wir bitte vorher bei mir vorbeifahren? Dann ziehe ich mir etwas Sauberes an." Und putze mir die Zähne!

„Na klar, wir sind ohnehin bereits zu spät, da kommt es darauf auch nicht mehr an."

Ich mache wirklich schnell. Thomas wartet unten im Auto. Aber ich bin mir schon wieder nicht sicher wegen der Kleiderwahl. Meinte er nicht, dass der Freund seiner Mutter Künstler ist? Also wähle ich diesmal mein buntes Sommerkleid, meine sündhaft teuren Sandalen, die beinah zu allen meinen Sommersachen passen. Dann stelle ich fest, dass mein Regenschirm immer noch bei Thomas steht, doch ich will den Regenmantel nicht anziehen. Ich beschließe, ihn zu Hause zu lassen und wage das Risiko des Nasswerdens. Ein erhabenes Gefühl!

„Was ist deine zweite Bedingung?", fragt mich Thomas, als ich mich ins Auto setze.

„Welche zweite Bedingung?", frage ich erstaunt, schnalle mich an und Thomas braust direkt los.

„Na ja, du meintest, dass du unter zwei Bedingungen mit zu meiner Mutter kommst."

„Oh, äh, ja. Also." Komisch, jetzt ist es mir peinlich und ich weiß gar nicht, was ich sagen soll.

„Dann war es wohl nicht so wichtig", sagt er amüsiert und bringt mich schon wieder auf die Palme.

„Ich möchte nicht Frau Andacht von dir genannt werden!", zische ich heraus. So, jetzt habe ich es endlich mal angesprochen. Thomas räuspert sich.

„Natürlich stelle ich dich als Julia vor. Ich denke, meine Mutter wird dir auch das Du anbieten. Wir werden sehen, aber ich denke nicht, dass dich irgendwer Frau Andacht nennen wird." Thomas klingt immer noch amüsiert und das nervt mich wirklich.

„Thomas! Du nennst mich bei jeder sich bietenden Gelegenheit Frau Andacht! Vor Veronique ebenfalls!" Jetzt rede ich mal wieder in Ausrufezeichen, ich weiß, aber das alles nervt mich wirklich!

„Vor Veronique wollte ich einfach eine gewisse Professionalität wahren", sagt er und wirkt nicht mehr ganz so amüsiert.

„Vor deinem Vater nennst du mich auch immer so!"

„Ja, das stimmt", sagt er und klingt endlich zerknirscht. „Irgendwie habe ich das so drin. Das mit uns ist halt so neu. Ich weiß manchmal gar nicht, wie ich mich dir gegenüber verhalten soll. Schließlich bin ich immer noch dein Chef." Na gut, irgendwie hat er recht damit.

„Ja, ist schon komisch", pflichte ich ihm bei.

„Aber das hat gar nichts damit zu tun, dass ich nicht mit dir zusammen sein will, Julia!" Oh, er hat 'Zusammensein' gesagt, meine Schmetterlinge fliegen wie wiederbeatmet auf und verursachen ein tolles Bauchkribbeln.

„Wieso hast du dann Veronique nichts gesagt?"

„Wieso habe ich ihr was nicht gesagt?" Thomas hält vor einem gelben Haus mit blauen Fensterrahmen und mustert mich mit hochgezogenen Augenbrauen.

„Wieso hast du Veronique gestern nichts gesagt? Dann hätten wir uns die Scharade sparen können."

„Gestern war doch erst mal ein beruflicher Abend. Ich fand nicht, dass das Veronique etwas angeht, ob wir beide zusammen sind oder nicht."

„Sie hat dich die ganze Zeit angemacht."

„Tut mir leid, das ist mir gar nicht aufgefallen", grinst er mich an. „Ich hatte wohl nur Augen für dich."

40.

„Da bist du ja…" Thomas Mutter hält mitten in ihrer Begrüßung inne und starrt mich an. „Guten Tag?", fragt sie und klingt irgendwie…erfreut?

„Hallo Mama, das ist Julia. Also die Julia, mit der Papa und ich nach Kos gefahren sind, um ihrem Vater sein Auto zu bringen", erinnert Thomas sie. Das klingt sehr danach, als ob er bereits davon erzählt hat. Er hat mit seiner Mutter über mich gesprochen! Mein Herz bekommt wieder diese glücklichen Aussetzer.

„Wie nett, dich kennenzulernen, Julia. Ich bin Annegret, Thomas Mutter. Aber sag ruhig Greta zu mir." Ich bin echt ein wenig fassungslos bei einem solchen warmen Empfang!

Aber ich weiß eigentlich auch nicht, was ich erwartet habe. Thomas Vater wirkt immer so reserviert, was aber vielleicht daherkommt, dass ich ihn immer nur beruflich erlebt habe. Als wir nach Kos gefahren sind, war er irgendwann deutlich lockerer, soweit ich das mitbekommen habe.

„Danke." Wieso habe ich mir nicht vorher überlegt, was ich sage, denke ich verzweifelt. Zum Glück laufen Thomas und seine Mutter Greta bereits rein ins Haus, das ich nur kurz von außen gesehen habe. Es ist gelb gestrichen, das ist mir sofort aufgefallen, denn es hat auffällig neben den ganzen weißen Häusern hervorgeleuchtet. Mit den

Fensterrahmen in blau sieht es auf alle Fälle anders aus als der Rest der Häuser in dieser Straße.

Ich folge den beiden durch eine kleine Diele in eine große Wohnküche. Es scheint in seiner Familie zu liegen, seine Gäste in der Küche zu empfangen. Gut, meine wäre jetzt zu klein dafür und meine Eltern hatten ihren Esszimmertisch in einer Nische im Wohnzimmer stehen. Unsere Wohnung war halt auch nicht allzu groß.

„Hallo Thomas. Da bist du ja endlich. Oh, du hast jemanden mitgebracht. Jetzt kann ich verstehen, dass du zu spät kommst. Hallo, ich bin Frederick." Der Mann, der das zu Thomas gesagt hat, reicht mir jetzt eine farbverschmierte Hand. Er trägt eine Latzhose aus Jeans und wirkt genauso, wie ich mir einen Künstler vorgestellt habe; farbverschmierte Hose, löchriges T-Shirt (das sieht man sogar, obwohl der größte Teil in der Hose steckt). Dazu kommen Muskeln in den Armen, vielleicht vom Pinselhalten und ein braungebranntes Gesicht, das mich anstrahlt. Thomas Vater hat recht. Er wirkt wahnsinnig jung, zumindest auf keinen Fall wie 60 Jahre.

„Hallo, ich bin Julia."

„Setzt euch doch. Ich koche frischen Kaffee. Ist natürlich alles kalt", schilt seine Mutter, aber mit einem Lächeln in der Stimme.

Die Küche wirkt warm und einladend. Weniger Edelstahl wie bei Thomas, sondern eher ein buntes Sammelsurium aus Schränken, die nicht zusammenpassen und einem riesigen dunklen Holztisch mit Maserungen und Furchen. Ein absolutes Unikat. Wunderschön. An einer Wand ist ein fantastisches buntes Gebilde gemalt, der Rest der Küche ist zartgelb gestrichen.

„Ach, du bist also die Julia", sagt Frederick jetzt und mustert mich. Allerdings nicht anzüglich, sondern eher neugierig.

„Habe ich euch doch erzählt, Fred", lächelt Thomas und ich höre, dass er seine Antipathie offensichtlich überwunden hat. Zumindest höre ich keinen Groll in seiner Stimme, den ich erwartet hatte. Der Tisch, so riesig er auch ist, biegt sich vor lauter gutem Essen; Antipasti, Salat, ein Berg Rührei, Speck und Obstsalat türmen sich auf.

„Mutter, du hast wieder viel zu viel gekocht, oder kommt Björns Familie vorbei?", grinst Thomas und häuft sich bereits den Teller voll.

Ich habe auch Hunger. Schließlich haben wir letzte Nacht einiges vom Abendessen abgearbeitet.

Als ich vergnügt in eine Kirschpaprika beiße, fühle ich mich plötzlich so angenehm beschwingt. Ist das nicht merkwürdig? Da sitze ich in einer fremden Küche, neben einem Mann, mit dem ich gerade mal seit vier Wochen oder so, etwas am Laufen habe und fühle mich auch noch wohl dabei.

„Wie läuft es mit Veronique?", fragt seine Mutter.

Sie und ihr Freund essen nicht, haben sie wahrscheinlich schon, denn statt um neun Uhr sind wir ja erst um halb elf dagewesen. Doch niemand regt sich auf. Die Atmosphäre ist entspannt. Thomas Mutter sieht nett aus. Sie trägt einen schwarzen Kurzhaarschnitt, der sie auch deutlich jünger aussehen lässt als 65. Wahrscheinlich aber vor allem wegen der ausgewaschenen Bluejeans, die sie trägt und einem schwarzen T-Shirt. Alles wirkt so unverstellt und bodenständig. Die Stühle sind ebenfalls aus dunklem Holz, aber aus einem anderen als der Tisch, soweit ich das sehen kann. Nichts passt zusammen, harmoniert jedoch großartig zusammen.

„Sie muss sich erstmal zurechtfinden, ist mir aber schon eine große Hilfe für den französischen Schriftverkehr, denn sprachlich bin ich dann doch nicht so versiert."

„Wie geht es eigentlich deinem Vater?", fragt Thomas mich plötzlich. Vielleicht will er das Thema wechseln. Das finde ich gut.

„Es geht ihm gut. Er und dein Vater machen jeden Tag eine Radtour."

„Was, Bert fährt Fahrrad?", fragt Greta erstaunt. Frederick lacht laut.

„Wieso nicht? Ist bestimmt gut für die Kondition. Ich mache auch viel zu wenig Sport." Also dann frage ich mich schon, wieso er so durchtrainiert aussieht.

„Ich glaube, Bert ist das letzte Mal vor dreißig Jahren Fahrrad gefahren und das auch nur, um es dir und deinem Bruder beizubringen."

„Das war schrecklich. Er ist vorausgefahren und dann sollten wir ihm folgen, konnten nur leider immer noch nicht Fahrrad fahren und sind ständig hingefallen. Das waren wirklich furchtbare Stunden."

„Stunden?" Erstaunt schaue ich ihn an.

„Na ja, zum Glück haben wir es irgendwann hinbekommen. Sonst hätten wir wohl die ganze Nacht noch weiter üben müssen."

„Ach was, bestimmt hättet ihr irgendwann am nächsten Tag weitermachen dürfen", grinst Frederick. Greta und Thomas schauen ihn zweifelnd an.

„Ich glaube, das war einfach keine Option." Greta nickt.

„Ja, wenn euer Vater sich etwas vorgenommen hat, hat er das durchgezogen."

Drei Stunden später, übersatt, sitzen wir wieder im Auto.

„Danke, dass ich mitkommen durfte. Deine Mutter ist sehr nett."

„Danke, dass du mitgekommen bist", sagt er etwas unbeholfen. „Ich bin froh, dass du letzte Nacht geblieben bist, Julia." Seine Stimme klingt leicht rau, als ob es ihm peinlich ist, dass er das gesagt hat, muss es aber nicht.

„Ich bin auch froh darüber", nuschele ich verlegen und greife nach seiner Hand, die auf dem Schaltknüppel liegt. Dabei denke ich plötzlich an unsere Fahrt nach Kos und wie er meine Hand beim Fahren gestreichelt hat.

„Soll ich dich nach Hause bringen?" Plötzlich geht sein Handy los. Er schaltet die Freisprechanlage ein.

„Hallo Thomas. Ich würde jetzt gerne vorbeikommen, ich habe noch so viele Fragen an dich!", gurrt Veroniques Stimme aus dem Lautsprecher. Na, die hat mir gerade noch gefehlt.

„Ich bin in einer Stunde zu Hause, Vero. Bis später!", ruft er fröhlich.

„Sag mal, läuft da wirklich nichts mit Veronique?" Ok, das ist jetzt deutlich direkter rausgekommen als geplant, aber wie bitte sollte man so etwas diplomatischer ausrücken. Also ich habe keine andere Formulierung dafür parat.

„Aber Julia, Veronique ist doch meine Angestellte."

„Das bin ich auch."

„Ok, ja, aber die letzte Nacht, Julia. Wie kommst du denn jetzt darauf?" Er biegt in meine Straße und parkt vor dem Haus. Dann sieht er mich an.

„Julia, ich habe gestern Abend nur darauf gewartet, dass Veronique endlich verschwindet und wir allein sein können. Die letzten Stunden mit dir waren wirklich schön. Ich würde das gerne wiederholen." Ich schlucke und bin auf einmal den Tränen nah.

„Es tut mir leid. Du warst so kühl die letzten Tage und Veronique hat sich so herangeschmissen." Verdammt, diese Heulerei ist peinlich. Thomas hält mir ein Stofftaschentuch hin, Déjà-vu.

„Danke, schniefe ich. „Ich habe noch eins von dir, das du mir auf dem Schiff gegeben hast."

„Behalt es ruhig", sagt er und streichelt mein Gesicht sanft und wischt einen großen Teil meiner Tränen damit fort.

„Dann sehen wir uns morgen?" Er lächelt mich an.

„Ja, bis morgen", schniefe ich.

Dann steige ich aus, doch ich höre Thomas den Motor erst starten als ich bereits die Haustür aufgeschlossen habe. Frau Mielke lässt sich nicht blicken, denn wahrscheinlich hat sie bereits alles vom Fenster aus beobachtet und kann nicht so schnell von ihrem Küchenfenster bis zur Wohnungstür laufen.

41.

Am Montag muss ich wieder viele Schriftsachen für Veronique ausdrucken oder kopieren. Mir kommt das merkwürdig vor, denn selbst ältere Fälle interessieren sie. Vielleicht spreche ich Thomas mal in einer ruhigen Minute darauf an.

Natürlich haben wir uns morgens hier in der Kanzlei nicht geküsst, aber er nennt mich jetzt immerhin Julia und ich nenne ebenfalls alle beim Vornamen.

Irgendwie gefällt mir die Situation nicht, ich freue mich schon auf das Interview morgen. Auf der anderen Seite möchte ich Veronique aber auch nicht einfach das Feld überlassen. Wer weiß, was sie noch mit Thomas vorhat.

Nachmittags fahre ich sofort zu Berti. Sonntagabends habe ich sie kurz angerufen und mich entschuldigt. Wo sie doch angeboten hatte, mir bei meinem Interview zu helfen und ich sie einfach versetzt habe. Allerdings war ich sofort entschuldigt, als sie den Grund dafür gehört hat.

„Hallo Jule! Erzähl mir alles!", ruft sie begeistert und schiebt mich schnell in ihre Wohnung. Natürlich berichte ich lang und ausführlich von meinem Wochenende, denn schließlich ist es toll, mal so etwas erzählen zu können.

„Wo ist denn Al?", frage ich, um nicht ständig über Thomas zu reden.

„Ach, der ist bei seiner Familie."

„Bist du nicht mitgekommen?"

„Das ist doch noch viel zu früh." Mittlerweile hat sie zwei dicke Ordner auf ihren kleinen Sofatisch gestapelt. Mir wird mulmig.

„Ja, ok, aber ihr kennt euch doch schon ewig."

„Ja, aber wir waren nicht befreundet. Das sind wir doch erst seit der Uni." Das stimmt. Während der Schulzeit hatten wir wenig mit Al zu tun. Die beiden waren zufällig in einer Lerngruppe und dann waren wir irgendwann zu dritt befreundet, selbst, nachdem beide die Uni abgeschlossen hatten. Es hat sich halt irgendwie so ergeben.

„Aber das ist jetzt auch schon ein gutes Jahrzehnt her."

„Sicher. Aber seine Familie kennenzulernen, das ist schon ein sehr viel weiterer Schritt als zusammen zu sein. Stark, dass du dich gleich zu seiner Mutter hast hin schleifen lassen."

„Ach, das war halb so wild. Dadurch, dass ich seinen Vater schon so lange kenne, kam mir das gar nicht so besonders vor."

„Ist Thomas Vater eigentlich noch auf Kos?"

„Ja. Zusammen mit meinem Vater machen sie die Insel unsicher. Mit dem Fahrrad." Wir prusten beide los bei der Vorstellung. Dann geht es an die Ordner, die tatsächlich für meine Vorbereitung gedacht sind. Mir wird leicht flau im Magen, wenn ich an morgen denke.

Am nächsten Tag bin ich nicht gerade ausgeruht, denn ich war erst gegen eins wieder zu Hause. Um sechs Uhr früh bin ich auch schon wieder aufgestanden, um möglichst vor allen anderen im Büro zu sein, damit ich ungestört bin.

Um sieben Uhr bin ich da und gehe sofort in Thomas Büro. Doch zu meiner Enttäuschung ist Veroniques Schreibtisch leer, nicht der allerkleinste Beweis liegt dort rum. Ich weiß nicht, was ich erwartet habe. Vielleicht, dass sie einen großen Zettel auf dem Tisch liegenlässt: *Hallo! Ich führe nichts Gutes im Schilde!*

Doch dann habe ich eine Idee und schnappe mir ihr Telefon. Im Display kann ich zumindest die letzten 10 Nummern sehen, die sie in letzter Zeit angerufen hat. Mir fallen direkt zwei französische Nummern auf, der Rest sind deutsche Nummern. Ich dachte, sie soll nur die französischen Fälle bearbeiten? Aber ich weiß ja gar nicht, wen sie da tatsächlich angerufen hat. Es können auch Termine sein, die sie gemacht hat, Frisör zum Beispiel. Aber ich habe ein ungutes Gefühl.

„Julia, suchst du etwas?" Veroniques Stimme peitscht mir entgegen.

„Ich wollte ein wenig aufräumen", entgegne ich kühl und mustere sie.

„Das kann ich schon selbst, aber Danke", zischt sie ungehalten. Dann hängt sie ihre Handtasche und eine leuchtendrote Messenger Bag auf. Letztere ist prall gefüllt mit Akten.

„Wieso hast du denn Akten mitgenommen?", frage ich sie ärgerlich.

„Na, um sie durchzuarbeiten. Ich will schließlich weiterkommen, aber davon hast du bestimmt keine Ahnung. Deine Karriere endet doch am Kaffeeautomaten." Höhnisch lächelnd schiebt sie mich beiseite und setzt sich an ihren Schreibtisch.

„Wo wir gerade bei deiner Karriere sind. Bitte bringe mir doch einen Kaffee." Dann packt sie ihren Laptop aus und scrollt durch ihr Handy.

„Was hast du mit den ganzen Akten vor?", wiederhole ich meine Frage und baue mich vor ihr auf.

„Das habe ich doch gesagt: Durcharbeiten, um daraus zu lernen!"

„Und wieso rufst du dafür die Leute direkt an? Die Fälle sind doch bereits abgeschlossen." Gut, ich weiß nicht, ob es mit den Fällen zu tun hat. Hoffentlich merkt sie den Bluff nicht.

„Ich habe nachgefragt und mich teilweise nach Details erkundigt. Sonst kann ich die Fälle doch nicht bearbeiten. Und jetzt hol mir meinen Kaffee!" Irre ich mich, oder ist ihre Stimme etwas nach oben gekippt.

„Guten Morgen zusammen!", ruft Thomas gut gelaunt in den Raum. „Julia, bitte sei so nett und bring mir einen Kaffee. Vero und ich haben heute so viel zu tun." Ich nicke und rausche aus dem Büro.

Hoffentlich läuft mein Interview heute gut, leider habe ich keine weiteren Stellen gefunden. Sogar eine Umschulung klingt mittlerweile besser als das Arbeiten hier, wobei Thomas ja nicht das Problem ist. Aber ich traue dieser Vero nicht. Ich habe eigentlich keine Ahnung, wieso, denn Thomas scheint sie ja schon ewig zu kennen. Wenn ich nur meinen Finger darauflegen könnte, was mich so an ihr stört. Außer natürlich dem Offensichtlichen: Dass sie an Thomas interessiert zu sein scheint. Aber das liegt ja dann an ihm, ob er sich von ihr einfangen lässt.

42.

„Du musst die Schlampe dringend loswerden!", sagt Al eindringlich und schaut mich ernst durch den Computer an, als wir abends zusammen skypen, zu dritt natürlich. Aber das ist ja nicht, was anders ist, vom Skypen mal abgesehen, was wir erst seit Kos machen. Sondern, dass Berti und Al gemeinsam an einem Computer sitzen und antworten.

„Ja, besser ist das", sagt auch Berti. Beide schauen mich durchdringend an und ich fühle mich kein Stück besser dadurch.

„Wie war denn dein Interview?", fragt Berti jetzt. „Um mal zu den wichtigeren Sachen zu kommen. Vielleicht sind da ja auch schnuckelige Kerle in der neuen Kanzlei!" Bei dem Gedanken muss ich schlucken. Vielleicht wäre es ja das Beste, mein Magen zieht sich zusammen.

„Aber bis jetzt läuft es ja ganz gut mit Thomas", sage ich mit dünner Stimme.

„Sicher. Er hat da schließlich auch noch ein Wörtchen mitzureden, mit wem er zusammen sein will. Und das könntest genauso gut Du sein, Julia. Wie war denn jetzt dein Gespräch?" Sieht doch im Moment auch danach aus, oder?

„Ich glaube, es ist ganz gut gelaufen. Es kamen viele Fragen, die wir zusammen durchgegangen sind. Ich bin echt froh, dass du das mich vorbereitet hast, sonst wäre ich aufgeschmissen gewesen." Ich schaudere innerlich. Wahrscheinlich wäre ich bei der ersten Frage schon

'Erzählen Sie uns bitte kurz Ihren Lebenslauf' bereits ins Stocken geraten.

„Kein Problem, vielleicht ist es ja gut für euch, wenn er nicht mehr dein Chef ist."

„Vielleicht. Vielleicht überlässt sie damit aber auch dieser Verona das Feld", gibt Al jetzt zu Bedenken und spricht damit genau meine größten Ängste aus.

„Die Kanzlei, in der ich das Interview hatte, ist riesengroß. Es arbeiten sieben Anwälte und mehrere Assistenten dort."

„Wow. Und das Gehalt?"

„Ich sollte nur meine Vorstellung darüber mitteilen und hab das gesagt, was du recherchiert hattest, Berti."

„Sehr gut", sagt Berti und ich höre genau, wie geschmeichelt sie sich fühlt, dass ich mich bei ihr bedanke. Dabei ist das gar nicht übertrieben. Ich bin ihr wirklich dankbar für ihre Hilfe.

„Sollst du für jemand bestimmtes arbeiten oder arbeitet ihr für alle?" Al hält dabei eine lange schwarze Haarsträhne von Berti und wickelt sie sich um den Finger. Das hat Thomas bei mir auch getan, auf dem Schiff. Doch das war damals, vor vier Wochen, was jetzt einer Ewigkeit gleichkommt, zumindest fühlt es sich so an.

„Das weiß ich nicht, aber ich nehme an, dass wir jemandem zugeteilt werden. Was dann allerdings nicht erklärt, was die überzähligen Assistenten machen, vielleicht Recherche oder Vertretung. Darüber haben wir aber gar nicht gesprochen, es wurden einfach nur die klassischen Bewerbungsfragen gestellt. Sie meinten auch, dass sie selbst überrascht waren, dass sie so viele Bewerbungen zugeschickt bekommen haben."

„Das muss ja nicht unbedingt stimmen", grinst Berti.

„Wieso? Meinst du nicht?" Ich bin verwirrt. Wieso sollten sie denn dann so etwas erzählen?

„Vielleicht wollten sie nur deine Reaktion darauf checken", mutmaßt Al.

„Hast du denn etwas dazu gesagt?", will Berti wissen und schnappt sich jetzt Als Hand und zieht sie von ihren Haaren weg.

„Nein, äh. Hätte ich etwas dazu sagen sollen?"

„Vielleicht, vielleicht auch nicht", meint Berti unbestimmt und ich werde wieder nervös.

„Suchst du denn morgen weiter nach Beweisen?", fragt jetzt Al und ich bin prompt wieder in meiner ätzenden Realität. Wobei das Interview anscheinend doch nicht so gut gelaufen zu sein scheint, wie ich mir selbst vorgemacht habe.

„Ich weiß gar nicht, wo ich suchen soll. Ich denke, morgen werde ich noch früher kommen und mir sämtliche Nummern aufschreiben, die Veronique angerufen hat." Eigentlich wusste ich gar nicht, dass ich das machen will. Die Idee ist mir jetzt gerade spontan im Gespräch gekommen.

„Das ist eine gute Idee", lobt Berti. Irgendwie ist das ganze Gespräch, in dem es ausschließlich um mich gegangen ist, eine neue Erfahrung für mich. Sonst immer haben wir grundsätzlich über Als und Bertis Leben gesprochen und damit meine ich ihr Berufs- und Liebesleben. Jetzt sprechen wir endlich mal über mein Leben, über Thomas, über Veronique. Trotzdem sprechen wir auch über Als und Bertis Pläne, alles scheint ausgewogener zwischen uns zu sein. Was die beiden für sich und beruflich genau planen, haben sie mir allerdings noch nicht so detailliert verraten.

„Ihr habt mir echt geholfen", sage ich mit wackeliger Stimme.

„Haben wir doch gern gemacht!", rufen beide und legen auf. Ich seufze. Dann rufe ich Thomas an.

„Hallo Thomas."

„Julia? Es ist spät. Schön, dass du anrufst." Ich räuspere mich.

„Wir haben schon wieder so wenig geredet, deshalb rufe ich dich einfach an." Ich hätte mir etwas Lustigeres oder Romantischeres überlegen sollen. Thomas lacht.

„Ich vermisse dich, Julia. Auf Kos war es so schön mit dir."

„Ja, das war es."

„Morgen habe ich leider ein geschäftliches Essen, aber wie wäre es am Freitag?" Ich nicke. Dann wird mir klar, dass er das ja nicht sehen kann.

„Ja, gerne. Aber vielleicht in ein Restaurant mit größeren Portionen."

„Ich bemühe mich, diesmal etwas Sättigendes zu finden."

„Äh, Thomas?"

„Ja?"

„Können wir vielleicht in Zukunft auf solche Events wie am Samstag verzichten?" Er lacht wieder sein leises angenehmes Lachen.

„Wieso, das Ende war doch sehr schön."

„Ja, das war es."

„Aber ich verstehe, was du meinst, Julia. Die ganze Situation hatte schon etwas sehr seltsames an sich." Erleichterung macht sich in mir breit, dass er das auch so empfunden hat.

„Sag mal. Wieso muss ich eigentlich so viele Akten kopieren?"

„Wieso kopieren?"

„Na ja, Veronique will andauernd Kopien deiner Fälle haben."

„Lass uns das nicht am Telefon besprechen, Julia. Lass uns lieber über uns reden."

Und das tun wir dann auch, sehr leise und mit viel Kichern. Also er redet leise und ich kichere dabei.

43.

Am nächsten Tag rufe ich als erstes sämtliche Nummern, die ich unter Veroniques Anschluss gefunden habe, an. Bei den französischen Nummern habe ich dann einfach so getan, als ob ich mich verwählt habe. Manche Mandanten kenne ich auch noch und unterhalte mich kurz mit den Assistenten. Ich gebe einfach vor, dass ich zurückrufe, denn meistens wissen die Leute auch nicht mehr, ob sie einen angerufen hatten. Wir sprechen kurz über Belanglosigkeiten, aber bei keinem Telefonat finde ich heraus, wieso diese Fälle so interessant für Veronique sein könnten. Eine der französischen Nummern kommt mir bekannt vor, die hebe ich mir für den Schluss auf und sehe in Thomas Adressenliste nach. Tatsächlich handelt es sich um die Kanzlei ihres Vaters! Na gut, da brauche ich jetzt nicht anzurufen. Es macht ja durchaus Sinn, dass sie ihren Vater mal anruft, aber eigentlich könnte sie das ja auch nach Feierabend machen.

„Guten Morgen, Julia. So früh schon da?", fragt Thomas erstaunt.

Ich schaue auf die Uhr, es ist bereits halb neun. Ihm scheint immer noch nicht klar zu sein, wann ich zu arbeiten anfange. Immerhin habe ich bereits die meisten Leute unter den Nummern aus Veroniques Telefon erreichen können. Und sie ist auch noch nicht da.

„Hallo Thomas."

„Ich habe noch mal über die Kopien nachgedacht, auf die du mich gestern angesprochen hast. Veronique soll sie einfach im Original durcharbeiten. Ich spreche später mal mit ihr."

Um zehn Uhr kommt Veronique reingestürmt. Sie trägt ein kurzes knappes, aber leider auch sehr schickes, rotes Kostümchen.

„Entschuldigt bitte! Ich habe verschlafen! Aber ich habe Frühstück mitgebracht!", ruft sie und wedelt mit einer Bäckertüte rum, als sie in Thomas Büro verschwindet. Tja, scheint wohl ein Frühstück für zwei zu sein.

„Zwei Kaffee, bitte, Julia!", flötet sie noch, bevor sie die Tür schließt.

Ich brauche dringend einen neuen Job, lange kann ich mir das nicht mehr mit ansehen, ohne zu explodieren. Allerdings weiß ich dann gar nicht mehr, was da zwischen den beiden abläuft. Aber das weiß ich jetzt auch nicht unbedingt.

Die Anwälte gestern in meinem Vorstellungsgespräch waren zu zweit, auch Vater und Sohn. Anscheinend war die Kanzlei anfangs ein Familienbetrieb, der dann aber expandiert ist. Die anderen Anwälte habe ich nicht kennengelernt, aber die beiden waren schon mal sehr nett. Sie wirkten ganz angetan, als sie gehört haben, dass ich bereits seit fünf Jahren für einen Immobilienanwalt arbeite. Vielleicht ist das mein Plus gegenüber den anderen Bewerbern. Es kann auch nichts schaden, Thomas zu zeigen, dass ich andere Möglichkeiten habe, also, sollte ich eine Zusage bekommen. Sie meinten, sie würden sich zeitnah melden, da sie wirklich dringend jemanden brauchen. Blöderweise habe ich natürlich eine Kündigungsfrist von acht Wochen, aber das werden die anderen ja auch haben, wenn nicht sogar noch länger. Berti hat sogar vier Monate, Al allerdings nur vier Wochen. Die Fluktuation in seiner Firma ist auch enorm und er mittlerweile beinah der Dienstälteste zwischen lauter jungen Absolventen. Kein Wunder, dass er sich dort nicht mehr wohlfühlt. Die beiden planen, eine Zeitarbeitsfirma aufzumachen, so viel haben sie mir bis jetzt schon mal verraten. Vielleicht kann ich mich dann bei ihnen bewerben, wenn ich gar nichts finde.

Um vier Uhr nachmittags kommt Thomas aus seinem Büro, hinter ihm steht Veronique. Irre ich mich oder grinst sie in meine Richtung?

„Äh, Julia, ich habe mal mit Veronique wegen der Kopien gesprochen. Sie sagte mir, sie habe dich nicht darum gebeten. Was wolltest du denn mit den Kopien, Julia?" Was ist das denn plötzlich? Worauf will er hinaus? In meinem Kopf rast und flimmert es vor den Augen.

„Ich verstehe nicht ganz. Wieso sollte ich dich denn dann darauf ansprechen, wenn ich die Kopien selbst haben wollte? Und wofür sollte ich sie verwenden?"

„Na, du hast dich doch bei dieser großen Kanzlei beworben, Julia", flötet Veronique und mein Blut gefriert zu Eis. Woher weiß sie das? Erstaunt blickt mich Thomas an, sein enttäuschter Gesichtsausdruck bricht mir das Herz.

„Du hast dich beworben?" Beißend, beinah zischend kommen seine Worte heraus. Wieso habe ich nicht schon vorher mit ihm darüber gesprochen? Dann wüsste er wenigstens Bescheid und würde es nicht auf diese Art und Weise erfahren.

„Ja, es stimmt", stammele ich, was blöderweise wie ein Schuldeingeständnis aussieht. „Aber was soll ich denn dann mit den Kopien deiner Akten?"

„Das ist doch offensichtlich!", ruft Veronique. „Du erhoffst dir einen Job, indem du der Kanzlei Klienten nennst. Vielleicht vertreten sie sogar die Gegenseite und haben dadurch Insiderinformationen."

„Julia, das ist ernst. Hast du irgendwelche Kopien weitergegeben?"

„Natürlich nicht!" In mir macht sich ohnmächtige Wut breit. „Seit fünf Jahren arbeite ich für dich, Thomas! Und jetzt auf einmal, nachdem ich dich selbst auf die Kopien aufmerksam gemacht habe, soll ich so etwas machen? Wieso jetzt auf einmal? Und noch mal: Veronique hat mich um die Akten gebeten! Gestern erst bist du doch mit einer vollen Tasche mit Akten ins Büro reingekommen, Veronique!"

„Ja, um sie durchzuarbeiten. Aber das waren alles Originale. Wieso soll ich denn Kopien mit nach Hause nehmen? Das ist doch Papierverschwendung!" Sie hat doch tatsächlich den Schneid, entrüstet zu klingen.

„Die Akten sollen im Büro bleiben, Vero."

„Das war mir nicht klar, Thomas. Ich habe abends noch weiter daran gearbeitet. Und du warst doch so überzeugt von meinen guten Vorschlägen, oder?" Thomas nickt.

„Denk bitte in Zukunft daran, Vero. Und du Julia: Mach bitte keine weiteren Kopien meiner Akten!" Wutentbrannt setze ich mich wieder an meinen Schreibtisch. Die beiden ziehen in Thomas Büro ab.

In mir steigen Tränen hoch, aber diese Genugtuung will ich hier niemandem geben, die spare ich mir für abends auf.

Und eigentlich nutzt es doch auch nichts. Das Gefühl, verloren zu haben, macht sich in mir breit. Ob ich auch Thomas verloren habe, bleibt abzuwarten, aber vielleicht will ich das gar nicht abwarten, so mies wie sich Thomas mir gegenüber verhalten hat!

44.

"Wow! Dieses Miststück schreckt wirklich vor nichts zurück!", sagt Al entgeistert.

Heute treffen wir uns alle mal zur Abwechslung in seiner Wohnung. Die beiden sitzen auf der Couch inmitten von plüschigen Kissen. Die hat seine Großmutter mit der Hand bestickt, hat Al damals behauptet, als wir sie wegen ihrer Kitschgefahr kritisch angemerkt haben. Ich hocke mich auf den Teppich und verrenke mir dabei beinah den Nacken, um die beiden anzusehen.

Ich habe dieses Notfallmeeting einberufen, wobei ich das nicht so genannt hätte, aber die beiden arbeiten einfach schon zu lange für Wirtschaftskonzerne und da heißt das dann immer Meeting mit einer passenden Bezeichnung davor. Es ist auch ein Notfallruf gewesen, wenn man so will. Ich habe heulend ins Telefon geschluchzt und Berti hat mich einfach zu Al beordert, weil sie ohnehin gerade da war.

„Julia, vielleicht solltest du dagegen vorgehen. Kannst du diese Vero-Schlampe nicht verklagen?", fragt Al, was für ihn beinah mitfühlend rüberkommt.

„Ich befürchte, das kann ich nicht." In meinem Kopf hat sich das Chaos etwas gelegt, jetzt herrscht nur noch dumpfe Leere. Wahrscheinlich wegen der Trockenheit, denn in mir kann kein Wasser mehr sein, so viel wie ich heute geheult habe.

„Es steht Aussage gegen Aussage und wahrscheinlich glaubt Thomas einer Juristin ohnehin mehr. Und ich weiß ja nicht, ob er auch weiterhin mit Veroniques Vater zusammenarbeiten will. Ich weiß überhaupt nicht, ob die beiden Kanzleien nicht eigentlich in Konkurrenz zueinanderstehen." Merkwürdig, dieser Gedanke ist mir bis jetzt noch gar nicht gekommen.

„Vielleicht planen sie eine Übernahme oder wollen ihm schaden!", rufe ich, doch dann stoppe ich jäh.

Mal im Ernst: Ich kann Thomas nicht helfen. Was soll ich schon tun? Veronique scheint mich jedenfalls aus dem Weg haben zu wollen, sie muss also etwas im Schilde führen.

„Also, irgendetwas ist definitiv im Busch bei den Franzosen", mutmaßt jetzt auch Berti, während sie sich gemütlich an Al lehnt. Die beiden geben wirklich ein hübsches Paar ab. „Und diese Verona will dich ausschalten. Das kann nur bedeuten, dass du ihr gefährlich werden kannst."

„Aber wie denn?", frage ich ratlos und bewege mich ein bisschen auf dem Teppich, weil meine Beine anfangen, einzuschlafen.

„Du hast doch ein paar der Telefonnummern aus Veroniques Telefon angerufen. Was haben die Leute denn gesagt?", will Al jetzt wissen.

„Das hat leider nichts ergeben", sage ich enttäuscht. „Ich habe mit ein paar Assistenten geplaudert, mehr ist nicht dabei rausgekommen."

„Du brauchst einen neuen Job, Julia!" Ja, so weit bin ich auch schon.

„Die wollten sich melden", sage ich hilflos.

„Du könntest nächsten Dienstag anrufen. Nach einer Woche mal nachzufragen, sollte ok sein", überlegt Berti. „Wenn sie wirklich dringend jemanden brauchen, werden sie schnell eine Entscheidung fällen. Hast du noch weitere Bewerbungen geschrieben?"

„Nein, es waren einfach keine passenden Stellen da. Und wieso soll ich da anrufen. Wirkt das nicht sehr aufdringlich?"

„Vielleicht bringt es deine Bewerbung wieder nach oben. Du hast doch erzählt, dass sie von vielen Bewerbern gesprochen haben. Du musst dich irgendwie hervortun und sei es nur, indem du noch mal nachfragst und sie deine Bewerbung noch einmal hervorholen und sie dann ganz oben auf dem Stapel liegt." Ok, vielleicht hat Berti recht. Schließlich arbeitet sie ja in der Personalabteilung.

„Danke für den Tipp, Berti. Ich werde am Dienstag anrufen. Wie läuft es mit euren Plänen?"

„Ach, wir werden ein Start-up gründen, aber erstmal unsere Jobs behalten und zweigleisig arbeiten", meint Berti. Aber ich kann sehen, dass die beiden eigentlich lieber allein sein möchten. War ja auch lieb von ihnen, ihre traute Zweisamkeit für mich zu unterbrechen.

„Noch einen schönen Abend euch beiden. Danke fürs Zuhören." Die beiden murmeln irgendetwas, aber so richtig kriegen sie gar nicht mehr mit, dass ich aufstehe und gehe.

Ich seufze, schnappe mir meine Handtasche und laufe zur Straßenbahn.

Milde Juniluft empfängt mich draußen auf der Straße und erinnert mich an Kos, wenngleich auch mit weniger Meeresgeruch und leider auch weniger Leichtigkeit.

45.

„Hallo, Julia", sagt Thomas mit einem seltsamen Unterton in der Stimme. Es ist gerade mal 8 Uhr früh und ich bin auch erst seit fünf Minuten da.

„Guten Morgen, Thomas." Argwöhnisch betrachte ich seine ernsten Augen, die mich intensiv mustern.

„Ich habe gehofft, dass du schon da bist, Julia, denn ich wollte allein mit dir sprechen. Gestern hat mich ein Mandant darüber informiert, dass er zu einer anderen Kanzlei gewechselt hat. Er hätte gehört, dass wir in letzter Zeit etliche Fälle verloren haben. Kannst du mir bitte sagen, wie er darauf kommt?" Am frühen Morgen so eine Keule, ich bin wie vor den Kopf geschlagen.

„Wie kommt er denn darauf?"

„Das möchte ich von dir wissen, Julia. Erst die Kopien, von denen du behauptest, dass Vero sie angeblich angefordert hat. Dann kündigt mir aus heiterem Himmel ein Mandant wegen irgendwelcher Gerüchte, die er gehört hat."

„Thomas, jetzt mal ehrlich. Ich bin deine Assistentin, wieso sollte denn ein Mandant etwas darauf geben, was ich ihm erzähle? Hast du Veronique mal gefragt? Sie hat in letzter Zeit viele deutsche Nummern angerufen, vielleicht hat sie auch mit diesem Mandanten gesprochen?"

„Das ist jetzt aber kein schöner Zug von dir, Julia. Das ist doch gar kein Fall, mit dem Vero etwas zu tun hat. Und du hast dich gerade erst beworben. Vielleicht hat der Mandant *dorthin* gewechselt?" Sein Ton wird immer schneidender und ich werde immer wütender.

„Ich würde es sehr begrüßen, wenn du diese Anschuldigungen sein lassen könntest, Thomas! Oder hast du irgendwelche Beweise für deine Frechheiten!"

„Frechheiten! Mir gefällt dein Ton mir gegenüber nicht, Julia. Nur, weil wir privat miteinander verkehren, heißt das noch lange nicht, dass du dich mir so gegenüber benehmen darfst!" Irgendwie habe ich den Faden verloren. Wieso genau schreien wir uns gerade an?

„Ich habe keine Ahnung, was du von mir willst, Thomas. Es stimmt, ich habe die Kopien gemacht, aber im Auftrag von Veronique. Ja, ich habe mich beworben, und zwar genau aus diesem Grund. Ich möchte nicht für dich arbeiten und dich gleichzeitig privat treffen. Das kann auf die Dauer nicht gut gehen."

„Wäre da immer noch der Mandant, der plötzlich zu einer anderen Kanzlei gewechselt hat. Hast du die neue Stelle schon?" Sein kühler Ton lässt mich aufhorchen.

„Sie wollten sich melden, das haben sie bis jetzt aber noch nicht getan." Und nicht, dass dich das auch nur irgendetwas angeht!

„Ich möchte dir nichts verbauen und sicherlich ist ein beruflicher Abstand zwischen uns auch sinnvoll. Aber wenn das stimmt, dann muss ich dich verklagen und dann wirst du nicht mehr als Anwaltsgehilfin arbeiten können." Seine Worte stehen im Raum und stechen wie Schwerter in mein Herz. Schwarze Punkte sammeln sich vor meinen Augen oder sind das Tränen? Hoffentlich nicht, ich werde jetzt doch nicht anfangen, zu flennen.

„Wenn du so darüber denkst, dann feuere mich doch einfach. Du scheinst kein Vertrauen zu mir zu haben. Dann beende das doch jetzt und hier. Aber wenn du kein Vertrauen mehr beruflich in mich hast, dann gibt es privat für uns auch keine Zukunft mehr. Ich will nicht, dass mich mein Freund für eine Kriminelle hält, die nur ihren persönlichen Vorteil sieht und dabei über Leichen geht. Das überlasse ich anderen."

Ich deute mit meinem Kopf in Richtung Veronique, die anscheinend irgendwann gekommen ist, sich aber so leise verhalten hat, dass ich sie erst jetzt bemerke. Auch gut, sie kann das Schlachtfeld haben, samt der Trophäe.

„Julia. So wollte ich das auch nicht ausdrücken", stammelt Thomas verwirrt, aber mir reicht es.

Mein Magen hat sich auf einmal deutlich entkrampft. Die ganze Zeit über hatte ich das Gefühl, dass irgendetwas passieren wird. Dass es jetzt tatsächlich passiert ist, ist schrecklich, aber zumindest ist der schwere Stein im Bauch etwas leichter geworden.

„Schick mir doch meine Kündigung per Post zu, die Adresse hast du ja."

Mit diesen Worten rausche ich an Thomas, an Veronique und meinem alten Leben vorbei in mein neues Leben. Leider in eines ohne Job und ohne Thomas.

46.

Nachdem ich den Rest des Tages draußen herumgewandert bin, beschließe ich, Thomas eine E-Mail zu schreiben:

Sehr geehrter Herr Börger,
hiermit nehme ich meinen bestehenden Resturlaub von 16 Tagen ab sofort.
Mit freundlichen Grüßen
Julia Andacht

Auf diese Mail schreibt mir Thomas direkt zurück:

Sehr geehrte Frau Andacht,
eigentlich hätten Sie den Urlaub früher anmelden müssen, doch in Anbetracht der Umstände akzeptiere ich Ihren Vorschlag.
Mit freundlichen Grüßen
Thomas Börger

Ich koche vor Wut, vor allem, weil er direkt nach der Mail versucht, mich anzurufen, aber ich drücke ihn weg. Worüber will er bitte mit mir reden. Schließlich sind wir jetzt wieder beim Sie!

Am nächsten Tag versucht er, mich anzurufen, aber kurzentschlossen blockiere ich seine Nummer. Ich habe keine Lust mehr, über diese haltlosen Anschuldigungen zu sprechen oder dass er gnädiger Weise bereit ist, darüber hinwegzusehen. Nein! Wenn er mir so etwas zutraut, dann scheint er ja wenig von mir zu halten.

Bei Berti und Al habe ich mich auch nicht wieder gemeldet. Ich weiß selbst nicht wieso. Weil es dann real wird, seufzt meine innere Stimme sanft.

Am darauffolgenden Tag renne ich einfach draußen rum. Regen wäre gut, das würde besser zu meiner Stimmung passen, aber natürlich kommt jetzt, wo ich ihn endlich mal erwarte, keiner. Stattdessen macht sich strahlender Sonnenschein an einem wolkenlosen Junihimmel breit, auf das Wetter ist einfach kein Verlass.

Irgendwie tragen mich meine Füße automatisch weiter, beinah mechanisch. Völlig verwirrt stehe ich plötzlich am Eingang des Friedhofs. Wie lange ist das her, dass ich hier gewesen bin? Bestimmt schon fünf Jahre. Ich gehöre halt nicht zu den Leuten, die ständig mit Gräbern quatschen. Heißt es nicht, die letzte Ruhestätte oder so ähnlich? Dann sollte man die Leute auch besser ruhen lassen.

Trotzdem laufe ich weiter, den gekiesten Weg entlang. Blumenduft empfängt mich, alles ist bunt und so unheimlich friedlich, außer dem Vogelgezwitscher. Ohne nachzudenken, schlage ich den richtigen Weg ein, anscheinend kenne ich ihn immer noch. Und dann stehe ich vor dem Grab meiner Mutter, das meiner Großmutter liegt daneben, die anderen Gräber meiner Familie existieren schon lange nicht mehr. Mein Vater muss ein Vermögen für die Grabpflege ausgeben, beide Gräber sind tadellos gepflegt. Leider habe ich keine Blumen dabei. Nachdenklich starre ich auf den Stein meiner Mutter.

Juliane Andacht geb. Pawlowski. Ich glaube, meine Mutter war eher froh darüber, dass sie ihren Nachnamen losgeworden ist, wobei ich Andacht irgendwie auch nicht so originell finde. Und dass sie mir quasi ihren Vornamen in Kurzform gegeben hat, habe ich auch eher als kreativlos empfunden. Ich hätte lieber einen eigenen Namen bekommen.

Wie wohl Börger klingen würde? Julia Börger, vielleicht auch nicht so toll, aber schließlich keine Option mehr, wie mir dann wieder einfällt.

Traurigkeit macht sich in mir breit, auch wenn ich, seitdem ich mit meinem Vater geredet habe, besser mit allem fertig zu werden scheine oder zumindest schien. Die Lücke ist immer geblieben. Ich warte auf eine innere Eingebung, irgendetwas, um mir einen Grund dafür zu geben, hierhergekommen zu sein. Doch nichts tut sich auf in mir.

Seufzend gehe ich wieder nach Hause.

Doch zu Hause angekommen, kommt mir plötzlich ein Gedanke und ein schlechtes Gewissen beginnt, sich in mir breit zu machen. Nein, nicht, dass ich unter Thomas und mich einen Schlussstrich gezogen habe, das war unausweichlich. Trotzdem wünsche ich ihm nichts Schlechtes, und diese Veronique scheint nicht gut für ihn zu sein. Mittlerweile ist mir auch ein Verdacht gekommen, wem Veronique die Kopien zugesendet haben könnte: Ihrem Vater.

Zumindest könnte es sehr wahrscheinlich sein, schließlich sind die Kanzleien direkte Konkurrenten. So abwegig wäre es nicht, wenn ihr Vater den Mandanten abgeworben hat. Aber das ist eben etwas, das Thomas in seiner Gutgläubigkeit einfach nicht hat kommen sehen. Natürlich habe ich keine Beweise dafür, außer vielleicht dem Wissen, dass Veronique wirklich die Kopien bei mir angefragt hat. Aber wieso bei der Sache auf einen großen Unbekannten setzen, wenn es doch das Naheliegendste zu sein scheint. Veronique hat Thomas ausspioniert und ihrem Vater die Informationen zukommen lassen. Dann muss sie auch die Gerüchte über die verlorenen Fälle gestreut haben. Das würde zumindest die vielen deutschen Nummern, die sie angerufen hat, erklären. Und natürlich haben mir die Assistenten davon nichts erzählt. Klatsch verifiziert man schließlich nicht, man genießt ihn schweigend.

Jetzt ist nur die Frage, was ich mit meiner Theorie mache. Natürlich könnte ich meine Freunde anrufen, aber eigentlich ist auch das nicht das Zielführendste oder auch nur im mindesten hilfreich.

Kurzentschlossen greife ich zu meinem Telefon und setze mich dafür auf mein Sofa. Es hat auch Vorteile, das Telefon im Wohnzimmer stehen zu haben.

„Hallo Papa, wie geht es dir?"

„Julia, schön, dass du anrufst. Mir geht es ausgezeichnet."

„Ist eigentlich Herr Börger noch auf Kos?"

„Oh, er ist noch da", sagt mein Vater mit einem kleinen Lächeln in der Stimme, das mich sofort aufhorchen lässt.

„Wieso ist das so lustig?"

„Ach, eigentlich nicht lustig, sondern eher romantisch", kichert mein Vater, ein sehr befremdlicher Ton.

„Hat er wen kennengelernt?" Anscheinend hat der Senior-Börger seinen zweiten Frühling auf Kos entdeckt!

„Ich glaube, ja, zumindest telefoniert er die ganze Zeit mit Isa."

„Oh, mit Isa also!" Natürlich erinnere ich mich an Isa, aber sie und Herr Börger? Schwer vorstellbar.

„Apropos telefonieren, ich bräuchte seine Handynummer."

„Kein Problem, ich simse sie dir." Wieder so ein Wort, das ich noch nie aus dem Mund meines Vaters gehört habe. Kos scheint ihn ins 21. Jahrhundert katapultiert zu haben.

„Wie geht es dir, Julia?"

„Alles ok bei mir, Papa. Ich muss jetzt auflegen. Danke für die Nummer!"

Auch meinem Vater erzähle ich nichts weiter über die Sache mit Thomas und mir. Obwohl wir uns auf Kos nähergekommen sind, bin ich nach wie vor kein offenerer Mensch geworden. Ich habe einfach keine Erfahrung damit, meinem Vater etwas von mir zu erzählen und er scheint es auch nicht zu erwarten, denn er hat gar nicht nachgefragt, wieso ich Herrn Börgers Nummer haben will.

Dann rufe ich Herrn Börger an. Er geht sofort beim ersten Klingeln ran.

„Hallo?"

„Hallo Herr Börger, Julia Andacht hier."

„Frau Andacht? Ist etwas mit Thomas?"

„Wie man es nimmt. Er hat eine neue Angestellte."

„Ich weiß. Die Tochter eines französischen Kollegen."

„Genau. Ich, äh, musste für die Tochter Kopien machen, von etlichen Akten der letzten zwei Jahre. Und sie hat die Akten mit nach Hause genommen. Und jetzt ist plötzlich ein wichtiger Mandant abgesprungen und ich mache mir Sorgen." Nein, ich erzähle Herrn Börger nichts von

Thomas haltlosen Anschuldigungen, das braucht er nicht zu wissen. Mir ist noch nicht einmal klar, was ich von Herrn Börger erwarte und was ich glaube, was er tun könnte.

„Und jetzt vermuten Sie, dass der französische Kollege etwas damit zu tun hat." Wahnsinn. Wieso ist Thomas Vater dieser Sachverhalt sofort klar und das ganz ohne, mich dabei zu beschuldigen!

„Ich befürchte es zumindest, aber natürlich fehlen mir die Beweise und ich habe auch keine Ahnung, wie man das Ganze überführen kann. Ich wollte Sie trotzdem informieren. Ich dachte, es wäre vielleicht gut, wenn Sie darüber Bescheid wissen."

„Danke, Frau Andacht. Haben Sie denn mit meinem Sohn darüber gesprochen?"

„Nicht so direkt. Er vertraut den Leuten, glaube ich, zu sehr." Darauf erwidert Herr Börger nichts mehr und da alles gesagt ist, legen wir kurze Zeit später wieder auf. Ich fühle mich keinen Deut besser, aber vielleicht habe ich ja etwas Gutes bewirkt.

47.

„Guten Tag. Spreche ich mit Frau Julia Andacht?"
„Am Apparat. Mit wem spreche ich bitte?"
„Kanzlei Haber und Haber, Haber am Apparat. Sie hatten ein Vorstellungsgespräch bei uns, letzten Dienstag."
„Oh, ja natürlich." Ich stocke und werde auf einmal ganz aufgeregt.
„Frau Andacht. Eigentlich mussten wir gar nicht lange überlegen, aber natürlich wollten wir uns erstmal die anderen Kandidaten anhören. Doch unser erster Eindruck wurde nicht überboten, also: Wann können Sie anfangen?" Ich schlucke. Wow, damit habe ich nach dem ganzen Desaster gestern einfach gar nicht gerechnet.
„Nun ja, ich habe natürlich eine Kündigungsfrist von 8 Wochen."
„Natürlich, dass hatten Sie ja bereits gesagt, Frau Andacht. Aber können bzw. wollen Sie denn überhaupt für uns arbeiten?"
„Ich bedanke mich erstmal für Ihre Zusage, Herr Haber. Allerdings würde ich gerne vorab den Vertrag lesen und mich dann entscheiden, wenn das für Sie in Ordnung ist?"
„Selbstverständlich, Frau Andacht, das ist mehr als in Ordnung. Wir sind Anwälte. Wir glauben nur Verträgen, nicht Personen", lacht er.
Er klingt sympathisch, wobei ich gar nicht hören kann, ob es sich um den Sohn oder um den Vater handelt.
„Den Vertrag schicken wir Ihnen so schnell wie möglich mit der Post zu. Sie haben dann vierzehn Tage Zeit, ihn zu unterzeichnen, aber ich

würde schon darum bitten wollen, dass Sie es schnell tun oder uns eben darüber informieren, wenn Sie ihn nicht unterzeichnen möchten." In mir brummt es.

„Selbstverständlich. Vielen Dank, Herr Haber!"

„Ich habe zu Danken. Bis hoffentlich bald, Frau Andacht!"

Ich lege auf und fange an, im Wohnzimmer auf und ab zu hüpfen. Dann greife ich zum Telefon.

„Können wir uns treffen?"

Nur zwanzig Minute später klingelt es an der Tür und davor steht Berti mit einer riesigen Einkaufstüte. Ich drücke sie.

„Danke, dass du so schnell gekommen bist, Berti!"

„Natürlich, dafür sind doch Freundinnen da!"

„Wo ist Al?" Eigentlich hatte ich ihn auch erwartet, bin aber doch irgendwie froh darüber, dass Berti allein gekommen ist.

„Ach was, das ist doch eine Mädelsangelegenheit. Was ist passiert? Erzähl mir alles." Und das tue ich.

Ich frage mich gar nicht, wieso Berti das sofort gewusst hat, schließlich sind wir schon so lange befreundet. Als ich mit Erzählen fertig bin, macht Berti tellergroße Augen. Sie sucht sogar erstmal nach Worten. Unglaublich!

„Also erstmal Herzlichen Glückwunsch zu deinem neuen Job, Julia!"

„Na ja, ich habe ihn noch nicht angenommen. Ich warte noch auf den Vertrag. Er soll mit der Post kommen."

„Ach was, der wird schon ok sein. Vielleicht sind die Konditionen sogar viel besser als bei den Börgers. Schließlich ist es ein viel größerer Laden als der Ein-Mann Betrieb, von dem du kommst."

„Ich bin gespannt darauf, wie die Konditionen sind."

„Aber was war das bitte zwischen Thomas und dir? Irgendwie habe ich das nicht verstanden. Ich meine, so blöd kann doch selbst ein Mann nicht sein, so einem französischen Miststück mehr zu glauben als dir!" Es tut so gut, mit Berti zu sprechen.

„Genau das hat mich ja so verletzt und natürlich auch, dass er mir überhaupt so etwas zutraut. Ich habe jetzt erstmal Urlaub eingereicht, obwohl ich den natürlich gut zum Ende meiner Kündigungsfrist in 8 Wochen noch hätte brauchen können."

„Das stimmt. Oder du marschierst morgen einfach wieder rein, knallst ihm die Kündigung auf den Tisch und sagst, du nimmst den Urlaub in 6 Wochen."

„Das ist eine sehr gute Idee, Berti. Das mache ich!"

Doch am nächsten Tag um sieben Uhr früh, ich bin noch gar nicht fertig, steht ein Kurier vor meiner Tür. Als ich den Brief öffne, steht da, dass ich fristlos entlassen bin, da man keine weitere Zusammenarbeit mit mir sähe, denn das Vertrauensverhältnis sei nicht mehr gegeben. Die Kündigung ist zum 1. Juli wirksam, mein Zeugnis würde demnächst mit der Post verschickt werden. Die Worte verschwimmen vor meinen Agen.

Ich bin völlig fassungslos! Wie vor den Kopf geschlagen rasen meine Gedanken runter und wieder rauf. Wieso hat er das gemacht? Kann er das so einfach machen? Kann ich mich dagegen wehren? Ich brauche einen Anwalt!

Zitternd hocke ich mich an meinen Küchentisch, doch ich kann niemanden anrufen, denn Al und Berti arbeiten bereits und leider habe ich keinen weiteren Rechtsanwalt zur Hand.

Aber eigentlich habe ich ja bereits die Zusage für den neuen Job, fällt mir eine Stunde später und nach viel Kräutertee wieder ein. Stimmt, dann müsste ich einfach nur die nächsten beiden Monate überbrücken. Schließlich kann ich schlecht bei meinem neuen Arbeitgeber erscheinen und mitteilen, dass ich ab sofort zur Verfügung stehe, weil ich fristlos entlassen wurde. Das geht doch nicht, oder doch?

Mal angenommen, Veronique ruft in der Kanzlei an. Schließlich wusste sie auch, dass ich mich beworben habe, woher sie das auch immer weiß. Was, wenn sie dort erzählt, dass ich Mandantenakten missbraucht habe oder gar Mandanten abgeworben habe. Auf der anderen Seite wüsste ja die neue Kanzlei, dass sie niemand neues haben, aber trotzdem. Das ist alles eine Sache der Ausdrucksweise. Ich grübele und grübele und komme schließlich zu dem einzig möglichen Ergebnis: Farbe bekennen, dem Ganzen den Boden entziehen, bevor es mich von hinten anspringt!

48.

„Guten Morgen. Mein Name ist Julia Andacht", stelle ich mich vor. Eine Dame mittleren Alters (komischer Ausdruck, eigentlich habe ich keine Ahnung, wie alt sie ist) kommt auf mich zu.

„Guten Tag, Frau Andacht. Ist etwas mit Ihrem Vertrag nicht in Ordnung? Eigentlich kann der noch gar nicht bei Ihnen sein." Merkwürdig, damit habe ich gar nicht gerechnet, dass bereits die ganze Kanzlei Bescheid weiß.

„Nein, äh, darum geht es nicht. Ich würde gerne mit Herrn Haber sprechen, wenn es geht." Die Dame runzelt die Stirn, schaut mich jedoch neugierig an.

„Mit welchem Herrn Haber möchten Sie denn gerne sprechen, Frau Andacht?" Ich werde ganz verlegen. Vielleicht hätte ich das Ganze vorher besser durchdenken sollen, denn jetzt weiß ich gar nicht mehr so richtig, was ich sagen möchte.

„Egal. Vielleicht mit dem Herrn Haber, der mich angerufen hat, falls Sie das wissen." Die Dame nickt.

„Ich führe Sie dorthin."

Und damit läuft sie auch schon zielstrebig auf eine weiße Tür von vielen weißen Türen zu, an der J. Haber steht. Dann klopft sie und öffnet die Tür.

„Passt es gerade?", fragt sie leise in den Raum hinein, doch trotzdem kann ich es hören. Das Grunzen darauf kann ich jedoch nicht verstehen, doch schon kommt sie wieder zurück zu mir.

„Herr Haber hat ein paar Minuten Luft. Kommen Sie bitte." Zögernd folge ich ihr und gehe hinein. Ich erkenne sofort den älteren Herrn Haber.

„Hallo, Frau Andacht. Haben Sie irgendwelche Fragen wegen Ihres Vertrags?" Er zeigt auf einen Stuhl gegenüber von seinem Schreibtisch. „Bitte setzen sie sich doch. Möchten Sie etwas trinken?" Ich nicke.

„Ja, sehr gerne ein Glas Wasser."

„Was kann ich denn nun für Sie tun?", fragt er, nachdem er einen Kaffee und ein Glas Wasser über die Telefonanlage bestellt hat.

„Es ist so", beginne ich.

Ich bin mir immer noch nicht so sicher, ob das eine gute Idee war. Doch dann purzeln die Worte nur so raus aus mir, ich kann gar nicht mehr aufhören zu reden. Ich erzähle nicht nur von der fristlosen Kündigung, auch von den Anschuldigungen gegen mich und dass ich befürchten muss, dass diese hier öffentlich gemacht werden und ich Angst habe, dass mein neues Arbeitsangebot deswegen platzt. Herr Haber zuckt merklich zusammen bei diesen Worten.

„Aber Frau Andacht, wir hätten Sie doch zumindest angehört, wenn wir so etwas über sie hören würden." Verzweifelt zucke ich mit den Schultern.

„Ich wollte Sie lieber von mir aus darüber informieren, denn selbstverständlich habe ich gar nichts damit zu tun. Ich habe Ihnen doch auch keine Akten ausgehändigt."

„Natürlich haben Sie das nicht, Frau Andacht. Haben Sie denn einen Verdacht?"

„Ja, aber darüber möchte ich mit Ihnen nicht sprechen."

„Natürlich, kein Problem. Ich schätze Ihren Mut, dass Sie uns im Vorfeld darüber informieren. Und wenn ich recht in der Annahme gehe, brauchen Sie sofort einen neuen Job, nicht wahr?"

Verdutzt schaue ich in seine wässrigen blauen Augen. Seine grauen Haare sind etwas zu lang, das Gesicht zeigt schon ein paar kleine Falten. Seine Augen wirken durchdringend, aber auch freundlich. Bestimmt ist er ein sehr guter Anwalt. Ein wenig erinnert er mich an Herrn Börger

Senior, der hat schließlich auch sofort kapiert, dass es jemand auf mich abgesehen hat.

„Ja, das stimmt natürlich. Aber deswegen bin ich nicht heute hierhergekommen." Er nickt.

„Das ist schon ok. Wenn Sie wüssten, was mir als Anwalt bereits alles untergekommen ist. Ich gehe mal nach Ihrem Vertrag schauen, der sollte eigentlich heute rausgeschickt werden, aber vielleicht haben wir Glück."

Damit erhebt er sich und wandert aus seinem Büro. Ich habe Mühe, so schnell hinterherzukommen, weil ich völlig platt bin. Mein Nervengerüst liegt blank, die letzten Tage gleichen einer Achterbahnfahrt.

„Der Vertrag von Frau Andacht? Ist der schon raus?", fragt er jetzt eine sehr junge Dame, die nicht älter als sechzehn aussieht, bestimmt eine Praktikantin.

„Den habe ich gerade rausgeschickt", antwortet sie und man merkt sofort, dass sie Angst hat, etwas falsch gemacht zu haben.

„Wunderbar, dass Sie sich so schnell darum gekümmert haben, Frau Lambert. Leider habe ich noch einen Fehler im Vertrag entdeckt, könnten Sie ihn bitte aufrufen?"

Das Mädchen nickt eifrig, die Angst scheint schon weniger geworden zu sein. Was doch so eine ruhige Kommunikation ausmachen kann. Sofort bewundere ich Herrn Habers besonnene Art. Dann weist er ihr an, das Eintrittsdatum auf den ersten Juli zu setzen.

„Bitte ausdrucken, ich unterschreibe es dann sofort. Frau Andacht, setzen Sie sich doch bitte hier auf den Stuhl und lesen den Vertrag aufmerksam durch. Eventuell haben sich noch mehr Fehlerteufel eingeschlichen, das kommt ja schließlich in den besten Kanzleien vor." Er grinst mir zu und ich grinse unbeholfen zurück.

49.

„Guten Morgen, Julia!", tönt es von überall her, während ich zu meinem Platz laufe, der zusammen mit den anderen Schreibtischen in dem großen Eingangsraum steht. Dahinter gehen die Türen ab, die zu den Büros der Anwälte führen. Auf dem Fußboden liegt zum Glück ein dunkelgrauer Teppichboden, sonst würde es wahrscheinlich doch sehr laut hier werden. Zusammen mit den weißen Tischen erinnert es ein wenig an diese amerikanischen Serien, in denen die immer bis mindestens Mitternacht sitzen und arbeiten. So schlimm ist es hier jetzt nicht.

Der neue Job ist wirklich ganz ok, vielleicht sogar ein bisschen mehr, aber das kann man nach nur zwei Wochen schließlich noch nicht so sagen oder sollte man auch nicht, denn am Anfang genießt man sicherlich eine Art Welpenschutz.

Positiv ist ganz sicherlich, dass ich direkt mit nur einer Straßenbahn zur Arbeit fahren kann, allerdings kann ich hier nicht früher anfangen zu arbeiten. Wir fangen alle um Punkt 8 Uhr an und arbeiten bis mindestens 16 Uhr. Bei Thomas habe ich mich irgendwie flexibler gefühlt, schon deshalb, weil ich mit niemandem verglichen werden konnte. Ich habe allerdings noch nicht so herausbekommen, ob wir alle in Konkurrenz zueinanderstehen, denn natürlich gibt es eine Hierarchie zwischen uns Assistenten. An erster Stelle steht sicherlich Insa. Sie ist die Assistentin des alten Herrn Haber und bitte auch nur Herrn Haber,

Senior. Ansonsten „übernimmt" sie höchstens mal, wenn Not am Mann ist. Die Rangzweite ist Marlene. Ich würde ja gerne Marlene heißen, den Namen mochte ich schon immer, und Marlene ist einfach nur ein Goldschatz. Sie ist am längsten hier. Mit ihren knappen 60 Jahren schätze ich so ähnlich alt wie Herrn Haber-Senior ein. Keine Ahnung, wieso dann Insa die Chefassistentin ist, aber Marlene macht eben alles. Sie ist seit dreißig Jahren da, so lange wie es eben die Kanzlei gibt. Sie hat damals mit Herrn Haber, Senior, die Kanzlei aufgemacht. Merkwürdig, dass dann später Insa den Job übernommen hat. Vielleicht kann ich den Hintergrund dazu später mal in Erfahrung bringen. Das tollste an Marlene ist, dass ich sie nach allem fragen kann und sogar Antworten darauf bekomme.

Nach den beiden kommen wir anderen. Wir machen das, was anfällt und arbeiten für denjenigen von den anderen 5 Anwälten, der uns gerade braucht. Das Schwierige daran ist, dass es so unterschiedliche Arbeitsstile gibt, unterschiedliche Formulierungen und eben auch Temperamente.

„Frau Lambert, in mein Büro!", tönt es aus dem Büro von Herrn Poeschel, Pardon, Herr Dr. Poeschel bitte, so viel Zeit muss sein. Lissy Lambert, die Praktikantin, die ich ja bereits kennengelernt habe, als ich meinen Vertrag bekommen habe, flitzt auch sofort zu Herrn Dr. Poeschel rein. Irgendwie flitzt sie immer nur oder zittert. Ich frage mich, wie sie ihr Studium bewältigt, wenn sie so unsicher ist. Und wie will sie mal später als Anwältin arbeiten, wenn sie sich so leicht aus dem Konzept bringen lässt.

Ich nicke grüßend in alle Richtungen. Eigentlich genieße ich es schon, nicht mehr allein in eine Kanzlei zu kommen, allein bin ich schließlich zu Hause schon genug. Hier ist immer etwas los, es ist immer jemand da und das vertreibt meine innere Leere, die leider abends immer in mir hochkommt.

Thomas hat sich nicht wieder gemeldet. Geht ja auch schlecht, ich habe ihn blockiert. Herr Börger, Senior, hat sich auch nicht wieder gemeldet, mein Vater hat mir jedoch verraten, dass er abgereist ist. Ich habe den Senior-Börger auch nicht wieder angerufen, denn schließlich habe ich mit dieser Kanzlei nichts mehr zu tun. So hart das auch klingen mag, ich kann nichts mehr für Thomas tun. Ich wüsste auch gar nicht, was. Nach der fristlosen Kündigung habe ich auch kein Bedürfnis mehr, etwas geradebiegen zu wollen. Soll er doch sehen, wo er bleibt. Paris vielleicht.

Aber es tut weh, innen drin geht es mir furchtbar und ich kann mit Al und Berti nicht darüber sprechen. Schließlich sind die beiden frisch verliebt und das auch noch ineinander, da passe ich einfach nicht hinein. Neue Freunde wären schön, aber die wachsen leider nicht auf der Straße. Die Leute hier, in der neuen Kanzlei, sind alle ok, doch die meisten sind eher für sich. Es werden keine gemeinsamen Mittagspausen gemacht und um vier Uhr nachmittags verabschieden wir uns zwar, aber es gibt keine Treffen außerhalb des Büros. Muss es ja auch nicht, wir sind ja schließlich alle zum Arbeiten hier, aber ich habe keine Ahnung, wann und wo ich genau neue Freunde und vielleicht auch noch einen neuen Freund kennenlernen soll.

Also mache ich jetzt jeden Tag nach der Arbeit einen Spaziergang zum Friedhof. Die Ruhe dort macht meinen Kopf frei und es tut gut, einfach nichts zu denken, sondern lediglich den Duft der Blumen einzuatmen und dem Vogelgezwitscher zu lauschen. Natürlich rede ich nicht mit meiner Mutter, da sehe ich keinen Sinn drin. Trotzdem hatte ich den Einfall, Herrn Börger anzurufen, direkt nachdem ich vom Friedhof kam. Also vielleicht findet doch sehr viel auf der unterbewussten Ebene statt, ohne direkt darüber reden zu müssen.

Die Juliluft ist beinah heiß, trotzdem ist sie hier auf dem Friedhof angenehmer zu ertragen als in der Stadt. Die Sonne brennt auf mich herab. Keine einzige Wolke ist am Himmel. Freitag und ein langes einsames Wochenende liegen vor mir. Mein Handy klingelt und zerreißt die friedvolle Ruhe.

50.

„Guten Tag, Herr Börger. Herzlichen Dank für die Einladung!"

Es ist Samstag. Der gestrige Anrufer war Thomas Vater, der mich für heute zum Essen in sein Haus eingeladen hat. Zuerst habe ich gezögert, denn das ist schon eine sehr merkwürdige Konstellation, so eine Einladung beim Vater des Ex-Chefs Schrägstrich Ex-Freund. Doch er hat mir versichert, dass er Neuigkeiten hat und dass er sich bei mir bedanken will. Einmal, dass ich ihn über Thomas informiert habe, aber auch, dass ich ihn trotzdem mit nach Kos mitgenommen habe und dass, obwohl er keine Funktion bei der Fahrt hatte und dass dieses Dankeschön ja schon längst überfällig sei. Ich war so überrumpelt über seine Überschwänglichkeit, dass ich einfach zugesagt habe und hier stehe ich nun: In meinen üblichen Businessklamotten, einer weißen Bluse und einer dunkelblauen Anzughose, denn alles andere wäre mir zu privat vorgekommen.

Ich habe lange überlegt, was man zu so einer Einladung für eine Aufmerksamkeit mitbringt. Schließlich scheiden Blumen für einen alleinstehenden Herren sofort aus, blieben also Pralinen oder ein Gutschein. Ich habe ihm dann einfach einen neuen Thriller gekauft, von dem er auf der Fahrt gesagt hat, dass er noch nicht weiß, ob er ihn überhaupt lesen will, weil der so gehypt wird und schon deshalb wahrscheinlich mordsschlecht sein wird.

„Schön, dass Sie es einrichten konnten, Frau Andacht."

Ich folge ihm in sein Haus, wahrscheinlich das Haus, in dem Thomas aufgewachsen ist. Neugierig schaue ich mich um. Die Wände sind in einem warmen Beige gestrichen, viele Fotos hängen an den Wänden, die Möbel sind hell, hat wahrscheinlich noch Thomas Mutter ausgesucht. Zielsicher läuft Herr Börger durch sein Wohnzimmer und ich versuche, ihm schnell zu folgen.

In einer Ecke steht ein großer Tisch mit weißer Tischdecke und ist fertig eingedeckt mit weißen tiefen Tellern. Auf dem Tisch steht eine riesige weiße Terrine, die gar nicht altbackener auf mich wirken könnte. Doch dann gefriert mir das Blut in den Adern, als ich plötzlich eine bekannte Stimme höre.

„Hallo Julia."

Ich drehe mich um, doch leider habe ich mich nicht getäuscht. Thomas kommt auf mich zu und er sieht einfach nur hinreißend aus in einem weißen Hemd und einer dunkelblauen Jeans, ätzenderweise.

„Hallo Thomas", würge ich raus, weil ich so wütend bin. „Dein Vater hat mich eingeladen. Leider hat er nicht erwähnt, dass du auch kommen würdest." Er zuckt zurück, als ob ich ihm ins Gesicht geschlagen hätte, würde ich auch gerne.

„Na ja, wärst du denn gekommen, wenn er es erwähnt hätte?" Dabei reibt er sich seine Nasenspitze und sieht dabei zum Anbeißen aus. Unwillkürlich muss ich mich räuspern.

„Natürlich nicht. Ich möchte auch jetzt eigentlich sofort gehen!"

„Das verstehe ich, Julia. Ich habe mich dir gegenüber wirklich mehr als unfair verhalten. Aber nachdem ich deine Kündigung bekommen habe, war es das erstmal für mich."

„Ich habe nicht gekündigt!" Das wäre ja noch schöner, wenn er hier einfach so die Tatsachen verdreht.

„Doch natürlich und ich kann das auch verstehen, also zumindest, seitdem ich weiß, dass du unschuldig bist."

„Nochmal: Ich habe nicht gekündigt, Thomas. Du hast mich fristlos entlassen!" Entgeistert schaut mich Thomas an, von seinem Vater keine Spur. Ich frage mich, wo er ist, bin allerdings zu sehr mit meiner Wut beschäftigt.

„Ich verstehe nicht, wieso du es leugnest. Ich habe doch einen Brief von dir, als Einschreiben. Darin hast du mich um eine sofortige

Aufhebung deines Vertrages gebeten und dem bin ich doch auch nachgekommen. Das habe ich dir doch auch geschrieben."

„Bei mir ist nichts angekommen. Wie gesagt, ich habe per Kurier eine fristlose Kündigung von dir bekommen, da du unser Arbeitsverhältnis für zu zerrüttet hältst. Zum Glück konnte ich schon früher in der neuen Kanzlei anfangen."

„Dann stimmt es also, du hast einen neuen Job?" Seine Augen treffen auf meine, sein Blick wirkt traurig.

„Wieso weißt du davon?" Ich versuche, woanders hinzuschauen.

„Veronique hatte mir doch erzählt, dass du dich beworben hast."

„Und wieso wusste sie davon?", frage ich und versuche, Thomas schneidend anzuschauen, ohne mich dabei von seinen gesprenkelten Augen einfangen zu lassen, was wirklich schwierig ist. Dazu noch meine Wut und meine Achterbahn der Gefühle. Absolut nicht hilfreich, um mich auf das Gespräch zu konzentrieren.

„Es tut mir leid. Ich habe keine Ahnung, wie Veronique das herausgefunden hat, sie scheint sehr gut vernetzt zu sein. Auf alle Fälle möchte ich mich bei dir entschuldigen, Julia, denn weiß ich jetzt, dass du nicht dafür gesorgt hast, dass der Mandant abgeworben wurde."

„Habe ich dir doch gesagt", sage ich schnippisch. „Und? Wer war es?" Verlegen wendet Thomas seinen Blick ab.

„Es war Veronique. Sie hat ihrem Vater die Akten zukommen lassen und er hat es geschafft, dass zwei Mandanten zu ihm wechseln." Oh Mist, sogar zwei! Ach ja: Und ich hatte Recht!

„Wie hast du es herausgefunden?", frage ich, nur so aus purer Neugierde.

„Du hast ja netterweise meinen Vater angerufen", sagt er und verdreht dabei die Augen. „Er hat mich ausgefragt und dann hat er gemeint, dass Naheliegendste sei doch wohl, Veronique zu befragen, ob sie etwas dazu wüsste. Ich habe mit Veronique gesprochen, gleichzeitig ist mein Vater nach Paris geflogen, ohne mir etwas davon zu erzählen, natürlich, und hat ihren Vater dort festgenagelt." Mir schwirrt der Kopf.

„Klingt ja wie eine Verbrecherjagd", stöhne ich.

„Ja, war nur leider völlig erfolglos das ganze Unterfangen, denn niemand hat etwas gestanden. Erst als mein Vater bei dem Mandanten angerufen hat, hat er erfahren, zu wem er gegangen ist."

„Klingt irgendwie so einfach, da hätte er sich den Flug nach Paris ja schenken können." Thomas nickt.

„Hätte er, aber auf die Idee sind wir leider erst später gekommen, denn schließlich hätte uns die Assistentin diese Auskunft nicht zu geben brauchen."

„Und wie habt ihr sie dann bekommen?" Thomas grinst.

„Der Kunde ist ein Bauunternehmer und Träger von Neubauhäusern an der Cote d'Azur. Eine Bekannte meines Vaters hat einfach dort angerufen und gesagt, sie sei eventuell daran interessiert, dort einzusteigen. Wie es denn mit den rechtlichen Genehmigungen aussähe und wer der Ansprechpartner dabei sei."

„Hat ja eine ganz schöne Fantasie die Dame."

„Sie ist Schauspielerin."

„Dein Vater kennt eine Schauspielerin?" Hätte ich dem alten Börger gar nicht zugetraut.

„Sie ist eine Schulfreundin meines Vaters und lebt schon länger in Frankreich und ja, sie hat eine blühende Fantasie, hat mein Vater erzählt." Gegen meinen Willen muss ich schmunzeln.

„Also hat dein Vater den Fall aufgeklärt."

„Kann man so sagen. Es tut mir leid."

„Das hast du schon gesagt."

„So. Die Mitternachtssuppe ist fertig. Es tut mir leid, dass es nur Suppe gibt. Ich bin leider nicht so bewandert in der Küche wie mein Sohn."

Völlig unbemerkt muss sich Herr Börger die weiße Terrine geschnappt haben, denn jetzt gerade schleppt er die weiße dampfende Schüssel wieder rein. Es duftet köstlich.

„Setzt euch", befiehlt er und brav setzen wir uns hin. Herr Börger scheint wirklich etwas Autoritäres an sich zu haben, dem man sich einfach nicht entziehen kann. Dasselbe habe ich bei Herrn Haber, Senior, auch festgestellt, allerdings ist seine Stimmer etwas freundlicher dabei. Herr Börger gießt jedem von uns etwas Suppe in riesige weiße Suppenteller und zeigt auf das Brot, dass aufgeschnitten in einem Korb liegt.

„Habe ich selbst gebacken", sagt er stolz.

„Wirklich?", fragt Thomas erstaunt und beäugt skeptisch das dunkle Brot und die Suppe.

„Wirklich", sagt Herr Börger empört. „Das ist gar nicht so schwierig. Vielleicht mache ich sogar einen Kochkurs."

„Du wirst wohl noch häuslich auf deine alten Tage", feixt Thomas und probiert die Suppe, die sehr gut duftet und rötlich aussieht. Ich habe noch nie Mitternachtssuppe gegessen.

„Komm erstmal in mein Alter, dann kannst du dir ja überlegen, womit du so deine Tage füllst." Thomas hält seinen Löffel auf dem Weg zum Mund inne.

„Wie meinst du das, Papa?"

„Ich muss doch irgendetwas tun. Ich habe auch überlegt, ob ich zu Anton nach Kos ziehe, aber das ist auf die Dauer nicht mein Ding. Das ständige schöne Wetter ist nichts für mich, ich brauche auch mal Regentage."

„Ich wusste nicht, dass es dir so geht." Thomas schluckt sichtlich.

„Nur kein Mitleid, mein Sohn. Von der Kanzlei habe ich mich verabschiedet, das hätte ich schon längst tun sollen. Es tut mir leid, dass ich euch so lange auf den Geist gegangen bin." Schweigen. Wir haben beide keine Ahnung, was wir darauf erwidern sollen, ohne zu ehrlich rüberzukommen.

„Aber jetzt habe ich einfach viel zu viel Freizeit. Ja, wenn Enkelkinder da wären." Thomas verdreht bei diesen Worten die Augen, ich starre auf meine dampfende Suppe.

„Du hast doch Enkelkinder, Vater." Thomas löffelt wieder seine Suppe, es scheint ihm zu schmecken oder er isst sie, um nicht reden zu müssen.

„Ach, die leben doch in Hamburg."

„Du könntest nach Hamburg ziehen."

„Was soll ich denn da, da kenne ich doch niemanden. Ich meine auch eher euch beide damit." Schweigen.

Was ist das bitte für ein Gespräch. Bis jetzt konnte ich Herrn Börgers Ausführungen gut folgen, denn er scheint genau wie mein Vater nicht zu wissen, wohin mit seiner Einsamkeit. Aber jetzt hat er mich abgehängt, denn ich habe keine Ahnung, worauf er hinauswill.

„Ich glaube, das hat sich erledigt", sage ich leise und starre weiterhin meinen Suppenteller an. Hörbar klirrt Thomas Löffel auf seinen Teller.

„Ich habe mich bei dir entschuldigt, Julia!"

„Für was?", fragt sein Vater erstaunt.

„Dafür, dass er dachte, ich hätte den Mandanten zu der neuen Kanzlei geschleppt, in der ich angefangen habe!", kläre ich seinen Vater auf. Dabei blicke ich Thomas direkt in die Augen. Oh, natürlich hat Thomas das seinem Vater nicht erzählt. Dachte ich mir! Sein Vater runzelt die Stirn.

„Sie haben einen neuen Job? Thomas, wieso hast du mir das nicht erzählt?"

„Weil er Ihnen dann auch das mit den falschen Anschuldigungen hätte erzählen müssen!" Die Wut lodert wieder in mir auf, ich habe auch nicht vor, sie zu unterdrücken. „Weil du genau wusstest, dass es falsch war, sich so zu verhalten, Thomas!"

„Äh, Thomas. Du hast Frau Andacht unterstellt, den Mandanten abgeworben zu haben?"

„Aber das musste ich doch denken! Erst die Kopien, dann die Bewerbung, dann der Mandant, der abspringt." Diese Rechtfertigungen kann er sich sparen, finde ich.

„Genau. Und letzten Endes war es doch diese Veronique. Also war das doch von Anfang an auch eine Möglichkeit, der du hättest nachgehen müssen, Thomas.", erinnert ihn sein Vater in einem sehr ruhigen Tonfall. Ich wünschte, ich könnte auch so besonnen und ruhig reden wie Thomas Vater, aber ich kriege entweder keinen Ton heraus oder ich brülle das Haus zusammen.

„Doch nicht bei so einer smarten niedlichen studierten Französin", ätze ich sauer, aber jetzt zum Glück schon weniger laut, wo doch der Senior-Börger auf meiner Seite ist. Herr Börger schaut mich ernst an.

„Mein Sohn hat anscheinend einen Fehler gemacht, Frau Andacht. Aber bestimmt ist es Ihnen auch schonmal passiert, dass Sie sich in eine Sache verrannt haben." Was soll denn das jetzt, na ja, so betrachtet, na gut. War aber trotzdem unfair!

„Ok, vielleicht", nuschele ich nur und rauche ganz langsam ab, in Zeitlupe sozusagen.

„Was ist das eigentlich mit euch. Da habe ich alle Hebel in Bewegung gesetzt, damit ihr endlich zueinander findet und jetzt vermasselt ihr es auf der Zielgeraden!" Schweigen.

„Du hast was?", fragt Thomas schließlich, ich suche immer noch nach Worten, hab aber noch keine gefunden.

„Na ja, was meint ihr denn, wieso ich diese gemeinsame Reise nach Kos vorgeschlagen habe. Schließlich scharwenzelt ihr seit Jahren umeinander her, das sieht doch jeder außer euch."

„Wir scharwenzeln doch nicht", sagt Thomas empört und schiebt seine kalt gewordene Suppe von sich weg. Genau, also er bestimmt nicht, ich dagegen habe meine Gefühle wohl doch nicht so gut verborgen, wie ich gehofft hatte.

„Und wenn du uns zusammenbringen wolltest, wieso bist du dann überhaupt mitgefahren?" Genau, also so etwas in der Richtung frage ich mich jetzt auch gerade.

„Na, weil ich doch wissen wollte, ob ihr es endlich hinbekommt. Habt ihr, dachte ich zumindest, bis jetzt. Und ich hatte doch auch nichts anderes zu tun." Plötzlich wird er leiser. „Ich war froh, von hier weg zu können. Jetzt erscheint mir mein Leben wieder etwas lebendiger und ich freue mich schon auf meine nächste Reise nach Kos und ich telefoniere viel mit Isa und auch mit Anton. Zeitweise war mein Leben ganz schön eintönig, seitdem deine Mutter ausgezogen ist."

„Das tut mir leid, Vater, mir war nicht klar, dass es dir so geht. Aber ich befürchte, dass mit Julia und mir habe ich bereits gründlich vermasselt." Ja, das hat er. Obwohl…

„Gut, dass es dir leidtut", piepse ich. Worte habe ich gefunden, meine Stimme wohl noch nicht so ganz.

„Ja, das tut es. Wirklich!"

„Thomas, erstmal solltest du ehrlich sein", flüstert ihm sein Vater von gegenüber zu. „Frauen stehen auf so etwas. Ich habe mit deiner Mutter geredet und ihr gesagt, dass es mir leidtut, dass ich mich immer so wenig gekümmert habe. Auch wenn es nichts an der aktuellen Situation ändert, hat sie sich sehr darüber gefreut."

„Du hast mit Mama geredet?" Thomas sieht aus wie ein kleiner Junge, der herausgefunden hat, dass es einen Weihnachtsmann gibt.

Dann blickt er in meine Richtung und als mich seine grünen Augen ansehen, schmelze ich einfach dahin.

„Mein Vater hat recht, Julia. Ich habe schon so lange dieses besondere Gefühl, wenn ich dich sehe. Aber als dein Chef wollte ich dieses Risiko nicht eingehen. Doch die Fahrt nach Kos klang so verlockend. Vielleicht, habe ich gedacht, kommen wir uns in so einer Umgebung näher. Wo ich dann nicht dein Chef bin und du nicht für mich arbeitest."

Er räuspert sich. Mein Magen blubbert, mein Kopf schwirrt, irgendjemand scheint eine Schmetterlingsfarm in mir ausgesetzt zu haben, zumindest flattert es ganz schön in mir.

„Du...auch?" Das mit der Artikulation ist wirklich schwierig für mich, denn mein Gehirn besteht nur noch aus Pudding. Herr Börger Senior räuspert sich und unsere Köpfe fahren auseinander. Ich habe gar nicht bemerkt, dass sie sich nähergekommen sind.

„Danke für die Einladung, Vater", sagt Thomas abrupt und steht auf. „Aber ich befürchte, Julia und ich haben da einen dringenden Klärungsbedarf. Du entschuldigst uns also bitte." Damit zieht er mich an meiner Hand hoch und schleift mich hinter sich her.

„Auf Wiedersehen, Herr Börger. Danke für die Einladung", stammele ich schnell und lasse mich dann von Thomas rausziehen. Er öffnet die Tür seines Wagens.

„Einsteigen", fordert er mich auf und ich mache das sogar und setze mich auf die Rückbank. Doch als Thomas sich neben mich setzt, versuche ich, ihn wegzuschubsen. Funktioniert aber nicht.

„Ich finde es ja großartig, dass du auch schon etwas länger was von mir willst. Aber was ist mit dieser Veronique?" Die Verwunderung in seinem Gesicht spricht Bände.

„Äh, die ist wieder in Paris, nehme ich an."

„Hast du sie gar nicht verklagt?" Und wieso muss ich das überhaupt fragen, er ist doch der Anwalt.

„Ich habe ja keine wirklichen Beweise dafür, Julia." Jetzt klingt er wieder so gönnerhaft.

„Dir ist schon klar, dass eventuell noch mehr Mandanten abgeworben werden? Schließlich hat Veronique bestimmt zwanzig Akten der letzten Jahre an ihren Vater weitergegeben."

„Und das ist auch deine Schuld, Julia. Du hättest mir viel eher Bescheid sagen sollen!"

„Ja, vielleicht. Aber ich habe es dir gesagt und das Ende davon kennst du ja!"

„Ich verstehe immer noch nicht, dass du eine Kündigung von mir bekommen hast."

„Das liegt doch auf der Hand: Veronique hat mir die Kündigung zustellen lassen und dir anscheinend eine Kündigung in meinem Namen zugestellt." Anwälte sind anscheinend wirklich überschätzt!

„Wenn das stimmt, dann hätte sie ja unsere Unterschriften gefälscht." Und das ist ihm jetzt erst klargeworden?

„Ja, genau! Und wir können es beweisen, also hoffe ich. Mit einer Unterschriftenanalyse oder so."

„Das geht nicht so einfach." Jetzt rolle ich mit den Augen.

„Wir sollten es zumindest versuchen! Und jetzt zu einem anderen Thema: Du darfst mich jetzt küssen!"

51.

Im Märchen wäre die Geschichte jetzt zu Ende. Aber wäre das nicht schrecklich unbefriedigend? Ich für meinen Teil mag Märchen genau deswegen nicht besonders. Wie geht es weiter bzw. geht es überhaupt weiter? Haben sie sich geheiratet, Kinder bekommen oder sind sie sich den ganzen Tag nur auf die Nerven gegangen, darüber liest man gar nichts dort.

Nach dem gestrigen Kuss haben wir nicht mehr sehr viel geredet, unsere Münder waren mit anderen Dingen beschäftigt und später, bei mir zuhause, waren wir auch sehr bei anderen Dingen, bis wir irgendwann eingeschlafen sind.

Völlig verschlafen blinzele ich am nächsten Tag und richte mich auf. Neben mir liegt Thomas und schnarcht leise.

„Du schnarchst ja", stelle ich fest. Auf Kos war das nicht der Fall, so viele Nächte haben wir dort allerdings dann auch wieder nicht miteinander verbracht.

„Guten Morgen. Tue ich nicht. Zumindest hat sich noch nie jemand darüber beschwert", schnappt er zurück. Mit diesen Worten packt er mich und zieht mich wieder unter die Decke.

„Ja klar, die waren nur zu höflich, um dir das zu sagen", grinse ich unter der warmen Bettdecke, die jetzt so wunderbar nach ihm riecht.

„Ja vielleicht. Zum Glück liegt dir das ja nicht, Julia." Meinen Namen aus seinem Mund zu hören ist nach wie vor eine kleine Sensation für mich und in meinem Bauch prickelt es auch dementsprechend. Äh, hat er mich gerade als unhöflich bezeichnet?

Ach, und wenn schon, anscheinend habe ich viel weniger Skrupel davor, meine Meinung offen zu sagen. Liegt vielleicht auch an der Reise nach Kos, an Thomas wohl kaum.

„Was ist eigentlich mit Veronique?", zerstöre ich unsere sonntägliche Ruhe. Thomas stöhnt auch direkt genervt auf.

„Julia, wir könnten so schöne Dinge tun, also gemeinsam. Veronique ist doch jetzt weg, aber du…bist hier." Er knispelt an meinem Ohrläppchen und ich muss ihm wirklich recht geben: Wir können gemeinsam sehr viel schönere Dingen tun.

„Wie wirst du mit Veronique verfahren?" Ich kann es nicht lassen. Irgendwann habe ich Hunger bekommen, körperliches Kennenlernen hin oder her und dass es schön ist, keine Frage. Aber Frau lebt halt nicht von Luft und Liebe allein.

Wir setzen uns an einen spärlich gedeckten Frühstückstisch, denn eigentlich bin ich kein Frühstücksmensch und habe ja auch nicht mit Besuch gerechnet. Thomas nimmt es gelassen und bestreicht sich in Seelenruhe eine Scheibe Graubrot, die bereits leicht gebogen ist, weil sie eventuell schon ein paar Tage alt ist.

„Ich glaube nicht, dass man da etwas machen kann. Hauptsache, wir sind sie los." Wie bitte? Das soll alles sein!

„Aber Thomas." Ich muss mich räuspern bei seinem Vornamen. An diese Paarsache mit meinem Ex-Chef muss ich mich einfach noch gewöhnen. Der erste Teil unserer Beziehung war zu kurz dafür, um jetzt an eine Routine anknüpfen zu können. Dabei hockt er auch noch in Boxershorts am Tisch und gewährt mir so einen Blick auf seine wohlgeformte Figur. Ich liebe den Sommer und diesen flirrend heißen August. Nicht ablenken lassen, Julia!

„Du kannst sie und ihren Vater doch nicht einfach so damit davonkommenlassen! Wer weiß, wie viele Mandanten sie noch abwerben!" Wie kann er so seelenruhig sein Brot futtern!

„Es ist ärgerlich, aber das können wir doch nicht beweisen. Das weißt du doch." Diese Ruhe bringt mich wirklich auf die Palme.

„Aber was ist mit meiner angeblichen Kündigung?" Und damit, dass sie dich angebaggert hat, aber ok, das war kein Verbrechen, nur unverschämt!

„Welche Kündigung?" Er hat tatschlich den Schneid, mich mit hochgezogenen Brauen dabei anzuschauen!

„Na, du hast mir eine unterschriebene Kündigung zugestellt! Per Kurier!" Ich fühle immer noch die Wut darüber, obwohl ich weiß, dass er nichts damit zu tun hat.

„Nun ja, Vero und ich haben uns schon darüber unterhalten, ob eine Kündigung gerechtfertigt ist." Er hat also doch damit zu tun, unglaublich!

„Du wolltest mir kündigen?" Ich bin fassungslos.

„Julia, ich musste doch glauben, dass der Mandant durch dein Zutun abgeworben wurde. Schließlich hast du mir noch nicht einmal gesagt, dass du dich beworben hast." Verletzung schlägt mir entgegen, ziemlich unberechtigt, wie ich finde.

„Du hättest doch damit rechnen müssen, dass ich mir etwas Neues suche. Ich will nicht für meinen Freund arbeiten."

„Oh, ich dachte eigentlich, das hätte mit Veronique zu tun. Jetzt wo sie weg ist, dachte ich eigentlich, du kommst zurück, wenn wir wieder zusammen sind." Verblüfft schaue ich ihn an.

„Wir sind gerade mal seit fünf Minuten wieder zusammen und du glaubst allen Ernstes, dass ich nichts Besseres zu tun habe als wieder für dich zu arbeiten?!" Man müsste diesen Satz eigentlich in Großbuchstaben schreiben, aber selbst dann würde er meine Empörung nur Schwerlich zum Ausdruck bringen, befürchte ich.

„Ich wollte dir nur sagen, dass du jederzeit zurückkommen kannst. Ich würde mich freuen." Er sieht reichlich eingeschüchtert aus, ich muss wohl sehr vehement aufgetreten sein. Ich bin ja schon ein wenig stolz auf mich.

„Das ist ja auch sehr nett vor dir, aber ich möchte das auf gar keinen Fall!" Sein Zusammenzucken ist deutlich sichtbar.

„Aber wieso denn nicht, Julia? Wir sind doch ein gutes Team." Beinah bittend schaut er mich an.

„Ich möchte mein eigenes Geld verdienen, sonst sieht es so aus, als ob nur du das Geld verdienst und mir etwas davon abgibst."

„Aber jetzt muss ich mir noch jemanden suchen", jammert er, aber mein Mitleid hält sich wirklich in Grenzen.

„Eine Beziehung birgt doch schon genug Konfliktpotential, da brauchen wir das beruflich nicht auch noch." Man mag mir nachsagen, dass ich schüchtern bin, aber wenn es darauf ankommt, kann ich anscheinend durchaus mal meine Meinung sagen. Das wird mir auf einmal deutlich klar und ich fühle mich sehr gut dabei!

„Das stimmt", sagt er resigniert und lächelt sehr süß dabei. Ich weiß nicht, wann ich so bestimmend geworden bin. Wahrscheinlich irgendwann zwischen der langen Fahrt nach Kos, den Gesprächen mit Martha, wahrscheinlich ganz besonders seit den Gesprächen mit Martha und vielleicht auch durch meinen neuen Job, den ich wirklich mag. Die meisten meiner Kollegen und auch die Chefs sind wirklich ok. Und es birgt Vorteile, überhaupt Kollegen zu haben und für unterschiedliche Chefs zu arbeiten. Es ist auch besser, wenn jeder von uns seinen eigenen Raum hat, also beruflich zumindest. Irgendwie habe ich meinen Fokus verloren.

„Aber Fakt ist doch", setze ich wieder an, „dass Veronique die Unterschrift unter deiner Kündigung gefälscht hat, oder?"

„Das stimmt natürlich. Ich werde sehen, was ich da machen kann."

Damit gebe ich mich erstmal zufrieden. Der Morgen ist so wunderbar sonnig und wir beschließen, einen langen Spaziergang zu machen. Obwohl es unser zweiter Anlauf einer Beziehung ist, fühlt sich alles noch so frisch und neu zwischen uns an.

Allerdings hängt mir die Veronique Geschichte doch noch ziemlich nach. Was sagt das über uns aus, wenn nur jemand zu kommen braucht, um uns auseinander zu bringen?

Ich will mit Thomas zusammen sein und er anscheinend auch mit mir. Aber was, wenn wieder etwas oder jemand dazwischenkommt? Irgendwie muss ich erstmal neues Vertrauen in Thomas aufbauen.

52.

„Ich habe übrigens Klage eingereicht", teilt mir Thomas eine Woche später mit. Ich verschlucke mich beinah an meinem kalten Pfefferminztee, den wir abends so gerne trinken, heute auf seinem unbequemen schwarzen Ledersofa. Das blöde ist nämlich, dass ich zwar eine sehr bequeme Couch besitze, sein Wasserbett allerdings ein Traum zum Schlafen ist. Nach dem letzten Wochenende, bei dem wir uns beide Rückenschmerzen in meinem zu harten und zu kleinen Bett geholt haben, haben wir beschlossen, dieses Wochenende bei ihm zu verbringen. Dass meine Matratze durch ist, ist mir nicht neu. Aber eine neue Matratze einkaufen zu gehen hat so wenig mit Spaß zu tun, dass ich einfach noch keine Lust dazu hatte, danach zu suchen. So wirklich schlecht darauf zu Liegen ist es eben auch erst mit einer zweiten Person, denn mein Bett ist nur 1,40 m breit und ich besitze auch nur eine Bettdecke, was nicht so nachteilig ist. Das Manko bei ihm ist dieses ungemütliche schwarze Ledermonster, das sein Wohnzimmer beinah ganz ausfüllt. Die Lehne ist so niedrig, dass man sich nirgends anlehnen kann, so dass ich ständig Gefahr laufe, herunterzurutschen. Davon abgesehen ist das Leder eiskalt, selbst im Sommer.

„Wie bist du nur auf dieses Sofa gekommen?", frage ich ihn wieder genervt, während ich meine Füße fest auf den Boden stelle, um nicht wegzurutschen.

„Aber es sieht doch großartig aus. Das Leder ist etwas ganz Besonderes", schwärmt er. Klar, er mit seinen langen Beinen kann gerade auf dem Sofa sitzen und sich dabei leicht anlehnen. Ich hingegen hocke irgendwie auf der Kante, kerzengerade und verspanne mir meinen Nacken.

„Lass uns ins Schlafzimmer gehen", flöte ich und erhebe mich mit steifen Gliedern. Meine Tasse Tee nehme ich einfach mit.

Thomas Schlafzimmer ist eine Wucht!

Hier wirkt das schwarze Leder des Bettes eher edel statt kalt und zum Glück braucht man ja nicht darauf zu sitzen. Die Matratze gibt bei jeder Bewegung nach und schaukelt einen so angenehm in den Schlaf, wonneweich und äußerst angenehm. Und dann steht auch noch ein Fernseher im Schlafzimmer, auch ein Plus gegenüber meinem. Es ist nicht so, dass ich dagegen wäre, einen Fernseher im Schlafzimmer zu haben, ich habe schlichtweg noch nie darüber nachgedacht, mir einen für dieses Zimmer anzuschaffen. Zu klein wäre es allerdings auch.

„Wollen wir einen Film schauen?", fragt er, wieder in Boxershorts. Hoffentlich bleibt es noch lange so warm!

„Klar, aber bitte etwas Romantisches. Nichts gegen Action, aber heute bräuchte ich mal etwas seichtes." Sein verschmitztes Lachen ist ansteckend.

„Wogegen hast du eigentlich Klage eingereicht?", frage ich irgendwann schläfrig, denn der seichte Film lullt mich ein.

„Natürlich wegen der gefälschten Unterschriften."

„Also wegen dessen, was ich vorgeschlagen habe?"

„Äh, hast du?", fragt er erstaunt. Na, der hat vielleicht Nerven!

„Ja, habe ich! Ich habe dich wegen der Kündigung doch angesprochen, letzten Sonntag!"

„Ist doch egal. Ich habe jetzt auf alle Fälle alles eingereicht. Aber so richtig sicher bin ich mir nicht, dass das Gericht dem Nachgehen wird."

„Egal, dann hast du es wenigstens versucht. Brauchst du noch das Kündigungsschreiben von mir? Du hattest doch eigentlich nur meine angebliche Zusage, auf der meine Unterschrift gefälscht ist. Es ist sicherlich gut, auch die Kündigung mit einzureichen." Schweigen.

„Was täte ich nur ohne dich", sagt er und schmiegt sich an mich.

Und dann ist es auf einmal Herbst. Die ersten Blätter sind bereits bunt verfärbt und Herbstgeruch macht sich breit, leicht erdig und herb, wie ich finde, geht aber vielleicht nur mir so. Plötzlich klingelt mein Telefon, vielleicht Martha. Wir telefonieren oft miteinander und jedes Mal gehe ich so voller Energie aus diesen Gesprächen heraus, dass ich am liebsten die Welt umarmen möchte.

„Hallo Julia. Was dagegen, wenn ich vorbeikomme?" Mein Herz klopft nach wie vor, wenn ich seine Stimme höre.

„Natürlich, gerne. Du brauchst doch nicht zu fragen." Er räuspert sich.

„Na ja, ich wollte nicht einfach so vorbeikommen." Wie niedlich. „Ich habe gleich zwei Neuigkeiten", platzt er heraus.

„Oh, dann komm bitte schnell!", sage ich empört. Da hätte er doch mit herausrücken können, wenn er da ist. Jetzt halte ich es vor Spannung kaum aus!

Eine Stunde später, eine sehr lange Stunde, die ich mit einem Buch zugebracht habe, auf das ich mich leider gar nicht habe konzentrieren können, klingelt es endlich an der Tür. Ich fahre zusammen. Ist es noch zu früh oder soll ich ihm einen Schlüssel nachmachen lassen?

„Hallo Thomas. Was sind das für Neuigkeiten?" Er lacht und schiebt mich vor sich her.

„Darf ich vielleicht erstmal reinkommen?" Na gut.

„Hier, ich habe noch eingekauft", sagt er und hält mir, wie zum Beweis, eine große Tüte vor die Nase. Ach, deshalb hat das so lange gedauert.

„Äh Danke. Jetzt sag schon, was du für Neuigkeiten hast, dass du an einem Mittwoch zu mir kommst." Bis jetzt haben wir uns nur am Wochenende getroffen. Klingt vielleicht etwas altmodisch, aber irgendwie ist es schön, sich auf das Ende der Woche zu freuen. Zumindest haben wir das so Al und Berti erklärt. Und sie wirkten nicht gerade überzeugt. Müssen sie ja auch nicht.

„Veronique wird aus der Anwaltskammer ausgeschlossen." Zuerst verstehe ich die Worte gar nicht. Wie jetzt?

„Was bedeutet das?", frage ich erstaunt.

„Na, dass sie ihre Zulassung verloren hat."

„Aber meintest du nicht, dass wir gar keinen Erfolg haben werden?" Ich kann das immer noch nicht glauben.

„Das dachte ich zuerst auch. Ich habe deine Kündigung noch nachgereicht. Ich habe zudem eine Unterschriftenanalyse anfertigen lassen und die klar bewiesen, dass sie die Unterschriften gefälscht hat. Die Entscheidung, sie auszuschließen, wurde mir heute zugestellt." Soll ich mich freuen? Schadenfreude ist sicherlich nicht schön, aber eigentlich doch sehr angebracht hier.

„Ich bin ganz schön erleichtert darüber." Ich bemühe mich, ruhig zu sprechen und dem Drang zu widerstehen, laut zu jubeln. Bestimmt hält er mich dann für albern.

„Ich ehrlich gestanden auch", grinst er und geht mit der Tüte in meine winzige Küche. Eigentlich wäre seine Wohnung schon schöner zum Zusammenleben, aber es ist viel zu früh, um über solche Dinge nachzudenken.

„Was ist die andere Neuigkeit?", frage ich, während ich Salat, Paprika und Tomaten aus der Tüte fische.

„Hast du Paniermehl da? Und Eier", fragt er stattdessen. Schnell hole ich alles und stelle es auf den winzigen Teil der Arbeitsplatte neben dem Herd ab.

„Lenk nicht ab. Was ist es?", frage ich empört. Was soll denn dieses Geschwafel.

„Ich habe eine neue Mitarbeiterin." Äh, wie jetzt.

„Wieso hast du eine neue Mitarbeiterin?" Und wieso hat er mir gar nicht mitgeteilt, dass er eine sucht? Allerdings hätte ich mir das auch irgendwie denken müssen, denn ich habe ihm schließlich sehr deutlich gesagt, dass ich nicht wiederkomme.

„Na, ich brauche doch jemanden, wahrscheinlich sogar noch jemand weiteres, falls ich mehr französische Aufträge bekomme. Jetzt habe ich auf alle Fälle schon jemanden, der alles kann." Also irgendwie klingt das jetzt sehr übertrieben. Habe ich etwa so schlecht gearbeitet?

„Was meinst du damit: Sie kann alles?" Hoffentlich bedeutet das nicht: Besser als ich!

„Sie ist gelernte Rechtsanwaltsgehilfin, kann jedoch auch Französisch, weil sie ein französisches Abitur hat." Ok. Hoffentlich sieht sie nicht auch noch blendend aus, dieser Allrounder. Thomas grinst, während er Fetakäse paniert. Davor hat er irgendwelche Kräuter darauf getan, mir läuft bereits das Wasser im Mund zusammen.

„Nicht, dass es wichtig wäre, aber sie ist 45 Jahre alt, verheiratet und hat zwei Kinder." Nö, nicht dass es wichtig wäre, aber gut zu wissen ist es schon.

„Und lerne ich sie auch mal kennen?", frage ich neugierig, während ich den Salat wasche. Solche Aufgaben wie Waschen und Schnibbeln liegen mir einfach besser als das eigentliche Kochen. Da wir das die letzten Wochenenden bereits festgestellt haben, schnappe ich mir auch sofort die Paprika. Ja, sicherlich finde ich es blöd, dass ich nicht kochen kann. Ich habe einfach kein Talent dazu, ähnlich wie zum Lügen und auch das Kaufen etlicher Kochbücher hat meine Kochkünste leider nicht besser werden lassen.

„Na klar. Wir gehen demnächst mal zusammen essen", verspricht er mir.

„Das riecht köstlich!", schwärme ich, als wir nur eine halbe Stunde später an meinem kleinen Küchentisch im Wohnzimmer sitzen.

„Ich frage mich immer noch, wieso Veronique das gemacht hat." Ich finde keine Erklärung dafür, dass jemand einfach seine Karriere wegschmeißt. Auch, wenn er noch so ätzend ist.

„Das frage ich mich auch." Er räuspert sich. „Es tut mir leid, Julia."

„Was tut dir leid?" Entschuldigungen sind prima, ohne Frage, doch leider habe ich keine Ahnung, worum es geht.

„Na ja, ich habe mich dir gegenüber nicht gerade fair verhalten."

„Du hast dich doch schon entschuldigt."

„Ja, natürlich. Aber irgendwie werden mir erst jetzt die Beweggründe darüber klar. Ich wollte unbedingt diesen Ausbau der Kanzlei. Ich wollte endlich mal etwas Neues auf die Beine stellen. Wenn ich Veronique in Frage gestellt hätte, hätte ich auch meinen ganzen Plan in Frage stellen müssen, zumindest dachte ich das." Tja, wahrscheinlich sein Vaterkomplex, befürchte ich. Was wir so alles tun, nur um Anerkennung zu bekommen. Aber das sage ich lieber nicht laut.

„Dann ist ja gut, dass du jetzt jemand neues gefunden hast. Sind denn noch weitere Mandanten abgesprungen?"

„Nein, keine weiteren, zum Glück. Komischerweise auch kein einziger französischer Mandant. Vielleicht wollte dieser Mandant auch wirklich nicht mehr bei mir sein." Ich nicke.

„Das kann natürlich auch sein. Ich hatte mir die Akte angesehen, die Baugenehmigung wurde abgelehnt, auch nachdem ihr in Berufung gegangen seid. Das wird ihn natürlich nicht gerade für dich eingenommen haben."

„Solange du von mir eingenommen bist", sagt er mit einem warmen Unterton und nimmt meine Hand. Oh ja, das bin ich, für ihn eingenommen meine ich. Wärme prickelt durch mich hindurch bis in die Zehenspitzen.

53.

Nach einem eher sonnigen Herbst im September und im Oktober, ist es seit November eisig kalt. Der Dezember startet sogar verschneit und lässt demnach nur kurze Anblicke von Thomas in Boxershorts zu. Die letzten Monate waren weder ereignisreich noch besonders aufregend, trotzdem waren sie einfach nur unglaublich schön. Natürlich kennen Thomas und ich kennen uns seit über fünf Jahren, aber eben nicht so. Und so auch nur sehr wenig.

Ich blinzele, wie spät es wohl ist. Ach, der Wecker zeigt gerade mal acht Uhr. Es ist Samstag und ich liege neben Thomas in seinem gemütlichen Bett, in dem wir jetzt wirklich jedes Wochenende schlafen. Grübelnd lege ich mich wieder hin. Bis jetzt haben wir noch gar nicht über Weihnachten gesprochen. Ich würde natürlich gerne mit Thomas feiern, aber was mache ich dann mit meinem Vater? Er hat sich bereits für Mitte Dezember angekündigt und ich sehe mich jetzt schon fluchen, während ich mit ihm seine Wohnung ausräume. Vielleicht wird das dann unser Heiligabend werden: Schwielen und schlechtes Essen, denn ich werde dann wieder kochen müssen, so wie jedes Jahr.

Die letzten Jahre haben wir Weihnachten immer gemeinsam verbracht, obwohl keiner von uns Lust darauf hatte. Das ist jedes Mal wieder deutlich geworden, wenn mein Vater sich bereits um neun Uhr wieder verabschiedet hat, nachdem er grundsätzlich erst um halb acht statt, wie verabredet, um sieben Uhr, zu mir kam. Ich kann mich nicht mehr daran erinnern, wie wir unser erstes Weihnachten gefeiert haben, nachdem meine Mutter tot war. Ich glaube, wir haben es einfach ausfallen lassen, denn ihr Tod war nur drei Monate her gewesen.

Neben mir räkelt sich Thomas und fasziniert schaue ich in sein Gesicht. Wie friedlich er aussieht und diese kleine Locke in seiner Stirn. Sachte puste ich sie an und sie huscht zurück zu den anderen. Thomas Mundwinkel zucken und seine Arme greifen nach mir.

„Hey, war da eine Fliege oder wieso pustest du mich an?"

„Genau, ja, war es", stottere ich. Wie peinlich.

„Sag mal. Wie verbringt ihr eigentlich Weihnachten? Teilt du und dein Bruder euch wieder zwischen euren Eltern auf?" Was tut man nicht alles, um von peinlichem Verhalten abzulenken. Man stellt anscheinend noch peinlichere Fragen. Thomas hebt ein verschlafenes Auge.

„Meine Mutter hat uns doch dieses Jahr alle zu sich eingeladen."

„Uns?", frage ich vorsichtig.

„Aber natürlich. Mein Vater und sie haben sich ja ausgesprochen, deshalb hat meine Mutter vorgeschlagen, dass wir doch alle in Fredericks Haus feiern könnten. Dein Vater kommt ja bereits am 15. Dezember nach Freiburg, um seine Wohnung aufzulösen."

„Ja, ich weiß", seufze ich. „Ich freue mich schon auf die Plackerei."

„Ach was, das schaffen wir doch an einem Wochenende. Wir werden alle mit anpacken. Da er bei meinem Vater wohnen wird, hat meine Mutter natürlich auch ihn eingeladen."

„Oh, das wusste ich noch gar nicht." Also irgendwie fühle ich mich gerade außen vor! Ich war davon ausgegangen, dass mein Vater in seiner Wohnung schläft und anschließend zu mir kommt. Aber eigentlich haben wir gar nicht darüber gesprochen.

„Na ja, das Haus ist doch groß genug und du hast ja gesehen, was für Berge meine Mutter auftischen kann. Ich glaube, sie ist ganz froh darüber, dieses Mal für so viele Leute kochen zu dürfen."

„Ihr werdet bestimmt ganz viel Spaß haben", fange ich an und irgendwie bildet sich ein Kloß in meinem Hals. Jetzt bloß nicht heulen. Ich werde mir ein Mikrowellengericht kaufen und ganz früh schlafen gehen.

„Ihr?", fragt Thomas und setzt sich auf. „Hast du schon etwas anderes vor?" Erstaunt blickt er mich an. „Das fände ich, ehrlich gestanden, sehr schade. Wo das doch unser erstes gemeinsames Weihnachten sein wird, Julia." Seine Worte klingen in mir nach und nur langsam verstehe ich deren Bedeutung.

„Ich darf mit?" Ok, ich klinge mal wieder wie ein Kleinkind, aber ich bin einfach so furchtbar unsicher, wenn es um solche Dinge geht.

„Was ist das denn für eine Frage, Julia!", lacht Thomas und schnappt sich eine Haarsträhne von mir und wickelt sie wie ein Lasso auf, so dass ich automatisch näher an ihn heranrücken muss. Seine Wärme ist spürbar und gibt mir ein wohliges Gefühl von Geborgenheit.

„Na ja, wir haben da nicht so drüber gesprochen", murmele ich, jetzt ganz nah an seinem Gesicht.

„Du bist doch meine Freundin. Selbstverständlich möchte ich mit dir Weihnachten feiern. Wenn du keine Lust hast, mit meiner Familie zu feiern, dann können wir auch gerne allein feiern. Hier", grinst er und zieht mich unter die Bettdecke. Und in mir klingt immer noch dieses Wort nach: 'Freundin'.

Und schon ist Heiligabend. Mit der Plackerei hat Thomas völlig Recht behalten. Alle haben mit angepackt; Thomas, sein Vater, seine Mutter, Frederick und ich. Nach nur zwei Tagen hatten wir die Wohnung besenrein.

„Bist du fertig? Können wir los?" Ächzend schleppt Thomas die ganzen Tüten mit Weihnachtsgeschenken mit sich, bestimmt fünf Stück. Denn natürlich habe ich für alle, einschließlich Thomas, ein Geschenk gekauft, obwohl das ganz schön schwierig war. Für meinen Vater habe ich ein neues Portemonnaie gekauft (sein altes besteht nur noch aus Fetzen habe ich auf Kos festgestellt). Für Thomas Vater und Frederick habe ich einen Buchgutschein ausgesucht, das erschien mir neutral und außerdem habe ich Thomas Vater ja erst ein Buch bei seiner letzten Einladung geschenkt. Wenn wir die letzten Male bei ihm waren, habe ich natürlich nichts mitgebracht. Seine Neffen waren noch am einfachsten, denn da konnte ich zum Glück einfach Thomas Mutter fragen und in dem Alter hat man einfach viel mehr Wünsche offen. Für Thomas Mutter habe ich gestern noch einen Blumenstrauß besorgt. Die

Geschenke für seinen Bruder und seine Frau hat tatsächlich Thomas besorgt, allerdings bin ich doch etwas irritiert gewesen, als er mit einem Schal für seine Schwägerin ankam und für seinen Bruder nichts. Er meinte, dass sie sich nie etwas schenken würden, also bin ich losgeflitzt und habe einen weiteren Buchgutschein besorgt.

Für Thomas hatte ich wirklich gar keine Idee. Alles erschien mir entweder zu steif (eine Krawatte) oder zu wenig romantisch (ein Buchgutschein) oder zu viel (eine Reise nach Kos). Als Kompromiss habe ich ihm einen sehr schönen Griechenlandreiseführer gekauft, einfach weil er mir sehr gut gefällt und ich hoffe, dass wir unseren nächsten Urlaub vielleicht gemeinsam planen können.

Endlich sind wir da. So eine weiße Weihnacht überall mag schön anzusehen sein, aber für den Verkehr ist sie absolut hinderlich. Ganz Freiburg scheint auf den Beinen zu sein, die Straßen sind völlig verstopft. Für die simple Strecke von vielleicht 10 Kilometern haben wir beinah eine Stunde gebraucht.

„Da seid ihr ja endlich", rügt uns seine Mutter auch prompt.

„Der Verkehr war höllisch", rechtfertigt sich Thomas.

„Dann muss man eben zeitiger losfahren", sagt ein Mann neben seiner Mutter, der genau so aussieht wie Thomas. Ich weiß nicht, wen oder was ich mir vorgestellt habe, aber bestimmt niemanden, der genau so aussieht wie er. Selbst der Haarschnitt der beiden ist gleich.

„Ja, so ging es mir auch, als ich die beiden das erste Mal zusammen gesehen habe", lacht eine hübsche Frau hinter seinem Bruder. Die dunklen Haare scheinen ihr Gesicht zu umfließen, ihr dunkelblauer Hosenanzug steht ihr ausgezeichnet.

„Ich bin Pia. Und ja, Björn hat auch immer behauptet, er und sein Bruder sähen völlig unterschiedlich aus, aber ich habe die beiden immer miteinander verwechselt!" Wir lachen beide, stellen uns alle einander vor und folgen Greta ins hellbeleuchtete Wohnzimmer. Es sieht wunderschön aus!

Ein riesiger Baum steht dort, geschmückt in Silber und Rot, was super zur dunkelgrauen und sehr gemütlich aussehenden Couch aussieht. Die Wände sind etwas heller gelb als der Anstrich des Hauses draußen, eher sandfarben. Dadurch wirkt der Raum hell und riesengroß. Einzig die Wand hinter dem Sofa ziert ein fantastisches Gemälde, dass Frederick selbst gemalt hat. Es zeigt ein Kirchenschiff und es hat den Anschein, als ob man direkt am Anfang des langen Gangs steht und auf einen Altar mit hellerleuchteten Kerzen blickt. Ich bewundere solche Talente.

Thomas Neffen wuseln herum und strahlen um die Wette. Schnell legt Thomas die Geschenke unter dem riesigen Baum ab. Dann zieht er mich in eine Ecke und küsst mich.

„Über uns hängt übrigens ein Mistelzweig", informiert er mich. Eine schöne Tradition, das muss ich schon sagen.

„Danke für die Einladung, Frau Börger", sagt mein Vater irgendwann mit vor Rotwein geschwängerter Zunge. Wir sitzen alle an dem riesigen Küchentisch. Greta hat sich heute selbst übertroffen mit einem riesigen gefüllten Truthahn, Kartoffelpüree, Rotkohl und zum Nachtisch eingeweckte Zwetschgen aus dem Garten. Dazu Eiscreme, die Thomas Neffen bergeweise in sich reingefuttert haben.

„Ach was, ich bin Greta", lächelt Thomas Mutter mit roten Bäckchen.

„Wir sollten uns alle duzen, finde ich", sagt Thomas Vater, der wahrscheinlich nicht weniger Rotwein als mein Vater intus hat. Alle lachen und heben ihre Gläser.

„Wir wollen auch Brüderschaft trinken!", krähen Thomas Neffen und schnell holt ihnen Greta ein Glas Kirschsaft, damit die Farbe passt.

„Na klar. Ich bin der Onkel Anton", sagt mein Vater herzlich zu ihnen und sie stoßen an.

„Ich bin Onkel Fred", kontert Frederick, wahrscheinlich weil Frederick zu lang ist. Alle strahlen. Ich frage mich schon, wie sie es die letzten Jahre über gehalten haben. Aber ich kann sehen, dass Frederick sich wirklich darüber freut, jetzt so etwas wie offiziell in diese Familie aufgenommen worden zu sein.

Übrigens darf ich jetzt auch theoretisch Bert zu Herrn Börger-Senior sagen, aber daran werde ich mich erst gewöhnen müssen.

„Was hältst du davon, wenn wir Silvester allein verbringen. Also allein zu zweit", lächelt mich Thomas am nächsten Tag nach dem schönen Weihnachtsfest an und schmiegt sich auf meinem Sofa näher an mich ran. Wahnsinnsgefühl!

„Na klar. Welche Wohnung?", frage ich verschlafen.

„Was hältst du davon, wenn wir beides zusammenlegen?"

„Was legen wir zusammen?" Ich verstehe nur Bahnhof.

„Na ja, deine Couch und mein Bett." Erwartungsfroh schaut er mich an und ich weiß gar nicht, worauf er hinauswill.

„Willst du meine Couch etwa adoptieren?" Entrüstet setze ich mich auf.

„So ungefähr", lacht er. Lacht er mich aus?

„Äh, und worauf soll ich dann sitzen?" Die Gemütlichkeit ist dahin. Sein erstaunter Blick wirkt beinah ärgerlich und macht mich unsicher.

„Ich meinte damit, dass wir zusammenziehen könnten. Dann stünden das Sofa und das Bett in derselben Wohnung. Hast du noch nie über so etwas nachgedacht?" Sein Blick hat etwas enttäuschtes, ich hingegen bin völlig verwirrt.

„Im Moment ist doch alles ganz ok."

„Schon gut, ich will mich nicht aufdrängen." Plötzlich fällt mir auf, wie doof ich mich verhalte. Was ist jetzt eigentlich mein Problem?!

„Ach was, gib doch nichts auf den Quatsch, den ich von mir gebe!" Was labere ich da überhaupt, schnell küsse ich ihn. Dann sage ich feierlich:

„Ja, du darfst meine Couch adoptieren. Dann teilen wir uns das gemeinsame Sorgerecht." Sein Lachen ist ansteckend und erleichtert stimme ich mit ein. Irgendwie scheine ich ein absoluter Beziehungslegastheniker zu sein.

„Allerdings hat deine Wohnung sehr viele Treppen", gebe ich zu bedenken, um mal etwas Konstruktives zu sagen.

„Und deine Wohnung ist recht klein auf die Dauer für zwei Personen", kontert er.

„Dann brauchen wir wohl eine neue Wohnung!", sagen wir gleichzeitig.

Also lösen wir im Januar die Wohnung meines Vaters auf. Da ich mich bereits mit dem Gedanken angefreundet hatte, war es auch nicht ganz so schmerzhaft für mich, wie ich angenommen hatte. Kurz hatten wir überlegt, wir die Wohnung übernehmen, aber die Wohnung ist uns eigentlich zu klein. Schließlich besteht ja die Möglichkeit, dass wir nicht zu zweit bleiben…

Im Februar ist mein Vater wieder nach Kos geflogen und der nächste Umzug steht auch schon in den Startlöchern: Ausräumen von Thomas Wohnung, meiner Wohnung und das Einräumen unserer neuen Wohnung! Sie liegt nur unweit von Greta und Frederick, was uns beiden nichts ausmacht. Wir mögen beide, die Großmutter in der Nähe zu haben kann auch Vorteile haben (das waren Gretas Worte, Thomas und ich haben da nichts zu gesagt) und die Wohnung ist einfach nur fantastisch: Hochparterre, riesiger Balkon, Nische für einen Esstisch und ein riesiges Schlafzimmer. Dann noch zwei recht kleine Zimmer, in denen sich Thomas erstmal ausgebreitet hat.

Es ist wirklich sehr viel angenehmer, dass die Couch und das Bett jetzt in derselben Wohnung stehen. Immerhin können wir jetzt von einer sehr bequemen Couch in ein sehr bequemes Bett wechseln und das ganz ohne, sich vorher anziehen zu müssen, ins Auto zu steigen und sämtliche Treppen zu Thomas Wohnung hochsteigen zu müssen!

54.

„Was hältst du eigentlich davon, nächstes Jahr wieder Urlaub auf Kos zu machen. Vor allem, wenn wir uns doch für dieses Jahr die Steuern sparen werden. Dann kann ich es mir leisten, die Kanzlei für ein paar Tage länger zu schließen. Was hältst du von drei Wochen?"

„Äh, sehr gerne, äh, waren wir nicht gerade erst da?" Gestern sind wir nämlich erst wiedergekommen, um genau zu sein. Aber nach dem Urlaub ist ja bekanntlich vor dem Urlaub.

Die zwei Wochen im August waren ganz schön warm, aber mit den ganzen Gerichtsterminen war es einfacher, dieses Jahr in den Sommerferien zu fliegen, da findet auch am Gericht weniger statt.

„Ach, für mich ist es einfacher, länger im Voraus zu planen. Diesmal sind wir ja recht kurzfristig geflogen."

„Dann wäre mir lieber, wir fliegen nächstes Jahr wieder im Mai, da waren die Temperaturen deutlich angenehmer." Dann stutze ich. „Wodurch genau willst du denn die Steuern sparen?" Komische Ausdrucksweise, also seine, nicht meine.

„Na, wenn wir im Dezember heiraten, kriegen wir doch nächstes Jahr einen Batzen Steuern wieder." Die Bedeutung seiner Worte finden irgendwie keinen Zugang zu mir.

„Das verstehe ich nicht."

„Dein Vater hat doch ohnehin gesagt, dass er uns zu Weihnachten besuchen will. Dadurch braucht er dann nur einen Flug zu bezahlen", erklärt mir Thomas.

„Äh, das hast du dir ja fein überlegt. Und hast du unseren Vätern schon Bescheid gegeben?"

„Natürlich. Das Ticket für deinen Vater habe ich sogar schon gebucht. Er hatte mich darum gebeten und natürlich habe ich auch mit ihm über unsere Hochzeit gesprochen. Er hat nichts dagegen." Ich schüttele mit dem Kopf und frage mich, ob ich irgendwann die Ausfahrt bei diesem Gespräch verpasst habe.

„Nur so als Frage und Info für mich, Thomas: Den Hochzeitstermin haben wir aber noch nicht, oder?"

„Das können wir nur zu zweit anmelden, was hältst du von morgen? Wir sollten uns beeilen, bestimmt sind schon ganz viele Termine für den Dezember weg und es ist ja schon Anfang September!" Irgendwie weiß ich nicht, ob ich jetzt lachen darf.

„Thomas. Hast du nicht etwas vergessen?" Er starrt mich verständnislos an.

„Wieso? Was soll ich denn vergessen haben?"

„Du hast vergessen, mich zu fragen, ob ich dich überhaupt heiraten will!" Sein Gesicht ist wirklich unbezahlbar und entschädigt mich sofort für diesen wirklich schlechten Heiratsantrag.

„Oh, äh, tut mir leid. Äh, willst du mich…äh…heiraten, Julia?" Das klingt so kleinlaut und gar nicht mehr selbstbewusst. Jetzt kann ich mein Lachen nicht mehr unterdrücken, will ich auch gar nicht.

Übrigens haben auch unsere Familien herzlich darüber gelacht, denn natürlich habe ich allen von diesem Desaster eines Antrags erzählt. Dabei habe ich aber auch stolz meinen Ring gezeigt, den wir direkt am nächsten Tag, nachdem wir den Termin auf dem Standesamt hatten, ausgesucht haben. Er besteht aus links und rechts ineinander verschlungenen silberfarbenen Bändern, in der Mitte sitzt ein leuchtender Braundiamant. Thomas meinte, dass er gut zu meinen schokoladenfarbenen Augen passt. Ich wusste gar nicht, dass er den Farbton als schokoladig ansieht, der Vergleich wäre mir persönlich auch nie gekommen, aber wenn er meint.

Der Ring ist aber auch eine Wucht! Als mir Thomas den Ring auf den Finger gesteckt hat, bin ich beinah ohnmächtig geworden, so überwältigt war ich. Der Juwelier hat gestrahlt und uns beiden zu unserem guten Geschmack gratuliert. Vor allem, nachdem wir uns auch noch für Trauringe bei ihm entschieden haben. Sie sind Gelbgold und mein Ring ist mit einem Saphir besetzt. Bei den Trauringen war die Auswahl an grünen Steinen einfach besser. Und grün finde ich ja auch sehr hübsch, wenn ich an Thomas grüne gesprenkelte Augen denke.

„Ja, ok, wenn wir doch dadurch Steuern sparen, von mir aus", habe ich ihn dann irgendwann aus seiner Misere erlöst und ihn geküsst.

Heute ist der 20. Dezember, unser Hochzeitstag. Draußen ist es klirrendkalt und obwohl ich Thomas liebend gerne heiraten möchte, fällt es mir schwer, mich aus unserem warmen kuscheligen Bett zu erheben. Ich befürchte, ich werde mir die Hacken in meinem zwar sehr schicken weißen, jedoch sehr dünnen Kostüm abfrieren, obwohl ich mir sogar passend dazu einen dicken weißen Wollmantelgekauft habe. Neben mir räkelt sich Thomas.

„Müssen wir schon aufstehen?"

„Ich befürchte ja. Es sei denn, du hast kalte Füße."

„Meine Füße sind eiskalt", jammert er. Ich muss lachen.

„Ich hoffe es passen dicke Socken in deine Schuhe. Du wolltest halt unbedingt im Winter heiraten!" Die Spitze kann ich mir nicht verkneifen. Eine Maihochzeit stelle ich mir sehr viel angenehmer vor und unsere Hochzeitsreise würde dann auch direkt im Anschluss daran folgen, statt erst in fünf Monaten.

„Das stimmt natürlich", sagt er ergeben.

Und dann stehen wir auf und machen uns fertig. Nö, wir haben die Nacht nicht getrennt voneinander verbracht. Ich hatte keine Lust auf ein Hotel, obwohl Berti das sehr bemängelt hat. Ich habe ihr gesagt, dass sie das ja dann bei ihrer Hochzeit mit Al gerne machen kann. Danach wurde sie puterrot und hat geschwiegen. Die beiden sind einfach noch nicht so weit, ich bin mir nicht sicher, ob sie es jemals sein werden.

„Du siehst wunderschön aus, Julia. Wie eine Eisprinzessin", raunt er mir zu, als wir gemeinsam raus durch den Schnee zu seinem Auto laufen. Was soll ich sagen? Seine Eisprinzessin zu sein hat durchaus etwas, dafür nehme ich auch meine eiskalten Zehen in den schicken hochhackigen Schuhen in Kauf.

Nach dem Standesamt fahren wir alle zu Fredericks Haus. Natürlich hat Thomas Mutter darauf bestanden, dass wir unsere Feier dort abhalten. Dadurch hat sie wieder einmal die Chance, uns alle zu bekochen. Und das, wo wir in nur vier Tagen ohnehin alle wieder hier sein werden, um Weihnachten zu feiern!

Unsere Trauzeugen sind übrigens Berti und Björn. Obwohl Berti und ich nicht mehr den regelmäßigen Kontakt haben, ist sie meine erste Wahl gewesen. Ich könnte mir niemand anderes denken. Unsere Leben sind halt im Moment im Umbruch, das muss nichts heißen. Sie und Al haben viel zu tun mit Arbeiten, ihrer on/off Beziehung und der Eröffnung ihres Startups.

Was mich überrascht hat ist, dass Björn Thomas Trauzeuge ist. Auf der anderen Seite habe ich ihr Verhältnis, als ich Björn vor einem Jahr kennengelernt habe, gar nicht als so kühl empfunden. Vielleicht ist es einfach irgendwann über die Distanz wärmer geworden, aber mir fehlen da die Erfahrungswerte. Doch, meinte Björns Frau auf unserer Feier zu mir, mit der ich mich übrigens blendend verstehe. Das Verhältnis der beiden ist wirklich besser geworden. Die letzten Jahre über schon, aber ganz besonders seit dem vergangenen letzten Jahr, was sie sich aber nicht erklären kann.

Nun ja, vielleicht auch, weil das Verhältnis zwischen Thomas und seinem Vater sehr viel weniger kühl geworden ist oder vielleicht auch, weil Thomas ebenfalls mehr zu sich selbst gefunden hat. Es kann ja durchaus sein, dass der gemeinsame Roadtrip nach Kos auch bei ihm bleibende Spuren hinterlassen hat. Wer weiß das schon so genau.

55.

Morgen fliegen wir in den Urlaub bzw. auf unsere Hochzeitsreise. Endlich ist es Ende April und die Kälte bereits deutlich weniger geworden. Thomas Vater ist bereits Anfang April nach Kos geflogen, hat allerdings von recht viel Regen erzählt, ich hoffe, das legt sich.

Seit unserer ersten gemeinsamen Reise nach Kos sind bereits zwei Jahre vergangen. Das letzte Jahr war schon turbulent mit unserem Umzug und unserer Hochzeit im Dezember. Doch ich befürchte, auch dieses Jahr wird es nicht ruhiger werden.

„Hier ist mein Koffer, Thomas!", rufe ich und zerre das schwere Ding hinter mir her.

„Julia! Du sollst doch nicht so schwerheben!" Sofort kommt er angestürmt und ich muss schmunzeln über seine Überbesorgtheit.

„Ach was, ist doch gar nicht so schwer", keuche ich und bin froh, dass ich das schwere Ding los bin. Ja, ich weiß, ich bin nicht krank, aber trotzdem mag ich Thomas Extraaufmerksamkeit und seine Fürsorge.

„Setz dich doch hin, Julia. Möchtest du einen Tee?"

„Ja, gerne", grinse ich ihn an und setze mich sofort auf unser bequemes Sofa. Ich freue mich so auf die nächsten drei Wochen auf Kos, die Arbeit war wirklich anstrengend die letzten Wochen, schon deshalb, weil ich immer so müde bin.

„Julia, gleich landen wir", höre ich Thomas sanfte Stimme. Orientierungslos blicke ich mich um.

„Das ist aber schnell gegangen", sage ich verwundert. Thomas lacht.

„Kaum saßen wir, bist du auch schon eingeschlafen." Schade, ich habe wirklich den gesamten Flug verschlafen.

„Ich bin auf alle Fälle froh, dass wir nicht das Auto nehmen mussten."

„Och, die Fahrt war doch ganz nett", grinst Thomas und reicht mir eine Hand, damit ich mich aus den schmalen Sitzen erheben kann.

„Uff, ich fühle mich ganz schön steif", stöhne ich und laufe etwas gestelzt hinter Thomas her. Dann warten wir gefühlte Stunden auf unsere Koffer. Dann, endlich, stehen wir draußen.

„Huhu, hallo! Hier sind wir!" Wir blicken ein Stück weit entfernt und sehen zwei Herren dort stehen.

„Hallo Papa!", rufen wir gleichzeitig, lachen und gehen los. Zum Glück zieht Thomas beide Koffer und ich muss nur mich selbst tragen.

„Da seid ihr ja", ruft Herr Börger. Für mich wird er wohl immer Herr Börger bleiben, obwohl auch das merkwürdig klingt, jetzt, wo wir alle denselben Nachnamen tragen.

„Das Auto steht nicht weit von hier", sagt mein Vater und beide Herren laufen vor uns her.

Zum Glück ist es wirklich nicht weit, denn selbst mein drei Stunden Schläfchen hat mich kein Stück wacher werden lassen, aber wir mussten auch recht früh heute Morgen starten.

Da steht er: Der rote VW Golf meines Vaters. Er leuchtet förmlich in der Sonne, bestimmt hat mein Vater ihn heute noch gewaschen.

„Kos scheint ihm gut zu bekommen", sage ich anerkennend und mein Vater nickt.

„Ja, Alfons war vor drei Wochen hier und hat ihn in einer Werkstatt durchgecheckt. Martha kennt den Besitzer, da konnte er alles benutzen. Der Wagen ist wirklich erstklassig in Schuss, hat er gesagt." Wir lachen alle bei diesem stolzen Tonfall, den man vielleicht eher bei einem Hund oder bei einem Enkelkind erwarten würde, aber so ist mein Vater eben.

Die kurze Strecke über sagt niemand etwas. Und dann stehen wir vor Marthas Haus. Martha steht wie ein Empfangskomitee davor.

„Hallo ihr beiden!", ruft sie, drückt uns und strahlt uns an. „Wann ist es denn so weit!", ruft sie begeistert. Alle erstarren und ich werde ganz verlegen.

„Äh, woher weißt du das denn, Martha?", fragt Thomas verblüfft. Mein Vater und Herr Börger schauen uns immer noch völlig verdattert an.

„Aber Julia, du strahlst wie eine Christbaumbeleuchtung, das sieht man doch."

„Was sieht man doch?", fragt mein Vater verständnislos.

„Na, dass ihr beiden Großväter werdet", grinst Martha.

„Aber ich bin doch schon…oh", macht Herr Börger. Dann macht es Klick bei beiden und sie schütteln uns die Hände und gratulieren uns.

„Na so etwas, wieso habt ihr denn gar nichts gesagt. Wann kommt das Kleine denn?", fragt Herr Börger, mein Vater kann anscheinend noch gar nichts sagen. Aber ich glaube, er hat tatsächlich eine Träne im Auge, ich kann mich aber auch getäuscht haben. Er räuspert sich.

„Ende September kommt unser kleines Wunder auf die Welt", meldet sich jetzt Thomas. Pures Glückgefühl rauscht bei seinen Worten durch mich durch. Unser kleines Wunder, besser kann man das gar nicht ausdrücken.

„Wisst ihr denn schon, was es wird?", fragt Martha.

„Ach, so genau kann man das ja nicht sagen", tue ich das Thema ab, denn Thomas möchte sich überraschen lassen. Aber ich weiß natürlich bereits, dass wir ein Mädchen bekommen. Ist aber nicht hundertprozentig sicher, meinte meine Ärztin. Ich mag keine Überraschungen und muss mich leider damit abfinden, dass es immer noch genauso gut ein Junge werden könnte. Das ist natürlich auch ok, nur, dass ich eben damit rechnen will, was ich bekomme.

„Kommt doch erstmal rein", ruft sie fröhlich.

Wir haben dasselbe Zimmer, wie jedes Jahr, seitdem wir hierherfahren. Jetzt bereits zum 3. Mal und alles sieht immer noch genauso aus.

Ich öffne die Tür und trete auf den Balkon hinaus. Dann atme ich tief ein. Wenig Autolärm dringt bis hierher, die Luft ist klar und würzig. Eine kleine Brise vom Meer weht zu mir und ich fühle sofort die Ruhe in mir aufsteigen, die mich bei meinem ersten Besuch hier bereits so fasziniert hat.

„Da bist du ja", sagt Thomas und nimmt mich in den Arm.

„Schön, dass wir wieder hier sind", sage ich und drücke mich an seine Brust.

„Was für ein Glück, dass morgen schon Freitag ist. Hoffentlich findet wieder das Barbecue statt." Mein Magen knurrt sofort bei diesem Gedanken.

„Das hoffe ich auch! Lass uns nach unten gehen und Martha fragen!"

Sofort laufe ich nach unten, Thomas geht locker neben mir her, er hat ja schließlich auch längere Beine als ich.

„Hallo Martha, hast du vielleicht einen Tee und etwas zu essen?", frage ich. Ich fühle mich wie am Verhungern.

„Aber natürlich, Julia. Ich brühe dir einen frischen Pfefferminztee auf. Auf dem Tisch stehen Brot und auch ein Käsekuchen, den ich heute gebacken habe."

„Du bist ein Schatz, Martha!" Sofort stürze ich mich auf das Brot und schneide mir zusätzlich noch ein riesiges Stück Käsekuchen ab.

„Machst du morgen wieder dein Barbecue, Martha?", fragt Thomas, als Martha mit einer bauchigen Teekanne wiederkommt.

„Aber natürlich, also zumindest, wenn es trockenbleibt. Die letzten Monate hat es zu stark geregnet und im Januar und im Februar lohnt es sich einfach nicht. Aber jetzt startet ja langsam die Saison."

„Ich drücke die Daumen, dass es morgen schön wird. Heute scheint ja die Sonne." Ja und es fühlt sich bereits warm an, der Himmel ist tiefblau.

Im Laufe der nächsten Stunden trudeln Isa und Günther ein. Am nächsten Tag kommen neue Gäste, die wir alle noch nicht kennen. Eine Mutter mit ihrer erwachsenen Tochter, sie sind das erste Mal auf Kos. Für mich fühlt es sich an, als ob ich bei Freunden zu Besuch bin.

„Wie schön, wieder hier zu sein", sagt Isa am nächsten Morgen beim Frühstück. Mir ist aufgefallen, dass sie und Herr Börger noch gar nicht miteinander gesprochen haben, aber auch Thomas konnte mir nicht sagen, ob sie über das Telefonieren hinausgekommen sind oder es einfach dabei belassen haben.

„Was meinst du Julia, wollen wir einen Spaziergang am Strand machen?", fragt mich mein Vater.

„Sehr gerne", sage ich und stehe auf. „Du hast doch nichts dagegen, Thomas?"

„Aber nein", sagt er und gibt mir einen Kuss. „Vielleicht mache ich eine Radtour."

Gemeinsam gehen mein Vater und ich raus zum Strand, ein leichter Wind kommt auf und ich ziehe meine Strickjacke fester um mich.

„Wie geht es dir Papa?"

„Es geht mir sehr gut, Julia. Wie schön, dass ich Großvater werde."

„Wir freuen uns auch sehr."

„Und ihr wisst noch nicht, was es wird?"

„Na ja, ich weiß es, aber Thomas möchte sich überraschen lassen. Und natürlich meinte die Ärztin, dass man das nicht zu Hundertprozent sagen kann. Aber wie es im Augenblick aussieht, kriegen wir ein Mädchen." Mein Vater strahlt.

„Ein Mädchen, sehr gut. Und wie werdet ihr es nennen?"

„Ach mal schauen, das entscheiden wir, wenn es so weit ist." Aber natürlich habe ich schon darüber nachgedacht und eine Namensliste angelegt. Auf alle Fälle ein Name, der weder von Thomas noch von Julia ableitbar ist, vielleicht Mia oder Leo, sollte es doch ein Junge werden. Aber abwarten. Wenn man das Baby ansieht, denkt man vielleicht an ganz andere Namen.

„Vermisst du Freiburg?", frage ich irgendwann später als wir schon wieder auf dem Rückweg sind.

„Nein. Die letzten Jahre habe ich so zurückgezogen gelebt, dass mir nichts fehlen kann. Natürlich ist es schade, dass ich weit weg von meinem Enkelkind sein werde, aber ich werde euch besuchen und bestimmt kommt ihr nächstes Jahr wieder." Ich nicke.

Natürlich werden wir uns sehen, sicherlich nicht so oft wie andere Familien, dafür aber vielleicht dann auch mit mehr Lust dabei und weniger Pflichtbewusstsein.

Schweigend wandern wir den Strand entlang zurück zu Marthas Pension, aber es ist ein gutes Schweigen.

Abends stehen wir alle in Marthas geheimem Garten. Überall sind zarte rosafarbene und weiße Blüten zu erkennen, die den Frühling zelebrieren und die Bäume haben hellgrüne Blätter. Der Rasen ist allerdings noch recht matschig. Wir stehen alle in unseren Jacken um den Grill, denn abends ist es noch sehr kalt. Zum Glück sind heute noch nicht so viele Leute da.

„Komm, ich mache dich warm", bietet Thomas an und drückt mich an sich. Wir prosten uns alle zu, ich mit einem warmen, alkoholfreien Punsch, den sich Martha für heute extra noch überlegt hat. Ich schaue in die Glut hinein und bin einfach nur glücklich.

„Ich liebe dich, Frau Börger", flüstert mir Thomas leise ins Ohr.

„Ich liebe dich auch, Thomas", flüstere ich leise zurück.

Die Reise nach Kos hat uns so viel gebracht, hat uns alle so viel nähergebracht, aber sie hat mich auf alle Fälle näher zu mir selbst geführt. Ich muss mich nicht ändern, um geliebt zu werden, ich muss mir nur selbst manchmal mehr zutrauen und zu meinen Entscheidungen stehen.

ENDE

AUTORENBIOGRAFIE

Die Autorin, die unter dem Pseudonym Lily Winter schreibt, wurde in Indien geboren und wuchs zunächst in einem Waisenhaus auf. Glücklicherweise wurde sie irgendwann nach Deutschland adoptiert, wo sie nach wie vor mit ihrer Familie lebt. Sie liest gerne Liebesromane oder auch Fantasy und natürlich auch den ganzen Vampirkram. Die meisten Buchideen kommen ihr im Schlaf oder im Urlaub, vorzugsweise beides. Die Idee zu ihrem ersten Buch und dem Auftakt der Sommertrilogie „Gestern, Morgen, für immer?" kam ihr wie ein Tagtraum vor. Im Geiste sah sie zwei Personen sich küssen und dann in verschiedene Züge steigen. Da sie dringend wissen wollte, wie es weiter geht, fing sie an, das Ganze aufzuschreiben.

Das Pseudonym Lily Winter wurde ihr übrigens von ihrer Freundin vorgeschlagen, die ihr versicherte, dass sie Bücher unter solch einem Namen ganz bestimmt eher kaufen würde.

Lily Winter

Liebe geht durch dick und dünn

Band 1

Liesesroman

Job, Mann, Familie?
Wo ist bitte mein Komplettangebot, fragt sich Mila verzweifelt, als sie schon wieder ohne Freund du ohne Job dasteht, während ihrer besten Freundin Maya alles, aller auch alles nur so zu zufliegen scheint? Ein bisschen so wie Maya sein, denkt sich Mila und beginnt abzunehmen. Doch schnell findet sie heraus, dass mit weniger Pfunden die Dinger immer noch nicht leichter werden.

Lily Winter

Leben geht durch dick und dünn

Band 2

Liebesroman

Arbeit, Erfolg und ganz viel Geld!
Milas Freundin Maya hat das alles. Als erfolgreiche Rechtsanwältin hat sie alles erreicht und sie hat es sich hart erarbeitet. Wer braucht denn da bitte noch eine Familie?
Doch ein One-Night-Stand mit Aleks lässt sie sämtliche Wertvorstellungen ihres Lebens überdenken.

Im zweiten Band der „Alles geht durch dick und dünn" Reihe geht es um Maya, die Freundin von Mila, die im ersten Buch „Liebe geht durch dick und dünn" ihren Auftritt hatte.

Lily Winter

Die Sommertrilogie

Alle drei Bände in einem Buch

Roman

Drei Bücher – Ein Buch!

Lerne Anna und Ralf im ersten Teil **„Gestern, Morgen, für immer?"** kennen, die sich nach 18 Jahren wiedertreffen. Doch gibt es eine Verjährung für Liebe?

Fiebere mit ihren Kindern Ari und Max im zweiten Band **„Lieb mich lieber morgen"** mit, wie sie ihre große Liebe finden.

Und fühle mit Katja im dritten Band **„Liebe braucht kein Morgen"**, wie sie Stückweit wieder ins Leben zurückfindet, nachdem sie ein Menschenleben auf dem Gewissen hat.